AF185522

dtv

»Weihnachten ist ein Gefühl im Herzen.«
So haben sich die Bachmanns das Weihnachtsfest nicht vorgestellt! Keine ihrer erwachsenen Töchter, die über den Erdball verteilt leben, kann dieses Jahr die Eltern in Deutschland besuchen kommen. Weihnachten allein zu Hause? Julia Bachmann könnte heulen. Doch dann kommt alles anders als gedacht: Ehepaar Bachmann bricht einen Tag vor Weihnachten zu einer abenteuerlichen Weihnachtsreise auf. Gemeinsam mit der Schwiegermutter und mit der Weihnachtsgans im Gepäck besuchen sie ihre Töchter in Berlin, London und den USA, um gleich dreimal in Folge das Fest der Feste zu feiern. Heiligabend XXL!

Ulrike Herwig, 1968 in Jena geboren, studierte Englisch und Deutsch und lebte fast zehn Jahre in London, bevor sie mit ihrer Familie nach Seattle zog. Unter verschiedenen Pseudonymen schreibt sie für Kinder und Erwachsene. Weihnachten hatte sie schon immer im Blut. Ob als Kind unter dem etwas mageren DDR-Weihnachtsbaum, später in England mit Papierkrone auf dem Kopf oder heutzutage, wenn sie ihr Lieblingsfest in ihrer Wahlheimat Amerika feiert, mit Gummi-Rentieren auf dem Dach und einer gigantischen Weihnachtsbeleuchtung am Haus.

ULRIKE HERWIG

Schiefer die Socken nie hingen

Roman

dtv

Von Ulrike Herwig
sind bei dtv außerdem erschienen:
Das Leben ist manchmal woanders
Oskar an Bord
Das Glück am Ende der Straße

*Mit leckeren, von der Autorin zusammengestellten
und selbst getesteten deutschen, englischen und
amerikanischen Weihnachtsrezepten im Anhang*

Originalausgabe 2019
4. Auflage 2021
© 2019 dtv Verlagsgesellschaft mbH & Co. KG, München
Dieses Werk wurde vermittelt durch
die Literaturagentur Kai Gathemann
Umschlaggestaltung: www.buerosued.de
Satz: Fotosatz Amann, Memmingen
Gesetzt aus der Utopia 10,25˙
Druck und Bindung: Druckerei C.H.Beck, Nördlingen
Printed in Germany . ISBN 978-3-423-28200-0

1 It's Beginning to Look a Lot Like Christmas

23.11., ein Tag nach Thanksgiving
Seattle, USA

Charlotte bahnte sich den Weg durch die Küche ihrer amerikanischen Schwiegereltern. Obwohl der Raum größenmäßig einer deutschen Zweizimmerwohnung glich, war hier heute kein Durchkommen. Überall standen noch die Reste des opulenten Thanksgiving-Mahles von gestern herum. Auf der Mitte des Küchentresens prunkte ein Truthahn auf einem Silbertablett wie ein riesiges Akkordeon, daneben standen Schüsseln mit Süßkartoffelauflauf, grünen Bohnen, Preiselbeersoße, Bergen von Kartoffelbrei sowie noch mindestens acht Kürbiskuchen. In einer Ecke, etwas verschämt und wie das schwarze Schaf der Familie, wartete ein gewisser *Ambrosia-Pudding* demütig auf seinen Verzehr, eine cremige Masse, die man hemmungslos mit Maraschino-Kirschen, Marshmallows und bunten Dosenfrüchten vermischt hatte. Das Endergebnis wirkte, als hätte man einen Vierjährigen damit beauftragt, sich um das Dessert zu kümmern. Aus irgendeinem Grund war Ambrosia-Pudding aber eine Thanksgiving-Tradition, und auch wenn niemand ihn zu mögen schien, musste er doch mit auf den Tisch.

»So eine Fressorgie, was?«, flüsterte Charlotte dem

Baby auf ihrem Arm zu. »Man könnte meinen, das Fest stünde noch bevor, so viel ist übrig geblieben.«

Ihr Sohn verzog im Schlaf seinen kleinen Mund. Charlotte wertete das als Zustimmung. Sie betrachtete ihn gerührt. Das war *ihr* Kind, ihr persönlicher kleiner Ami. Ihr süßer Connor, vor fünf Wochen geboren und das bislang Beste, was sie in ihrem Leben zustande gebracht hatte.

Sie gab ihm einen Kuss und kämpfte sich zum Kühlschrank durch. Hier lagerte ein weiterer Truthahnbraten, diesmal schon in Stücke zerteilt. Charlotte hatte immer noch nicht ganz verstanden, warum man in Amerika vier Wochen vor Weihnachten eine derart maßlose Völlerei betrieb. Dann konnte man das Fest ja gleich ein paar Wochen vorziehen, zumal Weihnachten offensichtlich schon jetzt, in dieser Minute, dort draußen vor ihrem Haus und im ganzen Viertel losging.

Charlottes Schwiegereltern wohnten genau nebenan, und deshalb fand heute eine gemeinschaftliche Schmückaktion statt. Gerade stand Schwiegervater Bernie auf einer Leiter im Garten und dirigierte von oben das Anbringen diverser Lichterketten, als hätte er ein unsichtbares Orchester vor sich. Charlottes Mann Rob und ein paar seiner Kumpel mühten sich mit dem Gefitze einer zwanzig Meter langen Schneeflockenkette ab, die über das Dach gebreitet werden sollte. Und im Garten zwischen den beiden Häusern standen siebenundzwanzig Kisten, in denen sich das Familienerbe der Millers in Form von Weihnachtsdekorationen verbarg.

Rob hatte ihr heute Morgen aufgezählt, was sich alles darin befand und im Laufe des Tages auf beide Häuser verteilt werden sollte. Den Großteil nahmen natürlich die Lichterketten ein, dann die Sterne, der Kunstschnee, die Tannengirlanden, die gigantischen Samtbänder, das illuminierte lebensgroße Krippenspiel, zwölf tanzende Schneemänner, ein Lebkuchenhaus mit metergroßen Zuckerstangen, sechs Rentiere aus Metall mit roten Schleifen um den Hals und ebenso roten Nasen, der große Weihnachtskranz (Durchmesser zwei Meter), der Projektor, mit dem man rund um die Uhr eine Schneeflockensimulation auf das Haus werfen konnte, und nicht zu vergessen natürlich das Herzstück der ganzen Operation – der vier Meter große Weihnachtsmann aus Gummi. Der wurde heute im Laufe des Tages mit starken Seilen auf das Dach geschnallt, damit er nicht davonflog und es außerdem so aussah, als ob er gerade im Begriff war, in den Kamin hinabzusteigen.

Aber das war längst noch nicht alles. In diesem Jahr kam laut Bernie noch ein grandioser Neuzugang dazu: Er hatte einen eigenen Radiosender eingerichtet, der das ganze Spektakel mit synchronisierter Weihnachtsmusik untermalen würde. Schaulustige konnten also mit ihrem Auto direkt vor Bernies Haus fahren, den Radiosender einstellen und sogleich dabei zusehen, wie die Rentiere im Takt von *Jingle Bell Rock* mit den Köpfen nickten oder das Krippenspiel zum Soundtrack von *Silent Night* in einen beeindruckenden goldenen Kometenschauer gehüllt wurde. Außerdem gab es noch Lautsprecher für eine generelle Beschallung des ganzen Viertels, falls der Radiosender aus irgendeinem Grund den Geist aufgab.

»Einen Tag nach Thanksgiving legen die hier mit Weihnachten los. Voll irre, was?«, flüsterte Charlotte ihrem Sohn zu. »In deiner anderen Heimat, in Deutschland, feiern sie nächstes Wochenende erst den ersten Advent. Da wird *eine* Kerze angezündet. Eine einzige. Und dazu hört man besinnliche Weihnachtsmusik und ...«

»*Rocking around the christmas tree, have a happy holidaaaaaayyy*«, donnerte es aus den Lautsprechern vor dem Haus.

Charlotte zuckte zusammen.

»Anlage funktioniert«, brüllte Bernie irgendjemandem zu. »Macht mal den Lichttest an den Ketten! Das Krippenspiel bitte nicht an den allgemeinen Stromkreis anschließen, das braucht seinen eigenen, sonst knallen uns wieder alle Sicherungen durch. Das hat nämlich dieses Jahr noch Infrarotheizer dazubekommen, falls die Leute längere Zeit im Schnee davor stehen bleiben wollen.«

»Es schneit doch hier sowieso nie«, rief jemand zurück.

»Dieses Jahr schon, wollen wir wetten? Hab ich extra für meinen Enkel bestellt. Ist ja sein erstes Weihnachtsfest, da soll alles perfekt sein.« Bernie platzte bald vor Stolz auf sein erstes Enkelkind.

Jetzt sah Rob aus dem Garten zum Fenster, entdeckte Charlotte und winkte ihr und Connor zu.

Sie winkte zurück und fegte mit dieser unvorsichtigen Bewegung beinahe den kleinen künstlichen Weihnachtsbaum vom Fensterbrett, der heute Morgen wie durch Geisterhand hier in der Küche aufgetaucht war. Einer von vielen, wie Rob ihr mit einem verschmitzten Grinsen mitgeteilt hatte. »In jedem Zimmer ein geschmückter Baum, das ist die Weihnachtstradition meiner Familie. Und so machen wir es auch in unserem

Haus, Schatz. Du wirst es lieben. Wir Millers sind alle verrückt nach Weihnachten und du gehörst jetzt mit dazu. Du wirst dein deutsches Weihnachten keine Sekunde lang vermissen.«

Charlotte war sich da nicht so sicher. Mit Connor im Arm fühlte sie sich auf einmal wie eine verirrte Astronautin, die eine Bruchlandung auf dem Planeten Christmas machen musste.

Allein die Vorstellung, am nächsten Wochenende mit ihrem Baby bei ihren Eltern in Weimar im Wohnzimmer zu sitzen und still und glücklich dem Flackern der ersten Kerze im Adventskranz zuzusehen, hatte in diesem Moment etwas unwiderstehlich Gemütliches. Besinnliche deutsche Vorweihnachtszeit, genau wie Charlottes Vater es liebte. Wenn es um Weihnachten ging, war er der traditionellste Mensch auf der Welt. Er feierte Weihnachten immer zu Hause, nie woanders, schon gar nicht unter Palmen oder ähnliche Sperenzchen. Der Baum musste stets an derselben Stelle im Wohnzimmer stehen und immer mit den gleichen Kugeln behängt werden. Es gab das Essen, das Papa schon in der Kindheit serviert bekommen hatte – Gänsebraten und Rotkohl selbstverständlich. Zur Bescherung läutete er mit einem kleinen silbernen Glöckchen, das von seiner Oma stammte, und vor dem ersten Advent wurde das Haus auch noch nicht weihnachtlich geschmückt.

Eine Sekunde lang überlegte Charlotte, was ihr Vater von diesem Trubel und Gebimmel da draußen wohl halten würde. Aber Gott sei Dank ahnte er ja nichts von dem ganzen Weihnachtsspektakel und saß jetzt bestimmt friedlich in Weimar bei einer Tasse Kaffee und dem ersten Lebkuchen des Jahres. Ach, Papa … Charlotte strich sich eine lange blonde Haarsträhne aus dem Gesicht, lehnte ihre Stirn an die Scheibe und sah dabei zu, wie sich der aufblasbare Weihnachtsmann draußen im Garten aufrichtete wie ein Geschöpf aus der Unterwelt. Er wurde größer und größer, bis er sich zu seiner vollen Würde entfaltet hatte. Dann schwankte er im Wind und wedelte sacht mit dem linken Arm, und einen Moment lang kam es ihr vor, als wollte er ihr auf diese Weise einen tröstenden Gruß senden.

2 Vorfreude, schönste Freude

»*Leise rieselt der Schnee*«, sangen die Kinder auf der Bühne ein wenig quäkend, aber das war ja auch kein Wunder, denn der Regen prasselte sintflutartig auf sie alle hernieder und erstickte die dünnen Stimmchen. Die wenigen Besucher, die tapfer vor der Bühne ausharrten, waren fast ausnahmslos Mütter. Vorweihnachtlich gestresst und mit Tüten behängt wie Packesel, aber dennoch wahre Kämpfernaturen, die mit ihren Schirmen Regen und Wind abwehrten wie Attacken feindlicher Außerirdischer, während sie ihrem Nachwuchs unentwegt ein aufmunterndes Lächeln schenkten.

Ach, wie Julia mit ihnen fühlte! Vor siebzehn Jahren, als ihre Töchter elf, acht und fünf gewesen waren, hätte sie wahrscheinlich ganz genauso dagestanden. Sie hätte dem Regen getrotzt und wild geklatscht und nach der Vorführung ihren Töchtern gebrannte Mandeln gekauft, mit ihnen einen heißen Kakao getrunken und sie über alle Maßen für ihren Gesang gelobt. Natürlich hätte sie sich überreden lassen, irgendein unnützes und niedliches Spielzeug auf dem Weihnachtsmarkt zu kaufen, und auf dem Nachhauseweg hätten sie ganz sicher irgendwo Spuren vom Weihnachtsmann entdeckt.

»Entschuldigung.«

Etwas pikste sie in den Rücken. Ein Mann wuchtete einen gewaltigen Tannenbaum durch die Menge, dessen Zweige sich aufmüpfig aus seiner Fesselung drängten. Voll entfaltet würde er ein Prachtexemplar abgeben, groß und dicht und von sattem Dunkelgrün.

»Entschuldigung«, wiederholte der Mann leicht verlegen, als er Julia erneut den Baum in die Seite rammte und ihr diesmal auch noch einen Zweig ans Bein schnippte, der knackend abbrach. »Tut mir leid, aber man kann hier ja nirgendwo parken, sonst hätte ich den Baum gleich aufladen können.« Er blickte auf den Boden unter sich, der wie nach einem Wintersturm mit Tannenzweigen übersät war. »Also, wenn Sie wollen, können Sie sich Ihren eigenen kleinen Baum aus dem ganzen Zeug basteln.« Er lachte. »Fürs Kinderzimmer oder so.« Damit deutete er auf die Bühne, offenbar in der Annahme, dass sie hier ihrem Kind zuhörte.

Julia lachte höflich und etwas zu spät und sah ihm nach, wie er den Baum wie ein widerspenstiges Haustier hinter sich herzog.

»… freue dich, Christkind kommt bald.«

Die Vorführung war beendet, die Mütter klatschten enthusiastisch und mit einem Hauch von Erleichterung, der Regen versickerte zu einem Tröpfeln, und der beißende Wind setzte einen gnädigen Moment lang aus. Sofort wehten die verschiedenen Aromen des Weihnachtsmarktes zu ihr herüber. Süß, nach Zimt und Lebkuchen, Zuckerwatte und kandierten Äpfeln, dann wieder herzhaft nach Flammkuchen und Bratwürsten. Instinktiv setzte Julia sich in Bewegung und steuerte den Stand mit den Lebkuchenherzen an, um für ihre drei Töchter wie in allen Jahren zuvor ein mit Zuckerguss verziertes Herz zu kaufen. Das würde dann auf ihren bunten Tellern liegen wie eh und je.

»Was soll ich draufschreiben?«, erkundigte sich das junge Mädchen am Stand.

»Vom Weihnachtsmann für Charlotte, vom Weihnachtsmann für Anne und vom Weihnachtsmann für Emily.«

»Süß.« Das Mädchen lächelte. »Da werden die Kleinen sich freuen.«

»So klein sind die nicht mehr.« Julia musste lachen. »Die sind ...« Verdammt. Was um alles in der Welt machte sie eigentlich hier? Sie hatte tatsächlich einen Moment lang völlig vergessen, dass weder Charlotte noch Anne das Weihnachtsfest bei ihnen verbringen würde. Vergessen? Oder eher verdrängt?

»Sind was?« Das Mädchen hielt inne, die Spritztüte mit dem Zuckerguss in der Hand, einen alarmierten Ausdruck im Gesicht.

Julia konnte ihr förmlich ansehen, was sie dachte. Sind ... zweihundert Kilo schwer? ... zwei Meter groß? ... mit Buckel und Klumpfuß geschlagen?

»Sind erwachsen. Achtundzwanzig, fünfundzwanzig und zweiundzwanzig Jahre alt.« Julia wühlte in ihrer Tasche nach dem Portemonnaie und dann im Portemonnaie nach Bargeld, damit sie nicht mehr dabei zusehen musste, wie das Mädchen fein säuberlich und mit viel Hingabe *Für Anne* auf ein Herz schrieb, das seine Besitzerin an diesem Weihnachten nie erhalten würde, weil Anne nämlich in London wohnte und das Herz dort im Chaos der Weihnachtspost nie im Leben noch rechtzeitig ankommen würde. Und das Herz

Für Charlotte sowieso nicht, denn Charlotte wohnte am anderen Ende der Welt in Seattle in Amerika und hatte noch nicht einmal die Weihnachtskarte erhalten, die Julia ihr vor zwei Wochen geschickt hatte. Mit Luftpost! Wahrscheinlich tuckerte die Karte auf einem Ozeandampfer mit Abstecher nach Alaska dorthin.

»Für Lebkuchenherzen ist man nie zu alt.« Das Mädchen riss sie aus ihren Überlegungen und reichte ihr ein Taschentuch.

»Wie?«

»Oh, sind Sie etwa erkältet? Sie schniefen so. Kein Wunder bei dem Mistwetter. Alle sind erkältet. Meine Oma schwört ja auf eine Knoblauchkur. Nachts eine Zehe in jedes Nasenloch und am nächsten Morgen ist der Schnupfen wie weggeblasen.«

»Danke für den Tipp«, stammelte Julia. Was Frank dazu sagen würde, wenn sie heute Abend wie ein küchenfertiges Spanferkel mit zwei Knoblauchzehen in der Nase im Bett neben ihm lag, das wagte sie sich lieber nicht auszumalen. Oder noch schlimmer – was, wenn er es nicht einmal bemerkte?

»In zwanzig Minuten müssten sie trocken sein, dann können Sie die Herzen abholen«, sagte das Mädchen.

»Danke. Die sehen toll aus.«

Julia beschloss, noch ein wenig über den Markt zu schlendern, vielleicht fand sie ja ein letztes Weihnachtsgeschenk. Bislang hatte sie außer einem Kaschmirpullover für Frank, den er loben, aber wahrscheinlich nur selten anziehen würde, weil er ihm zu vornehm war, und einem Buch über englische Kriminalfälle des 19. Jahrhunderts sowie einer überteuerten Grillzange noch nichts weiter für ihren Mann.

Franks 80-jährige Mutter Elisabeth bekam wie immer ein Duschbad, einen Schal und eine Schachtel Pralinen, weil sie ununterbrochen betonte, dass sie nichts anderes mehr brauche. Charlotte, Anne und Emily schenkte sie ein wenig Geld und als Gag immer dieses Herz. Es würde diesmal wahrscheinlich Mitte Januar bei Anne und irgendwann im Frühling zum Ostergeschenk mutiert bei Charlotte in den USA eintreffen. Warum hatte Julia die blöden Herzen überhaupt erst gekauft?

Zum Glück blieb ihr wenigstens noch Emily, ihre jüngste Tochter, die in Berlin ein etwas zielloses Dasein führte. Eine Art glorifiziertes Nichtstun, wenn man ehrlich war, auch wenn Emily es ihnen immer mit blumigen Euphemismen wie »Selbstfindung« oder »Übergangsphase« beschrieb. Übergang, wovon und wohin? Vom knapp bestandenen Abitur zum nie stattfindenden Studium? Wenn sie an Emilys Zukunft dachte, wurde es Julia ganz mulmig. Es gab irgendwie nichts, wofür ihre Jüngste sich karrieremäßig interessierte, und offen gestanden gab es auch nicht viel, was Emily richtig gut konnte, außer vielleicht, sich an den Bug eines Greenpeace-Schiffes zu ketten und Walfänger anzubrüllen. Doch Julia wollte jetzt nicht darüber nachdenken. In einer Woche war Heiligabend und dann würden sie es sich alle gemütlich machen und Emilys vage Zukunftspläne, ihre blau-grünen Haare und radikalen Ansichten zumindest ein paar Tage lang nicht erwähnen.

»Julia? Julia Bachmann?«

Vor ihr stand eine Frau in ihrem Alter im schicken Mantel, neben ihr ein gut aussehender junger Mann mit Dreitagebart.

»Christine!«

Beinahe hätte Julia ihre ehemalige Kollegin nicht erkannt. Sie sah um etliches schlanker und besser aus als noch vor vier Jahren, als das Schicksal in einer Art Trommelfeuer alle möglichen Katastrophen auf Christine abgefeuert hatte. Scheidung, dann ein Autounfall des chaotischen Sohnes, und zu guter Letzt hatte auch noch ihre Tochter einen ganz üblen Typen als Freund angeschleppt, der beruflich irgendwas mit Sonnenstudios und Crystal Meth machte. Ihr Sohn Robert hatte sich ebenfalls ganz schön gemausert. Julia musterte ihn unauffällig.

»Du siehst super aus!«, lobte sie ihre alte Kollegin. »Wie geht es dir denn?«

»Oh du, ich kann nicht klagen.« Christine lachte fröhlich. »Und du?«, erkundigte sie sich. »Wie geht es deinen Töchtern? War die eine nicht nach Kanada ausgewandert?«

»Ja, Charlotte, meine Älteste. Die hat ihren Mann hier beim Studium kennengelernt und lebt jetzt in den Staaten. In Seattle. Sie hat vor Kurzem ein Baby bekommen. Vor dir steht also eine frischgebackene Oma!«

Julia zog, wie immer, wenn in letzter Zeit das Gespräch auf das Thema Enkel kam, ihr Handy aus der Tasche und suchte mit geübtem Finger die Fotos von Connor heraus. Ihr Enkelkind Connor – ihr bislang erstes und einziges – lebte sozusagen nur in ihrem Handy. Sie konnte ihn auf Fotos sehen, sie konnte ihn in kleinen Videoclips auf Whatsapp bewundern und schmatzen und gurgeln hören, aber sie konnte ihn nicht im Arm halten. Trotzdem lächelte sie betont munter und reichte Christine ihr Telefon.

»Wie niedlich. Wie heißt er?« Christine betrachtete das Foto mit dem glatzköpfigen süßen Baby.

»Connor, acht Wochen alt.«

»Ein kleiner Amerikaner. Na so was. Und nach wem kommt er – nach der amerikanischen Seite oder der deutschen?«

»Puh, keine Ahnung. Kann man noch nicht so sagen. Haarmäßig kommt er im Moment eher nach Frank.« Julia lachte und bat ihren Mann in Gedanken um Verzeihung. Die Wahrheit war allerdings, dass sie keine Ahnung hatte, wem Connor ähnlich sah, denn sie hatte die amerikanischen Verwandten noch nicht kennengelernt. Charlotte war vor einem Jahr mit ihrem Freund Rob zum Heiraten nach Las Vegas abgehauen, wo sie sich von einem korpulenten Elvis-Doppelgänger hatten trauen lassen. Beide Elternpaare hatten erst am nächsten Tag davon erfahren, als man ihnen ein Foto des glücklichen Brautpaares mit Elvis und Luftballons hatte zukommen lassen.

Natürlich war das eine schöne Überraschung gewesen, und sie hatten sich das Geld gespart, das sonst für eine bombastische und interkontinentale Hochzeitsfeier draufgegangen wäre. Trotzdem fühlte Julia sich ein ganz klein wenig um etwas Wichtiges betrogen. Gleichzeitig war sie auch erleichtert, dass sie sich nicht vor diesen wildfremden Eltern und Verwandten von Rob in ihrem kümmerlichen Englisch hatte abplagen müssen. Wahrscheinlich hätte sie zwei Tage lang endlos mit diesen Leuten über das Wetter oder ihr Alter und ihre Hobbys plaudern müssen, weil es die einzigen Gesprächsthemen waren, die Julia einigermaßen flüssig auf Englisch beherrschte. Bei Frank sah es nicht anders aus. Ach, es war besser, wenn sie die nicht persönlich treffen mussten, sondern nur freundliche Grüße über Dritte austauschten. Rob war zwar ein liebenswerter junger Mann, aber vielleicht hatten seine Eltern ja den Keller voller Pistolen oder wählten Trump oder machten jeden Samstagabend auf der Veranda Line Dance und verzehrten dabei einen Eimer voller frittierter Hühnerbeine?

»Da fliegt ihr jetzt bestimmt hin, oder?« Christine gab ihr das Handy zurück.

»Nein, leider nicht. Wir haben noch Franks Mutter hier und unsere Jüngste.«

»Ach so. Na, dann sicher im Frühling. Wo genau liegt das eigentlich?«

»An der Westküste.« Und nein, sie würden auch im Frühling nicht nach Seattle fliegen. So wie sie auch nicht nach London zu Anne fliegen würden, denn trotz Franks Begeisterung für alles Englische – immerhin verdankten seine drei Töchter den Brontë-Schwestern ihre Namen – flog er weder nach England noch nach Schottland, Neuseeland, Disneyland oder in überhaupt irgendein Land. Ein Tick, der sich verfestigt hatte, seit er mal einen unerträglichen Flug mit Turbulenzen, Verspätungen, vereisten Türen und Erbrochenem auf dem Pullover (nicht mal seinem eigenen) und schließlich einem ausgefallenen Triebwerk mit Notlandung hatte miterleben müssen. Der Tick war ihm peinlich und er gab ihn nur ungern zu, weil er ja gleichzeitig ein aufgeschlossener Weltbürger sein wollte. Dennoch kriegten ihn keine zehn Pferde mehr in ein Flugzeug. Und manchmal konnte Julia sich nicht des Eindrucks erwehren, dass ihm das auch ganz recht so war, schließlich war er am liebsten zu Hause, wo er sich nicht mit den Macken fremder Menschen auseinandersetzen musste.

»Hast du noch mehr Enkel?«, riss Christines Stimme sie aus ihren Gedanken.

»Nein, bislang nicht.«

Anne, ihre mittlere Tochter, machte mit fünfundzwanzig ja erst mal Karriere bei einer Bank in London, da gab es keinen Platz für ein Baby. Wenigstens hatte Anne einen hochkarätigen Freund. Jason, ein reicher *Hedgefonds*-Manager, was auch immer das war. Und bei der zweiundzwanzigjährigen Emily lauerte weder das eine noch das andere noch überhaupt irgendetwas am Horizont.

Halt, das stimmte nicht ganz! Hunde lauerten da. Vernachlässigte, struppige arme Geschöpfe, die von unfähigen Menschen im Tierheim abgeliefert wurden wie Sperrmüll und um die ihre jüngste Tochter sich freiwillig und rührend kümmerte. Emily würde also aller Wahrscheinlichkeit nach in den nächsten Jahren eher einen Welpen im Kinderwagen spazieren fahren als Julias nächstes Enkelkind.

»Ich hätte schon gern noch mehr. Kleine Kinder halten ja bekanntlich jung. Nur liegt es leider nicht in meiner Macht.« Sie lächelte entschuldigend.

»Man kann sich auch anders jung halten.« Christine knuffte ihren Sohn in die Seite.

Das war jetzt irgendwie eine etwas seltsame Bemerkung, fand Julia, und auch, wie Robert seine Mutter daraufhin ansah, war grenzwertig.

»Ähm, und was machst du jetzt so, Robert?«, versuchte sie schnell abzulenken.

Christine brach in schallendes Gelächter aus. »Das hier ist nicht Robert, Julia. Das ist Konstantin, mein Freund.«

»Ach.« Wie peinlich!

Christine beugte sich vertraulich vor. »Mein Sohn Robert ist doch noch ein paar Jahre älter, weißt du das nicht mehr?«

»In der Tat. Wie konnte ich das vergessen?« Julia gab einen hysterischen kleinen Triller von sich. »Also dann frohes Fest! Euch beiden, meine ich. Und Robert natürlich auch, wo immer der gerade ist.« Oh Gott, sie sollte lieber ihren Mund halten.

Die beiden Frauen verabschiedeten sich und Julia blickte Christine hinterher, die sich glücklich am Arm des jungen Mannes durch die Menge schob. Wahnsinn. Und irgendwie auch bewundernswert.

Der Regen verwandelte sich unmerklich in Schneeregen und schließlich in nasskalten Schnee, der nirgendwo liegen blieb. So viel zum Thema weiße Weihnachten. Julia gab sich einen Ruck. Sie würde jetzt die Lebkuchenherzen abholen und zwei davon irgendwann während der Feiertage selbst essen und dann ihrer Schwiegermutter im Seniorenheim einen Besuch abstatten. Vielleicht konnte sie vorher noch da vorn an dem Stand mit dem Fair-Trade-Klimbim irgendein Geschenk für Emily besorgen. Eine Bongo-Trommel oder Kaffeebohnen von blinden Bergbauern aus Guatemala. Oder sollte sie lieber eine Ziege für eine Familie in Afrika sponsern? Würde das Emily gefallen? Julia seufzte.

3 Ihr Kinderlein kommet

16.12., nachmittags
Berlin, Deutschland

Emily fror. Als Jannik sie gefragt hatte, ob sie mit ihm eine Runde durch den Kiez drehen wolle, hatte sie alles stehen und liegen gelassen, bevor er es sich wieder anders überlegte oder einen der Jungs aus der WG fragte. Und weil Jannik sich immer lustig machte, wenn Frauen ewig und drei Tage brauchten, ehe sie aus dem Haus kamen, weil sie sich noch schminken oder stylen mussten – das Selfie-Face-Aufmalen nannte er das –, hatte sie nur rasch eine Sweatshirt-Jacke übergeworfen und die Birkenstock-Sandalen mit dicken Socken anbehalten. In denen lief sie immer in der Wohnung herum.

»Das mag ich so an dir«, hatte er gesagt, als sie loszogen. »Du bist nicht so scheiß eitel.«

Das Lob hatte sie eine Weile lang gewärmt, aber nun pfiff der Wind durch die dünne Jacke und ihre Füße waren kalt, weil die Socken ganz durchnässt waren. Sandalen waren für dieses Wetter natürlich völlig ungeeignet. Trotzdem immer noch besser als das, was Jannik an den Füßen hatte, nämlich gar nichts. Jannik war ein Barfußläufer, und zwar das ganze Jahr über.

Sie schielte zu ihm hin. Wie er das nur aushielt? Und

wie er sich mit schlafwandlerischer Sicherheit seinen Weg durch das Minenfeld mit Hundehaufen, Glasscherben und Kippen auf den Berliner Straßen bahnte ... Bewundernswert, wie so vieles an Jannik. Er war kompromisslos und wusste total, was er wollte.

»Hast du echt keine kalten Füße?«, rutschte es ihr heraus.

Jannik lächelte nachsichtig. »Girl, du solltest es einfach auch mal probieren. Es befreit dich. Und es ist eine total geile, bereichernde Erfahrung, die nackte Erde unter deinen Sohlen zu spüren.«

»Na ja, nackte Erde kann ich ja noch einsehen, aber verkeimten Asphalt?«

Jannik blieb stehen. »Das gehört mit dazu. Das ist ein Kontakt mit meiner Umwelt. Sind alles Sinneseindrücke, die mir meine Füße vermitteln. Sinneseindrücke, von denen ich sonst keine Ahnung hätte, verstehst du?«

Nein. »Ja, klar.«

Ihr Magen knurrte. Vom Weihnachtsmarkt her wehten die herrlichsten Düfte zu ihnen. Wie gern würde sie jetzt eine Bratwurst essen, aber dann würde Jannik garantiert wieder so gucken. Sie versuchte ja schon dauernd, ein hundertprozentiger Vegetarier zu sein, nur klappte das nicht richtig, weil sie die leichenblassen Tofuwürstchen von Jannik verabscheute und immer so viel Appetit hatte und überhaupt tausendmal hungriger als Jannik war, der nur von Tee und Chia-Samen und Goji-Beeren zu leben schien. Vielleicht konnte sie sich auf dem Weihnachtsmarkt wenigstens ein paar Krapfen kaufen?

»Hey, Jannik. Lange nicht gesehen.« Vor ihnen stand auf einmal eine ungemein attraktive junge Frau in wehender Strickjacke. Sie trug einen kleinen Tannenbaum im Topf in den Händen und strahlte Jannik an.

»Hey, Cat.« Jannik strahlte zurück und umarmte die schöne Unbekannte.

Emily verspürte einen winzigen eifersüchtigen Stich. Wer war das?

»Das hier ist Emily, die wohnt in meiner WG, und das ist Cat«, stellte Jannik sie beide vor, als hätte er Emilys Gedanken erraten. »Sie betreibt den Blog *Cats and Dogs*. Kennst du ja auch. Vegane Rezepte und so. Cat ist voll die Influencerin.«

Und ob Emily den Blog kannte. Total hip aufgemachte und gestylte Fotos in Erdfarben und viel Burgunderrot – von Suppen und Salaten, von süßen Hunden und Katzen und gelegentlich auch von Cat selbst, wie sie mit einer Tasse Tee am Fenster stand und verträumt in die Natur hinausblickte. In natura sah Cat *noch* schöner aus als auf ihren Fotos.

»Ich blogge seit Neuestem auch vegane Rezepte für Katzen und Hunde.« Cat richtete ihr Strahlen jetzt auf Emily. »Es gibt viel zu wenig qualitativ gutes veganes Futter für Tiere, findest du nicht?«

»Total«, pflichtete ihr Emily rasch bei. Voller Schuldbewusstsein dachte sie an die Leberwurst, die sie letztens erst an Ralfi verfüttert hatte, den süßen schwarzen Mischlingshund aus dem Tierheim, wo sie ehrenamtlich aushalf. Die Wurst war von Aldi gewesen! Schamesröte kroch ihr den Hals hoch.

»Ist das etwa dein Weihnachtsbaum?« Jannik deutete auf das Bäumchen im Topf.

»Oh Gott, nein. Den bringe ich meiner Freundin. Der ist für die Integrations-Weihnachtsfeier im Asylbewerberheim. Hinterher wird er natürlich wieder im Wald eingepflanzt. Bei der Gelegenheit bringen wir dann auch gleich unsere gesammelten Kastanien für die Rehe hin.«

»Find ich gut«, meinte Jannik bewundernd. »Dass du diesen Weihnachtswahnsinn mit tausendfach abgehackten Bäumen nicht unterstützt. So ein Irrsinn das Ganze.«

Integrationsfeiern? Rehe? Kastanien? Auch noch selbst gesammelt? Emily konnte ihren Blick kaum von dieser ätherisch schönen und perfekten Cat abwenden. Kein Wunder, dass Jannik so auf die abfuhr.

»Ich feiere kein Weihnachten«, erklärte Cat. »Wir feiern nur die Wintersonnenwende. Ist viel spiritueller und nicht so verlogen.«

»Und wir machen eine Anti-Weihnachtsfeier in unserer WG«, trumpfte Jannik plötzlich auf, obwohl Emily gerade das erste Mal davon hörte. »Du bist natürlich herzlich eingeladen, Cat. Also, wir feiern die bewusste Abwendung von der ganzen sentimentalen Konsumscheiße und so. Wird total abgefahren. Wenn noch ein paar aus meiner Band kommen, machen wir auch Musik.«

»Super Idee. Kommst du auch?«, wandte Cat sich an Emily und riss die Augen mit den dichten Wimpern auf. Viel zu dicht und zu lang. Die konnten unmöglich echt sein. Das kleine Flämmchen Eifersucht loderte etwas heftiger in Emilys Brust, dabei konnte Jannik schließlich tun und lassen, was er wollte, sie waren ja nicht zusammen.

»Emily fährt heim zu Mami und Papi«, antwortete Jannik für sie. »Stollen futtern.« Er zwinkerte Emily zu, es sollte wohl ein Witz sein.

Trotzdem wurmte es sie. »Das stimmt nicht«, wehrte sie sich. »Also, ich bin vielleicht auch da. Ganz sicher bin ich auch da.« Blödsinn, natürlich würde sie nach Hause zu ihren Eltern fahren. Sie liebte Weihnachten über alles, auch wenn sie damit hier in der Runde offenbar die Einzige war.

»Ich meine – es gibt heutzutage so viel Schreckliches überall und dann diese Verschwendung, alles im Namen von Weihnachten. Guckt euch das doch mal an.«

Cat vollführte eine elegante Halbdrehung und deutete auf die Welt um sie herum. Es war in diesem Moment wahrhaftig keine schöne. Ein nassgrauer Tag, Menschen, die genervt und mit Tüten behängt von Laden zu Laden stolperten, dort drüben auf dem Weihnachtsmarkt die vielen Glühweinschlucker, die schon seit dem Vormittag an den kitschigen Buden standen, das ganze Geklingel und Getute, ein einziges nervtötendes Potpourri aus Glöckchenläuten, Schmatzen und Gläserklirren, Brüllen und angetrunkenem Gelächter, aus Autohupen, quietschenden Bremsen und zuckenden Lichtern. Und alles durchwabert von dem nicht enden wollenden Soundtrack der schönsten deutschen Weihnachtslieder, zu denen offenbar auch *Last Christmas* nun endgültig gehörte.

»Ihr Kinderlein kommet und fresset und saufet und shoppet«, spottete Jannik. »Und vergesst nicht, den ganzen Scheiß auf Instagram zu stellen, um Leute neidisch zu machen, die ihr noch nie im Leben getroffen habt.«

Eine Frau im schicken Trenchcoat rauschte an ihnen vorbei, das Gesicht gebräunt wie ein Spekulatius vom Vorjahr, die Miene verkniffen, die Haare asymmetrisch gekämmt, diverse Designertüten in den Händen. Ein missmutiger Junge um die zwölf stapfte betont langsam hinter ihr her. Die Frau drehte sich um.

»Kommst du jetzt endlich? Wir haben es eilig. Ich sag's dir, wenn du so weitermachst, kriegst du nichts zu Weihnachten.«

»Das sagst du jedes Jahr«, erwiderte der Junge ungerührt und zog sein Handy heraus.

»Diesmal mache ich es wahr«, wetterte die Mutter, doch ihre Aufmerksamkeit richtete sich bereits auf ihr eigenes summendes Handy, in das sie nun ebenfalls starrte, während sie weiterlief.

Emily sah den beiden hinterher. Cat und Jannik hatten recht. Das ganze Weihnachtsgedöns war zum Kotzen. Verlogen und völlig unnötig. Und in diesem Moment fasste Emily einen Entschluss.

4 Morgen, Kinder, wird's was geben

16.12., nachmittags
Weimar, Deutschland

In der Seniorenresidenz »Am Park« veranstalteten ein paar weißhaarige alte Damen ein Kaffeekränzchen im großen Saal und lauschten dem Klavierspiel eines ebenfalls weißhaarigen Pianisten.

Franks Mutter, Elisabeth Bachmann, hatte einen Tisch etwas weiter weg gewählt. Als ihre Schwiegertochter den Raum betrat, winkte sie ihr zu und goss ihr sofort eine Tasse Kaffee ein.

Julia nahm Platz.

»Hallo, Elisabeth, warum sitzt du denn nicht bei den anderen?«

»Weil ich kein Groupie von Herrn Beyer bin. Gleich spielt er *Morgen, Kinder, wird's was geben*«, verkündete Elisabeth und verdrehte dabei die Augen. »Das hat er seit dem ersten Dezember schon hundert Mal gespielt. Allein heute schon mindestens vier Mal. Wenn er es noch mal spielt, gehe ich vor und gebe *ihm* was, und zwar nicht erst morgen. Etwas, woran er sich für den kurzen Rest seines verbleibenden Lebens erinnern wird.«

»Aber ...« Julia biss sich auf die Lippe und lachte in ihren Schal. »Du musst doch nicht hier sitzen und ihm zuhören.«

»Und ob ich muss. Gleich fängt nämlich die Schicht von David an, und der kommt hier in den Saal.«

»Wer ist denn David?«

»Unser reizender neuer Betreuer. Der ist aus England und redet immer mit mir. Die alten Schachteln da drüben verstehen ja kein Wort Englisch.«

Elisabeth deutete voller Verachtung mit dem Kopf zu den Damen am Nachbartisch, die jetzt dem Klavierspieler höflich Beifall klatschten. Wenige Sekunden später erklangen die ersten Töne von *Morgen, Kinder, wird's was geben*. Elisabeth stöhnte leise auf.

»Reizender junger Betreuer?« Wen hatte ihre Schwiegermutter denn da schon wieder im Visier? »Wie genau darf ich reizend verstehen?«

»Mit irgendwas muss man sich ja die Zeit vertreiben ...« Elisabeth goss sich noch mehr Kaffeesahne in die Tasse. »David und ich haben neulich sogar zusammen weißen Glühwein getrunken. Das kannte der noch gar nicht, hat ihn schwer begeistert.« Sie schob ein Adventsgesteck auf dem Tisch hin und her. »Das hier haben die anderen in der Zeit gebastelt. Was meinst du, was das für ein Theater war! Jeder wollte das schönste Gesteck machen, wie in der dritten Klasse. Da zwitschere ich lieber einen mit dem David.«

Ein junger Mann, die Haare zum Man Bun gezwirbelt und mit einem Namensschildchen am T-Shirt, betrat den Raum.

»Hallo, David!«, kreischten die Damen vom Nebentisch entzückt und so laut, dass sie den Klavierspieler übertönten. Der wurde davon so aufgeschreckt, dass er sich verspielte, sein verwirrtes Gesicht dem Quell der Störung zuwandte, eine Weile lang konsterniert seine

Umgebung betrachtete, als hätte er eher erwartet, sich auf einer Forschungsstation im Eismeer zu befinden, und dann übergangslos mit *Lasst uns froh und munter sein* weitermachte.

»Hi, Ladys.« Der junge Mann namens David grinste fröhlich. »Hi, Betty.« Er winkte Julias Schwiegermutter zu.

»Das ist er, der David«, erklärte diese stolz.

»Der nennt dich Betty?« Julia konnte es nicht fassen.

»Ja, warum denn nicht? Das ist die englische Kurzform von Elisabeth, und so heiße ich nun mal. Ich finde, das klingt lässig.« Sie trank einen Schluck Kaffee. »Silvester hat er Dienst hier. Da werde ich eine Ohnmacht faken, wenn die Böller losgehen. Dann muss er sich kümmern. Hab ich alles schon geplant.«

»Also, jetzt hör auf.« Julia prustete los.

Elisabeth war wirklich eine Nummer für sich. Und im Gegensatz zu den meisten ihrer Freundinnen und Bekannten kam Julia sehr gut mit ihrer Schwiegermutter aus. Sie hatte schon immer einen besseren Draht zu ihr gehabt als zu ihren eigenen Eltern, die schon längst nicht mehr lebten. Ja, das war ungewöhnlich, das war ihr klar. Elisabeth konnte zwar ziemlich sarkastisch werden, hatte eine Schwäche für junge Männer und die luxuriöseren Seiten des Lebens, aber sie hatte ein gutes Herz und war außerdem geistig fitter als so manche Fünfzigjährige. Mit ihren achtzig Jahren war sie überdies voller Tatendrang und von dem dringenden Wunsch beseelt, sich nützlich zu machen. Weder Julia noch Frank hatten vor einem Jahr verstehen können, warum Elisabeth in die Residenz »Am Park« gezogen war, schließlich war sie noch mehr als rüstig. Mittlerweile jedoch glaubte Julia, den Grund zu ahnen. Elisabeth brauchte andere Leute um sich, sie hätte sich jedoch niemals Julia und Frank in ihrem Haus aufgedrängt. Allein verkümmerte sie, sie brauchte Action, ein wenig Klatsch, ein wenig Aufregung und vor allem Menschen, mit denen sie reden konnte.

»Zu Silvester bist du außerdem bei uns«, sagte Julia. »Wir holen dich am Dreiundzwanzigsten vormittags ab, dann kannst du mir ein bisschen bei den Vorbereitungen helfen.«

Viel würde es nicht zu helfen geben, weil Frank sich sicher an der Gans austobte und alles andere schon vorbereitet sein würde. Außerdem waren sie in diesem Jahr nur zu viert, aber Julia wusste, dass ihre Schwiegermutter stets auf eine Gelegenheit hoffte, ihre Hilfe anzubieten, und sich niemals nur mit einem Glas Eierlikör in der Hand auf der Couch rekeln und bedienen lassen würde.

»Kommt Anne nun also wirklich nicht?«, erkundigte sich Elisabeth. »Ich meine – bei Charlotte kann man es ja verstehen, aber Anne hat kein Kind gekriegt und England ist heutzutage auch keine Entfernung mehr.«

Julia schüttelte den Kopf. »Nein. Sie will mit ihrem Freund zusammen das erste gemeinsame Weihnachten feiern, hat sie gesagt. Echt englisch, mit allem, was dazugehört.«

»Ach so. Na gut, das würde ich in dem Fall wohl auch machen«, sagte Elisabeth und bedachte David mit einem wohlwollenden Blick. »So ein fescher junger Engländer unterm Mistelzweig ...«

Julia schüttelte amüsiert den Kopf. Einen Moment lang überlegte sie, ob sie Elisabeth von Christine und ihrem jungen Lover erzählen sollte. Lieber nicht. Es brachte ihre Schwiegermutter möglicherweise auf dumme Gedanken.

»Und Christmas Pudding und Charles Dickens und so weiter«, fuhr Elisabeth verträumt fort. »Socken, die über dem Kamin hängen, tief verschneite Hügel, auf denen malerische Cottages stehen ...«

»Sie wohnt in London, in einem Apartment.«

»Weiß ich doch. Sei nicht immer so pingelig. Ich schwelge nur ein bisschen. Ich habe England immer sehr gemocht. Früher bin ich ja oft mit Bernhard dahin gefahren.«

»Ich weiß.« Bernhard, Julias wunderbar warmherziger Schwiegervater, lebte leider schon seit ein paar Jahren nicht mehr. »Zu Weihnachten machen wir die Gans genau so, wie Bernhard sie immer gemacht hat, und danach ist Videochat mit Anne und Charlotte angesagt, da kannst du auch Connor sehen, deinen Urenkel.«

Elisabeth nickte stumm, und unvermittelt zog sich Julias Herz zusammen. Wenn ihre eigenen Chancen schon schlecht standen, ihren Enkel in der nächsten Zeit live zu sehen, so lagen die Chancen ihrer Schwiegermutter, dem kleinen Urenkel in ihrem Leben überhaupt noch zu begegnen, wahrscheinlich bei unter zehn Prozent. Das Weihnachtsfest würde diesmal lange nicht so unbeschwert werden wie sonst, das wurde Julia mit einem Mal klar. Sie würden natürlich alle versuchen, sich nichts anmerken zu lassen, aber im Endeffekt ließ es sich nicht verleugnen: Es war der Beginn einer neuen Ära. Eine Zeit, in der die Kinder flügge wurden, bis Julia irgendwann mit Frank allein übrig blieb wie ein graues altes Spatzenpaar.

Wenn sie an diesem Weihnachten wenigstens irgendwo anders hätten hinfahren können. Ins Warme oder so. Es mussten ja nicht gleich die teuren Malediven sein. Vielleicht mit Elisabeth, oder sogar mit Emily. Aber das war ja nicht möglich – Frank stieg in kein Flugzeug und wäre niemals mit einem Weihnachten unter Palmen zurechtgekommen. In so einem tropischen Land sang natürlich nicht der Dresdner Kreuzchor seine schwermütigen Weisen zum Fest, sondern es lärmte eine glitzernde Tingeltangelband an der Strandbar. Das wäre wie heiße Lava in Franks Ohren, von seiner Besessenheit von Gänsebraten und der Vorliebe seiner Mutter für Stollen und Glühwein mal ganz zu schweigen. Nein, Frank würde an Heiligabend eher im Archivkeller seiner Krankenversicherung Krankenscheine aus den gesamten Neunzigerjahren alphabetisch ordnen, als auf Hawaii unter einer mit Lichterketten behängten Palme zu schunkeln.

Ein einziges Mal hatten sie in der Vergangenheit ein alternatives Weihnachtsfest gewagt. Vor ungefähr sechzehn Jahren war das gewesen. Mit Franks Kollegen Jürgen, seiner Frau und den Kindern deren Berghütte im verschneiten Bayrischen Wald zu teilen – was hätte es Weihnachtlicheres geben können? Nun, wie sich herausstellte, so ziemlich alles. Selbst Camping vor dem Brandenburger Tor wäre entspannter gewesen. Julia erinnerte sich mit Horror an Steffis und Jürgens rotzverschmierte Blagen, die als Allererstes Emily entgegenkrähten, dass der Weihnachtsmann eine Erfindung ihrer blöden Eltern sei, dann wie kleine Primaten auf den Möbeln herumturnten und es sogar schafften, den Hirschgeweih-Kronleuchter zu Bruch zu bringen. Jür-

gen brauchte bereits morgens um zehn einen »Munter-
macher« aus Rum im Kaffee und Steffi saß erschlafft auf
der Couch und jammerte: »Ihr kriegt alle nichts vom
Christkind, ich sag's euch!«, während ihre Kinder sich
mit abgebrochenen Weihnachtsbaumzweigen peitsch-
ten und mit ihren Popelfingern Tunnel durch Franks
Stollen bohrten.

Es war ein so niederschmetterndes Erlebnis gewesen, dass Frank und Julia hinterher vermieden, in
irgendeiner Weise darüber zu sprechen, um das Trauma
nicht noch zu vertiefen.

Ach, den Stollen musste sie noch vom Bäcker besorgen, fiel es ihr plötzlich ein. Warum eigentlich? Niemand außer Elisabeth mochte das klebrig süße, schwere
Gebäck so richtig, selbst Franks Begeisterung hielt sich
in Grenzen. Sie seufzte. Irgendwie gehörte ein Stollen
aber trotzdem zu Weihnachten dazu.

»Da kommt die Frau Weber«, bemerkte Elisabeth
jetzt leise. »Die klaut. Hab ich dir das schon erzählt?«

»Nein.« Julia betrachtete überrascht die unschein-
bare kleine alte Frau, die durch den Saal schlenderte
und hier und da mal stehen blieb. »Was klaut sie denn?«

»Alles, was ihr unter die Finger kommt. Die ist klepto-
manisch, das sag ich dir. Besteck und Handschuhe und
Monatskarten für die Bahn und so weiter. Ich trage
immer das Wichtigste aus meinem Zimmer bei mir.
Man weiß ja nie.« Elisabeth klopfte auf ihre prall ge-
füllte Handtasche.

»So was musst du melden, wenn du das weißt!«

»Nein, warum denn? Dann hab ich ja nichts mehr,
was ich beobachten kann.«

Der Klavierspieler, der kurz mal hinausgeschlurft

war, kam wieder herein, nahm seinen Platz ein und drosch erneut in die Tasten.

»Jetzt geht's wieder los.« Elisabeth verdrehte die Augen.

»*Morgen, Kinder, wird's was geben*«, schallte es durch den Saal, die Damen am Nachbartisch sangen mit brüchigen Stimmen mit und Frau Weber steckte blitzschnell eine Kuchengabel in die Tasche ihrer Strickjacke.

»Ich hol dich am Dreiundzwanzigsten, so früh es geht, ab, ich verspreche es dir.« Julia drückte ihre Schwiegermutter ganz fest. Am besten schon im Morgengrauen. Bevor der Klavierspieler loslegte.

Sie betrat die Bäckerei, und eine melodische Ladenglocke erklang, die ebenfalls schon seit ewigen Zeiten hier bimmelte. Julia beschloss, den kleinsten Stollen zu nehmen, den sie hatten. Selbst der war wahrscheinlich noch zu groß. Sie selbst würde sich der Form halber lediglich eine kleine Scheibe reinwürgen, Emily würde verächtlich schnauben, wenn man ihr den Stollen anbot, und Frank müde abwinken. Nur Elisabeth würde sich daran erfreuen, allerdings auch nicht wie ein Sumo-Ringer futtern.

Die Bäckerin Frau Reichert begrüßte sie überschwänglich. »Ich dachte schon, Sie kommen gar nicht mehr und sind dieses Jahr zur Konkurrenz übergelaufen.«

»Um Gottes willen, es gibt doch nur bei Ihnen den richtig guten Stollen, auch wenn ich dieses Jahr nur einen kl...«

»Warten Sie, ich hab Ihnen einen aufgehoben«,

wurde sie von Frau Reichert unterbrochen. Die tauchte ab, holte etwas unter dem Ladentisch hervor und reichte es Julia mit einem triumphierenden Lächeln. »Extra für Sie und Ihre Familie. Alles Bio, zwei Kilo schwer. Den größten, den ich dieses Jahr hatte. Und weil sie so eine gute Kundin sind, gibt es noch einen Ministollen gratis dazu.«

Julia schluckte. Das süße Stück war so groß wie ein Geigenkasten, der Babystollen daneben hätte für ihre Zwecke völlig ausgereicht.

»Oh, wie schön, ich wollte aber …«, setzte sie an, dann fehlten ihr die Worte.

»Ich wusste, dass Sie sich freuen würden. Das wären dann vierzig Euro glatt. Noch ein paar Plätzchen dazu?«

»Die back ich selber«, krächzte Julia. Was um Himmels willen machte sie hier eigentlich? Mechanisch nahm sie den Stollen mit seinem Kind entgegen, die gemeinsam mit den beiden unnützen Lebkuchenherzen ein komplett sinnentleertes Dasein in ihrem Haus fristen würden.

»… Ihnen schöne Feiertage«, drang die Stimme von Frau Reichert wieder zu ihr durch.

»Ihnen auch.« Julia schleppte das riesige Gebäck zur Tür und ärgerte sich über ihre eigene Feigheit.

Zu Hause angekommen, sperrte sie die beiden Stollen sofort in die Speisekammer. Weg damit. Aus dem Radio dudelte weihnachtliche Musik und hob ihre Stimmung. Ach, natürlich würden sie in diesem Jahr ein schönes Fest feiern, auch wenn Charlotte und Anne nicht dabei waren. Vielleicht konnte sie Frank ja wenigstens dazu überreden, mal ein anderes Essen auszuprobieren?

Vielleicht ein vegetarisches Festmahl anstatt der fettigen Gans? Oder wie wäre es mit einem schönen Konzertbesuch anstelle von stundenlangem Fernsehen? Erst letztens hatte eine von Julias Kolleginnen in der Physiotherapie-Praxis ein Rezept für eine raffinierte weihnachtliche Grünkohlrolle mitgebracht. Warum eigentlich nicht?

Doch dann sah Julia ihren Mann vor sich, wie er mit langem Gesicht die Grünkohlrolle sezierte, dabei seufzte und gleichzeitig viel zu oft versicherte, dass sie ihm hervorragend schmeckte, wie er dann zu fortgeschrittener Stunde zur Gefriertruhe schlich und dort sehnsüchtig die tiefgefrorene Gans streichelte und wie er ergeben in einem viel zu engen Anzug in einem Konzertsaal saß und dem Weihnachtsoratorium lauschte, dabei heimlich mit seiner Apple Watch herumspielte und schließlich während einer Arie von einem Hustenanfall gebeutelt wurde. Lieber nicht. Weihnachten war sein Heiliger Gral, sie rüttelte besser nicht daran.

Plätzchen würde sie trotzdem backen, dazu war sie dieses Jahr noch gar nicht gekommen und Emily liebte Weihnachtsplätzchen über alles. Am Sonntag war der zweite Advent, da würde sie es sich mit Frank gemütlich machen.

Sie setzte den Teig für die Lebkuchen an, denn der musste über Nacht im Kühlschrank ruhen, arbeitete sich von Linzer Plätzchen zu Vanillekipferln weiter und beendete die Backorgie mit Emilys Lieblingsgebäck, sogenannten Weinbrandsternen. Nach knapp zwei Stunden sank sie erschöpft auf den Stuhl. Es duftete himmlisch in der Küche. Frank würde Augen machen!

Ihr Handy klingelte, Emily rief aus Berlin an. Julia

wischte sich schnell die mehlbeschmierten Hände an einem Geschirrtuch ab und ging ran. »Hallo, mein Schatz?«

»Hallo, Mama. Alles klar bei euch?«

»Ja, bestens.« Im Hintergrund knallte und klirrte es bei Emily. »Was ist denn das für ein Lärm bei euch? Feiert jemand Polterabend?«

»Nee, Jannik hat so kitschige Engel von irgendwem bekommen, und die zerkloppen sie jetzt.«

»Was? Wer? Und warum?«

»Na, die anderen aus der WG, weil Weihnachten so eine kommerziell verseuchte sentimentale Konsumscheiße geworden ist und wir uns solchen Müll nicht hier in die Wohnung stellen und das Ganze noch damit unterstützen.«

»Ach so.« Julia lauschte verblüfft. »Die armen Engel. Na, ihr könnt ja machen, was ihr wollt. Aber ich dachte, du liebst Weihnachten?«

»Nein, nicht mehr. Wie kann man das denn feiern, wenn überall auf der Welt so viel Schreckliches passiert? Die Leute sterben wie die Fliegen in anderen Ländern und wir fressen Stollen und Gans!«

Sofort fiel Julia der unselige Riesenstollen mit seinem Anhängsel wieder ein. »Wenn wir zu Hause herumsitzen und kein Weihnachten feiern, ändert sich auch nichts für diese Leute. Also warum darauf verzichten?«

»Weil es dann insgesamt gesehen nicht mehr so pervers ist.«

»Also, ich kann dir jetzt irgendwie nicht ganz folgen. Aber in zwei Wochen kommst du ja und dann wollen wir mal sehen, wer hier kein Weihnachten mehr mag.«

Julia versuchte, ihrer Stimme einen heiteren Ton zu verleihen, Emilys nächster Satz jedoch brachte ihre ganze Welt zum Einstürzen.

»Mama, ich komme nicht. Ich hab es mir anders überlegt. Wir verzichten auf den ganzen Konsumterror und machen hier in der WG eine Anti-Weihnachts-Party. Janniks Band wird spielen und vielleicht nehme ich sogar ein paar Hunde aus meinem Tierheim über die Feiertage auf. Um die kümmert sich nämlich zu Weihnachten kein Mensch.«

»Was? Emily, wir freuen uns auf dich! Oma kommt, die will dich mal wiedersehen.«

»Sie kann mich doch ein andermal sehen. Im Januar oder so. Ist ja fast dasselbe.«

Nein, das war nicht dasselbe! Wie konnte Emily ihnen das antun? Wut stieg in Julia auf, aber sich jetzt mit ihrer jüngsten Tochter zu streiten, würde die Weihnachtsstimmung nicht gerade verbessern.

»Das finde ich total schade, Emily«, sagte sie deshalb nur leise.

»Mama, es ist nur ein blödes Fest, das künstlich aufgebauscht wird. Eine ganze Industrie verdient daran und an Frieden auf Erden glaubt mittlerweile kein Mensch mehr. Nur noch an Shoppen.« Emily stieß geräuschvoll die Luft aus, wahrscheinlich rauchte sie wieder, obwohl sie angeblich aufgehört hatte.

»Für unsere Familie ist es nicht nur ein blödes Fest«, widersprach Julia. In dem Moment rumste und knallte es wieder bei Emily, jemand lachte hysterisch, jemand schrie: »Ey, Alder, wie geil ist das denn!«, und da konnte Julia das Gespräch einfach nicht mehr ertragen.

»Ich rufe dich in den nächsten Tagen noch mal zurück, ich hab was im Ofen«, sagte sie kurz angebunden und legte auf.

Wie betäubt ließ sie ihren Blick durch die Küche schweifen. Sieben Bleche voller Plätzchen standen um sie herum. Plätzchen, die verziert und mit Marmelade zusammengeklebt und mit Puderzucker bestreut werden wollten. Im Kühlschrank wartete der Teig für die Lebkuchen auf seinen Einsatz, die Herzen für die Mädchen lagen im Schrank und in der Speisekammer lauerte der Riesenstollen wie das Phantom der Oper auf sie. Wer sollte das alles essen? Und plötzlich schossen Julia die Tränen in die Augen.

5 Alle Jahre wieder

22.12., nachmittags
Weimar, Deutschland

»Also, ich weiß nicht ...« Der Weihnachtsbaum sah aus wie eine Kreuzung aus Grabschmuck und Gehhilfe. Julia betrachtete ihn unglücklich. »Gab es denn nichts Besseres? Und viel zu klein ist er auch.«

Frank verdrehte die Augen. »Ja, das kann ich jetzt auch nicht ändern. Dann geh und kauf noch einen anderen, wenn du dich heute noch in das Tollhaus namens Innenstadt stürzen willst. Erst wolltest du gar keinen Baum. Gestern sagst du mir, du willst doch einen. Dann, wenn ich schon unterwegs bin, schreibst du mir eine Nachricht, dass er möglichst klein sein soll, damit er nicht so viel Arbeit und Dreck macht. Und nicht zu teuer, weil er sowieso bald wieder rausfliegt. Alle diese Komponenten zusammengenommen ergeben genau diese Tanne hier.«

Frank stupste den Baum an, der sich daraufhin langsam zur Seite neigte und unterwürfig wie ein einbeiniger Butler in dieser Position verharrte.

»Und in den Weihnachtsbaumständer passt er auch nicht«, bemängelte Julia.

»Natürlich nicht. Er ist ja kleiner als die Bäume, die wir in den letzten Jahren hatten. Ich verstehe sowieso nicht, warum wir plötzlich auf einen schönen Baum verzichten müssen, nur weil wir in diesem Jahr nicht so viele sind.«

»Na, weil …« Ach, verdammt.

Einen Moment lang standen sie schweigend vor dem mickrigen Baum und betrachteten ihn. Die Kiste mit dem Weihnachtsschmuck stand daneben, die Hälfte davon konnte Julia gleich wieder auf den Dachboden schaffen, weil das viel zu viel war. An weihnachtlichem Beiwerk gab es dieses Jahr bei ihnen weder Fensterschmuck noch bunte Teller, dafür über zweihundert Plätzchen in Dosen, die beiden Stollen, wegen denen Julia kaum noch die Speisekammer betrat, weil sie so hilflos und nutzlos da herumlagen und ihr leidtaten, sowie das alljährliche Adventsgesteck auf dem Tisch. Und der Nussknacker, der noch von Julias Mutter stammte. Er stand einsam auf dem Fensterbrett, ein Soldat auf verlorenem Posten, und sah traurig auf die Straße hinaus. Noch trauriger guckte allerdings Frank, dem wohl langsam dämmerte, dass der Zug zu einem Weihnachten-wie-immer in diesem Jahr längst abgefahren war.

»Es ist okay«, murmelte Julia. »Ist halt alles ein bisschen bescheidener dieses Jahr. Tut mir leid.«

»Macht nichts.« Frank legte den Arm um sie, er wusste genau, dass es hier nicht nur um den Baum ging. »Wir machen uns ein gemütliches Fest mit meiner Mutter, es wird trotzdem alles gut, du wirst sehen. Verhungern werden wir jedenfalls nicht, denn der Gänsebraten ist schon gesichert.« Er zog und schraubte an dem Weihachtsbaumständer herum und verschob irgendetwas und schon stand der Baum wieder aufrecht. Sofort sah er nicht mehr ganz so hilfsbedürftig aus, und Julia begann, ihn mit den kleinsten Kugeln zu behängen.

Wenig später nahm sie köstliche Düfte aus der Küche wahr. Wenn es ums Essen ging, war Frank ganz in seinem Element, und außerdem ließ er seine Weihnachts-Playlist durch das ganze Haus schallen. »*Walking in a Winter Wonderland*«, sang Bob Dylan mit seiner kratzigen Stimme und Julias Gedanken drifteten nach Amerika, nach Seattle, wo es jetzt sechs Uhr morgens war und ihre Tochter Charlotte hoffentlich noch schlief und sich etwas Ruhe gönnte, bevor Baby Connor sie wieder weckte.

Julias Handy summte und kündigte eine Whatsapp an. Von Charlotte! Wenn das keine Gedankenübertragung war.

> Bin schon wieder wach oder immer noch oder was auch immer, ich weiß es selbst nicht mehr genau. Hier ist Connor vor einem unserer Weihnachtsbäume!!

Das Foto zeigte Charlotte, die auf dem Boden hockte, die blonden Haare zu einem Zopf zusammengerafft und immer noch ein bisschen pummelig von der Schwangerschaft. Dunkle Schatten unter den Augen, aber ein glückliches Lächeln im Gesicht. Neben ihr Connor mit einem Weihnachtsmützchen auf dem Kopf, der leicht erstaunt in die Kamera blickte. War da schon der Anflug eines Lächelns zu sehen? Er lag in einer Babyschale vor einem komplett in Weiß und Silber gehaltenen Weihnachtsbaum. Einer ihrer Bäume?

> Süß! Habt ihr denn mehr als einen Baum?

Als Antwort schickte Charlotte ein Smiley, das sich vor Lachen krümmte. Julia betrachtete es grübelnd. Was bedeutete das?

> Ich melde mich am Vierundzwanzigsten gegen elf Uhr morgens, okay? (schrieb Charlotte zurück.) Dann ist es bei euch acht Uhr am Abend. Jetzt verlangt Connor nach mir.

> Freue mich drauf! Gib ihm einen Kuss von mir.

> Mach ich.

Julia hielt ihr Telefon noch eine Weile in der Hand und betrachtete das Foto von dem weiß geschmückten Baum. Ja, der sah schick aus, ohne Frage, fast wie aus *Schöner Wohnen*. Ach, wie gern hätte sie mal ein bisschen länger mit Charlotte geredet, aber wegen der Zeitverschiebung war das immer so schwierig. Und Anne war immer so beschäftigt und Emily, die meldete sich überhaupt nicht mehr. War sie eingeschnappt, weil Julia neulich einfach aufgelegt hatte? Julia beschloss, ihrer Jüngsten eine Whatsapp zu schicken. Zu Weihnachten musste man sich doch vertragen, das hielt ihr harmoniesüchtiges Mutterherz sonst nicht aus. Es reichte schon, wenn sie sich dauernd Sorgen um ihre Töchter machte – um Emilys Zukunft, darum, dass Annes unbekannter Freund sie hoffentlich nett behandelte, und darum, dass Charlotte in dem fernen und befremdlichen Amerika mit ihrem ersten Kind auch gut klarkam.

Sie überlegte kurz, dann schoss sie ein Foto von dem

kümmerlichen Weihnachtsbaum, schickte es an Emily in Berlin und schrieb dazu:

> Wir entziehen uns auch dem Konsumterror und nehmen stattdessen über die Feiertage einen entwicklungsverzögerten Baum bei uns auf.

Ihren Sinn für Humor hatte Emily ja hoffentlich noch nicht verloren.

Gegen Abend fing es tatsächlich an zu schneien. Vielleicht bekamen sie ja mal wieder eine weiße Weihnacht. Zwar war es immer noch kein richtiger Pulverschnee, doch der Seele tat der sanfte Flockenwirbel gut. Julia hatte es sich in ihrem großen Ledersessel gemütlich gemacht, ein Buch in der Hand, ein Glas Wein auf dem kleinen Beistelltisch. Der Fernseher flimmerte im Hintergrund, zwei pausbäckige Frauen im Trachtenlook sangen dort mit viel Ergriffenheit vom Ros, das entsprungen war. Wer hatte das denn eingestellt? Julia zappte sich durch die Kanäle und blieb bei einer Dokumentation über eine Frau hängen, die zu Weihnachten dreiundzwanzig streunende Katzen in ihrem Haus aufnahm. Julia verschluckte sich vor Schreck an ihrem Wein und hustete. War das ihre Emily in vierzig Jahren?

»Ich mach trotzdem wieder meinen Punsch, okay?«, rief Frank aus der Küche. »Auch wenn wir nur zu dritt sind.«

»Natürlich«, rief sie zurück. »Hast du alles da?«

Franks Weihnachtspunsch war Legende, ein aromatisches Gebräu aus Rotwein, Weinbrand, Nelken und Orangen, ohne das Weihnachten nicht vollständig war.

Franks Antwort ging im Klingeln des Telefons unter. Es war Anne aus London, und Julia sprintete zum Apparat.

Anne berichtete ihr, dass sie ein echtes britisches Weihnachtsessen plane und von einer netten älteren Nachbarin viel Hilfe bei der Vorbereitung bekommen habe. Sie wolle dieser nun irgendetwas im Gegenzug dafür schenken.

»Ich weiß nur nicht so richtig, was«, meinte sie ratlos.

»Weißen Glühwein«, antwortete Julia wie aus der Pistole geschossen. »Engländer lieben weißen Glühwein, hab ich mir sagen lassen. Von Oma. Die kennt sich da aus.«

»Oma kennt sich da aus?«, wunderte sich Anne. »Wieso das denn?«

»Deine Großmutter pflegt ... äh ... freundschaftliche Beziehungen zu einem jungen Engländer.«

»Echt?« Anne lachte hell auf. »Ach, Oma. Ich würde sie so gern mal wiedersehen. Danke für den Tipp. Was schenkst du eigentlich Papa?«

»Nichts Besonderes. Einen Pulli. Ein paar Bücher, eine Grillzange und noch ein paar Kleinigkeiten. Wir wollen ja bei dem ganzen Konsumterror nicht mehr so mitmachen.«

»Du hast nicht zufällig mit Emily geredet, oder? Ich meine, sie aus deinen Worten herauszuhören.«

»Ja. Aber sie kommt zu Weihnachten nicht nach Hause.«

Anne schwieg einen Moment lang verblüfft. »Was? Ach, Mensch, das tut mir leid. Warum denn nicht?«

»Weil deine Schwester angeblich Weihnachten nicht mehr mag.«

»Vielleicht überlegt sie es sich noch anders.«

»Tja, vielleicht. Was hast du denn für deinen Jason?«, lenkte Julia rasch ab.

»Einen GoPro.«

»Einen was?«

»Das ist so eine Minikamera, die du am Körper befestigst. Damit kannst du filmen, wie du einen Berg hinuntersaust, beim Skifahren oder so.«

»Wozu das denn? Man sieht doch ohnehin, wie man den Berg hinuntersaust.«

»Mama!« Anne lachte. »Es ist halt was für Extremsport. Männer lieben so was. Technischer Krimskrams.«

»Ich würde ihn ja gern mal kennenlernen, deinen Jason. Warum kommt ihr uns nicht endlich mal zusammen besuchen?«

»Weil er immer so viel zu arbeiten hat. Und ich auch. Wir bekommen hier nicht so viel Urlaub wie ihr in Deutschland. Aber ihr könntet mal herfliegen, einfach übers Wochenende.«

»Na ja, du weißt doch, Papa ...« Julia ließ den Rest des Satzes unausgesprochen in der Luft hängen. Sie hatte schließlich schon oft genug damit angefangen, aber Frank wich immer aus und wechselte das Thema. Er wollte weder fliegen noch zugeben, dass er Flugangst hatte, noch überhaupt in irgendeiner Weise über die Angelegenheit reden.

»Dann wenigstens du allein, Mama. Wie vor zwei Jahren.«

Vor zwei Jahren, lange vor Jason, war Julia tatsächlich einmal übers Wochenende nach London gedüst. Anne hatte damals gerade ihren Job angefangen und wohnte noch bei einer Freundin, die ununterbrochen mit weinerlicher Stimme mit ihrem Freund telefonierte, bis dieser per Telefon Schluss machte. Anne musste die Freundin daraufhin trösten und Julia kam sich ein wenig überflüssig vor. Sie lief allein durch Covent Garden und über den Piccadilly Circus, verstand kein Wort, aß überteuerte dreiecksförmige Sandwiches mit rätselhaftem Belag und sehnte sich nach Frank. Und irgendwie hatte es sich seitdem nie wieder ergeben.

»Wir kommen einfach mal mit dem Auto«, schwindelte sie betont fröhlich, weil Franks Angst vor dem Linksverkehr nur geringfügig kleiner war als die vor dem Fliegen. Warum hatte sie eigentlich keinen Piloten oder Rennfahrer geheiratet? Sie beantwortete sich die Frage gleich selbst: weil damals keiner zur Wahl stand und Frank abgesehen von seiner Macke der gutmütigste und liebste Mann der Welt war. Als Julia mit Charlotte schwanger gewesen war und sie noch kein Auto hatten, war Frank mal für sie zwanzig Kilometer auf dem Fahrrad zur einzigen vernünftigen Eisdiele im Umkreis gefahren, um in einem Thermobehälter Julias Lieblingseiscreme zu besorgen. Nur weil sie so einen Appetit darauf hatte! Ob dieser Jason so etwas für Anne tun würde?

»Und woraus besteht denn nun eigentlich das große britische Festessen?«, wechselte sie schnell das Thema. »Erzähl mal.«

»Na, Mrs Brown hat mir bei dem Menü geholfen. Es gibt Truthahn mit einer Kastanienfüllung und natürlich flambierten Christmas Pudding mit Weinbrandsoße. Und dann noch so Weihnachtsplätzchen namens Mince Pies mit Fruchtfüllung und Weinbrand. Eigentlich wird alles in England mit Weinbrand zubereitet, wenn ich es recht betrachte.«

»Oh wow, dein Jason kann sich glücklich schätzen!«

»Na ja, ich aber auch. Glaube ich zumindest. Also, er hat da was angedeutet ...« Anne klang mit einem Mal leicht verlegen.

»Was denn?«

»Er hat neulich irgendwas gesagt, dass er sein Leben demnächst in eine neue Richtung lenken will und ... also, ich glaube ... er will mich vielleicht fragen, ob ich ihn hei...«

»Ob du ihn heiratest?« Julia kippte vor Schreck ihr Weinglas um.

»Ja. Ich glaube, schon.«

Was? Julia kannte diesen Menschen noch nicht einmal, und der wollte ihre Tochter heiraten?

»Was wirst du ihm denn antworten?«

Anne stieß ein entgeistertes Schnauben aus. »Na, was wohl? Ja, natürlich.«

»Selbstverständlich«, beeilte sich Julia zu sagen. Nicht, dass sie Anne auch noch verprellte. Eine Ehe wollte trotzdem gut überlegt sein. Die beiden kannten sich noch gar nicht so lange, gerade mal ein Jahr! Letztes Weihnachten hatten sie sich irgendwo in einem Pub kennengelernt. Und hatte dieser ominöse Jason mit seinem dicken Konto und seiner Extremsport-Kamera ihre gutmütige und kluge Tochter denn überhaupt verdient? Anne schien ihre Verstimmung zu spüren und berichtete jetzt von der Weihnachtsfeier ihrer Abteilung, bei der alle anwesenden Engländer mit einem Rentiergeweih auf dem Kopf Polonaise getanzt und mehrere Leute eine Alkoholvergiftung erlitten hatten. Julia gab im Gegenzug noch mehr Details von David preis, dem Schwarm des Seniorenheims, und irgendwann kam Frank dazu und schwatzte auch noch ein wenig mit Anne.

Als er aufgelegt hatte, überlegte Julia, ob sie ihm etwas von dem baldigen Heiratsantrag erzählen sollte, doch gerade als sie sich dazu entschloss, drehte er den Ton am Fernseher lauter.

»Guck mal, die zeigen Amerika im Fernsehen. Echt amerikanisches Weihnachten.«

Mit einer Mischung aus Faszination und Verwirrung verfolgten sie, wie die Kamera irgendwo im Mittleren Westen durch eine Straße glitt, in der totaler Weihnachtswahnsinn ausgebrochen war. Eine gigantische Schneekugel aus Gummi thronte auf einem Dach, darin tanzten Zwerge in einem dichten Flockenwirbel im Kreis, und das Ganze wurde vom Garten aus mit neongrünem Flutlicht beleuchtet. Tausende bunter Lichterketten schmückten das Haus, auf der Veranda standen drei aufblasbare Heilige Könige im Kunstschnee und ein kleiner Zug mit der Aufschrift *Polarexpress* sauste unentwegt durch den Vorgarten.

»Scott, was meinen Sie – wie viel geben Sie pro Jahr für Ihre Weihnachtsdekoration aus?«, fragte die Reporterin gerade einen stämmigen Mann mit Cowboyhut.

»Na ja, im Laufe der Jahre waren das sicher schon Zehntausende von Dollars.« Der Mann namens Scott lächelte stolz. »Das summiert sich allmählich. Aber man gibt es ja nicht jedes Jahr aufs Neue aus. Und Weihnachten ist ja auch nur einmal im Jahr.«

»Du lieber Himmel«, sagte die Reporterin und riss die Augen auf. »Das ist ja nicht zu fassen!«

»Dann sollten Sie erst mal das Haus von meinem Bruder sehen«, fuhr Scott geschmeichelt fort. »Der wohnt in Seattle an der Westküste und ist der Vorsitzende der Weihnachtskommission in seinem Viertel. Wer dort ein

Haus kaufen will, der muss unterschreiben, dass er es spätestens bis zum ersten Dezember ordentlich schmückt. Und unter fünfzigtausend Lichtern braucht man da gar nicht erst anzufangen.« Er lachte kollernd. »Wir sind eben alle Weihnachtsfanatiker.«

»Voll durchgeknallt, die Amis«, kommentierte Frank und grunzte belustigt. »Um das alles am Leuchten zu halten, braucht man ja ein Kernkraftwerk im Garten! In Seattle auch, hat er gerade gesagt. Charlotte hat gar nicht erzählt, dass es dort solche Verrückte gibt.«

»Wahrscheinlich nicht genau da, wo sie wohnt. Das ist ja eher eine gediegene Gegend.«

»Na, Gott sei Dank. Von dem ganzen Lärm und Geflacker kriegt man ja Kopfschmerzen.« Frank verfolgte trotzdem fasziniert das Geschehen im fernen Mittleren Westen.

Julia antwortete nicht. Das Fernsehbild mitsamt der Schneekugel und den zahllosen blinkenden Lichtern spiegelte sich in den kleinen Kugeln ihres eigenen kärglichen Weihnachtsbaums und holte ein wenig Glanz der großen weiten Welt in ihre diesmal so leere Wohnung. Sie beneidete diesen unbekannten Scott im Fernsehen dafür, dass er sich einfach in sein Auto setzen und seinen Bruder in Seattle besuchen konnte, auch wenn die Fahrt sicher drei ganze Tage dauerte und es dort zuging wie im klingelnden, bimmelnden Fiebertraum eines drogenabhängigen Weihnachtsengels. Wenigstens trennte Scott kein endloses Meer von seinen Lieben.

Sie wandte sich schnell ab. In diesem Weihnachtsfest war der Wurm drin, es fühlte sich falsch an, stimmte hinten und vorn nicht. Zum Glück war es in ein paar Tagen schon wieder vorbei.

6 Last Christmas I Gave You My Heart

22.12., abends
Hammersmith, London, England

The King's Head war heute, nur zwei Tage vor Weihnachten, brechend voll. Der Pub war das ganze Jahr über beliebt – im Sommer konnte man mit Blick auf die Themse auf der Terrasse draußen sitzen, im Winter überzeugte die urige Kneipe durch Gemütlichkeit. Es gab weiche plüschige Sitze, rote Samtsofas in der Ecke und auf dem Holzfußboden gemusterte Teppiche, die wahrscheinlich mit dem Bier vergangener Jahrhunderte getränkt waren, aber das störte niemanden. Falls mal ein Gast auf den Teppich hinunterglitt, war er in einem Zustand, in dem er sich keine Gedanken mehr über die chemische Zusammensetzung zwischen den Teppichfasern machte.

Jetzt in der Weihnachtszeit hingen überall im *King's Head* Kränze und Girlanden aus Tannenzweigen und Stechpalmen, mit roten Bändern durchwirkt und mit karierten Schleifen geschmückt. Ein gemütliches Feuer prasselte im Kamin, und darüber baumelten enorme rote Strümpfe, die auf Geschenke warteten. Mehrere kleine Weihnachtsbäume erstrahlten bunt in allen Ecken, und sogar das Schild draußen an dem alten Tudor-Haus war mit einer bunten Lichterkette umwickelt, sodass es aussah, als hätte man dem königlichen Kopf eine blinkende Halskette umgelegt.

Gerade dudelte zum wiederholten Male *Last Christmas* durch den Raum, vier bereits sichtlich angeheiterte junge Frauen sangen laut und hemmungslos mit und ersetzten bei der dritten Runde des Refrains *heart* durch *fart*. Die jungen Männer neben ihnen grölten begeistert los, und einer von ihnen fing an, den Chor der jungen Frauen mit einem Billardstock zu dirigieren, was seine Freunde sofort filmten.

Anne kicherte und suchte Jasons Blick. *Last Christmas.* Letztes Weihnachten – da hatten sie beide sich kennengelernt. In einem ähnlichen Pub, dem *George & Dragon,* und bei ähnlicher Musik.

Anne hatte dort eigentlich nur mit einer Kollegin nach der Arbeit Luft ablassen wollen, und plötzlich war sie an der Bar mit diesem charmanten und witzigen Engländer ins Gespräch gekommen. Er hatte sie auf einen Drink eingeladen, dann sie ihn – wegen der Gleichberechtigung –, und der Rest war Geschichte, wie man hier zu sagen pflegte. Und jetzt, nur ein Jahr später, würde Jason ihr in den nächsten Tagen ganz offensichtlich *die* Frage stellen. Vielleicht sogar schon heute? Sie merkte ihm an, dass er total nervös war, und wollte ihm am liebsten signalisieren, dass er keine Angst vor einem Korb haben musste und dass sie ihn liebte, aber das ging nicht, weil sie ihm ja nicht sagen konnte, dass sie wusste, was er vorhatte. Und weil sie außerdem hier mit ihren gemeinsamen Freunden Richard und Heather saßen und Heather ohne Punkt und Komma über die Weihnachtsgeschenke redete, die sie noch besorgen oder einpacken musste.

»Noch 'ne Runde?«, unterbrach Jason ihren Rede-schwall. »Gleich machen sie zu.« Er wartete die Antwort gar nicht ab, sondern stand auf und ging zur Bar.

Anne sah ihm nach. Ja, er war wirklich irgendwie fah-rig und nervös und ließ sogar seinen Geldbeutel fallen, als er bei dem Barmann mit der Weihnachtsmütze die Drinks bestellte. Der Arme. Männer hatten es aber auch nicht leicht. Ob er wohl einen schönen Ring für sie aus-gesucht hatte? Normalerweise stand Anne nicht auf solche Formalitäten und auf hochkarätigen Schmuck schon gar nicht. Sie wusste allerdings, dass diese Dinge hier in England eine viel größere Bedeutung hatten als zu Hause in Deutschland. Heather war jedenfalls vor Glück fast in Ohnmacht gefallen, so hatte sie zumindest behauptet, als Richard ihr vor ein paar Monaten einen Heiratsantrag mit rittermäßigem Kniefall und einem Ring von Tiffany gemacht hatte.

»... dann noch einen Kaschmirschal für meine Mut-ter, und dann habe ich es geschafft«, beendete Heather endlich ihren Monolog.

»Du machst dir viel zu viel Stress, Baby«, sagte Ri-chard. »Viel zu viele Geschenke.«

»Schatz, ich liebe Weihnachten nun einmal«, recht-fertigte sich Heather. »Als Kind bin ich zu Weihnachten immer bald durchgedreht vor Freude, ihr nicht?«

»Ich auch.« Anne lächelte bei der Erinnerung daran, wie sie mit Charlotte und Emily am Nachmittag des Heiligabends vor der Wohnzimmertür gekauert und versucht hatte, durch das Schlüsselloch zu erkunden, was da drinnen vor sich ging. »Bei uns kam immer am Heiligabend der Weihnachtsmann ins Haus und hat Geschenke verteilt«, sagte sie. »Meistens irgendein

Nachbar oder ein Student, den meine Eltern angeheuert hatten. Einer hat mal gelispelt, das weiß ich noch. Das hat mich tagelang beschäftigt, wieso der Weihnachtsmann so seltsam gesprochen hat.«

»Echt? Ihr durftet den sehen? Wir haben ihn nie gesehen. Der kam immer nachts, wenn wir geschlafen haben, logisch. Wir haben nur morgens seine Spuren entdeckt.«

»Spuren?« Anne beugte sich interessiert vor. »Was denn für Spuren?«

»Na, Fußabdrücke in der Asche vor dem Kamin. Die waren natürlich von den Gummistiefeln meines Vaters.« Heather lachte. »Und am Abend des Vierundzwanzigsten haben wir immer ein paar Mince Pies und eine Möhre auf einen Teller gelegt und vor die Tür gestellt. Die Mince Pies waren für Father Christmas, die Möhre für seine Rentiere.«

»Und ein Glas Milch«, mischte Richard sich ein. »Falls Father Christmas Durst hat.«

»Nee, bei uns hat er Whisky gekriegt und keine Milch.« Heather lachte.

»Aha, deswegen haben wir wohl nie das bekommen, was wir wollten.« Richard seufzte. »Hätten wir mal lieber was Hochprozentiges rausgestellt. Warum hat mir das keiner gesagt?«

»Der englische Weihnachtsmann ist also bestechlich?«, fragte Anne erstaunt.

»Mein Vater hat Milch gehasst, der wollte natürlich lieber Whisky. Er musste das alles ja nachts anknabbern und trinken, um uns Kindern den Beweis dafür zu liefern, dass es Father Christmas wirklich gibt.« Heather zwinkerte ihr zu.

»Wie süß.« Anne fand es fast schade, dass es diese Tradition nicht auch in Deutschland gab. Wie hätten sie und ihre Schwestern das geliebt!

Jason kam zurück und stellte ein Glas Wein vor ihr auf den Tisch. Der Barmann klingelte mit einer Glocke, um auf die baldige Sperrstunde hinzuweisen, und etliche Leute stürmten voller Panik zur Bar, um noch einen letzten Drink zu bekommen.

»Hast du als Kind auch Mince Pies für den Weihnachtsmann rausgestellt?«, fragte Anne ihren Freund und griff nach seiner Hand.

»Ja.«

Also sonderlich gesprächig war Jason heute echt nicht. Dafür schielte er immer wieder zu ihr hin, wenn er glaubte, sie würde es nicht merken. Es wurde Zeit, dass sie nach Hause kamen und allein waren.

Wenig später brachen sie auf, Richard und Heather verabschiedeten sich und liefen kichernd und eng umschlungen davon, und Anne schlenderte mit Jason durch die nächtlichen Straßen von London. Hinter fast allen Fenstern konnte man schon geschmückte Weihnachtsbäume leuchten sehen. Hier wartete man nicht bis zum Heiligabend damit wie viele Leute in Deutschland, und irgendwie fand Anne das auch schön. Ein als Weihnachtsmann verkleideter junger Mann kam ihnen entgegen.

»Ey, Leute, wisst ihr, wo Stacys Junggesellinnenabschied stattfindet?«, fragte er sie. »Ich bin der Weihnachtsstripper und ich finde die scheiß Adresse einfach nicht. *Honeysuckle Grove* – wo soll das denn bitte sein?«

»Keine Ahnung.« Anne unterdrückte ein Grinsen. Ein Stripper für eine glückliche Braut. Wenn das kein Zeichen war. Der arme Kerl sah allerdings schon ganz blau gefroren aus, offenbar trug er nicht viel mehr als das dünne rote Mäntelchen. Sie schielte zu Jason, doch der schien die missliche Lage des jungen Strippers gar nicht mitzukriegen.

»Dahinten könnte es sein, da ist so eine kleine Seitenstraße mit neuen Wohnblocks.« Sie deutete vage in die Richtung, aus der sie gekommen waren. »Versuch's doch mal dort.«

»Danke. Und *Merry Christmas.*«

»*Merry Christmas.*« Anne lächelte ihm zu. Jason sagte gar nichts. Was war denn nur mit ihm los?

Als sie in ihre Straße einbogen und Anne in der Tasche nach dem Schlüssel kramte, blieb Jason auf einmal stehen.

»Anne, da ist etwas, was ich dir sagen will.«

»Ja?« Mitten auf der Straße? Warum wartete er nicht wenigstens, bis sie zu Hause waren? Nichtsdestotrotz blieb sie erwartungsvoll stehen. Allerdings griff er nicht in seine Tasche und ging auch nicht auf die Knie, er nestelte nur verlegen am Ärmel seines Mantels herum.

»Ich glaube, wir sollten eine Pause einlegen«, sagte er schließlich.

»Eine Pause?«, fragte sie verwirrt. »Wir sind doch gleich da. Ist dein Asthma wieder schlimmer geworden?«

»Mit uns«, erwiderte er leise. »Eine Pause mit uns. In unserer Beziehung.«

Irgendwo in der Ferne jaulte eine Sirene, und weiter vorn auf der Straße rannte eine Katze von links nach rechts. Was? Was sagte er da?

»Ich hab dir ja neulich zu erklären versucht, dass ich

in letzter Zeit über mein Leben nachgedacht habe, also, in welche Richtung ich will und so, und … und das geht mir hier irgendwie alles zu schnell«, machte er stockend weiter. »Ich will Spaß haben und ich hab ja auch Spaß mit dir, das ist es nicht.« Er redete jetzt immer schneller. »Aber ich brauche irgendwie auch meine Freiheit, und jetzt feiern wir schon Weihnachten zusammen und du willst unbedingt meinen Eltern ein Geschenk mitgeben und …«

»Aus Höflichkeit«, ging Anne dazwischen. »Ich wollte ihnen nur aus Höflichkeit etwas schenken.« Sie kannte seine Eltern nicht mal, hatte jedoch angenommen, dass das eine nette Geste war. Voll daneben.

Jason redete weiter, aber seine Worte drangen nicht mehr zu ihr durch. Sie stand da wie gelähmt und dachte paradoxerweise an das ganze Essen, das nur wenige Schritte entfernt in ihrem kleinen Apartment halb zubereitet in der Küche herumstand. Die arme Mrs Brown hatte sich solche Mühe gegeben, ihr beim Kochen zu helfen. Und jetzt landete es alles im Müll. Genau wie ihr erstes englisches Weihnachten. Wie hatte sie sich darauf gefreut. Und auf einmal … auf einmal … Beinahe hätte sie angefangen zu weinen, aber das würde sie nicht zulassen.

»Jason, wenn du jetzt gehst, dann brauchst du nicht mehr wiederzukommen«, unterbrach sie ihn wütend. »Eine Pause – so ein Blödsinn. Entweder man liebt jemanden oder man liebt ihn nicht! Was gibt es da groß zu überlegen? Und ich hab gedacht, du willst mich fragen, ob ich …« Sie konnte sie nicht einmal aussprechen, diese lächerliche Idee, dass er sie vielleicht hätte heiraten wollen. Sie kam sich unendlich gedemütigt vor, schämte sich in Grund und Boden, obwohl sie gar nichts gemacht hatte. Das Einzige, was sie getan hatte, war, einen Menschen zu lieben, ihm zu vertrauen und sich eine Zukunft mit ihm auszumalen, obwohl sie ihm offensichtlich völlig egal war. Voller Zorn drehte sie sich um und rannte die letzten Meter zu ihrem Haus.

»Anne, warte doch, lass mich ausreden. Ich mag dich ja noch, und wegen Weihnachten wollte ich …«, hörte sie ihn rufen. Aber sie ignorierte ihn, schloss die Tür auf und ließ sie krachend hinter sich ins Schloss fallen, auch wenn sie damit alle anderen Hausbewohner wahrscheinlich aus dem Schlaf riss.

Oben in ihrem Apartment stolperte sie über eine Packung Christmas-Cracker auf dem Fußboden – lustige große Papierbonbons, die in England traditionell beim Weihnachtsessen auseinandergezogen wurden, sodass sie mit einem Knall explodierten und einen Schwall kitschiger Preise und Papierkronen verstreuten. Die hatte sie gestern extra noch besorgt. Jetzt trat sie voller Wut gegen die Packung und beförderte sie in einem hohen Bogen quer durch das Zimmer.

7 Es ist für uns eine Zeit angekommen

23.12., vormittags
Weimar, Deutschland

In der Seniorenresidenz »Am Park« lungerte Herr Beyer, der weißhaarige Pianist, trotz der frühen Stunde in der Nähe des Klaviers herum und versuchte immer wieder, den Deckel zu öffnen, um an die Tasten zu kommen, doch der blieb zu.

»Der Schlüssel ist weg«, erklärte Elisabeth. »Keiner weiß, wo er ihn hingelegt hat. So ein Pech aber auch.«

»Elisabeth?« Julia schoss ihrer Schwiegermutter einen forschenden Blick von der Seite zu. Täuschte sie sich oder glimmte da ein Hauch von Belustigung in ihren Augen?

»Was? Ich hab doch gesagt – so ein Pech. Da werden sie morgen Abend Radio hören müssen. Oder David spielt englische Weihnachtslieder auf der Gitarre, das kann der nämlich gut. Da kann zwar kein Mensch hier mitsingen, aber das wäre ja auch kein Verlust.« Elisabeth winkte ein paar alten Damen zu, die auf einem Sofa saßen. »Frohes Fest, meine Lieben! Und schöne Feiertage! Und ärgert mir den David nicht.«

Die drei lachten wiehernd los und winkten zurück. Herr Beyer winkte ebenfalls und von irgendwoher zog der Geruch nach Räuchermännchen durch das Erdgeschoss der Villa.

Julia schnappte sich die kleine Reisetasche ihrer Schwiegermutter.

»Sag mal, was nimmst du denn alles mit? Die ist ja total schwer. Und was hast du da in deine Handtasche gestopft?«

»Nur das Nötigste, was eine Dame in meinem Alter eben so braucht.« Elisabeth seufzte. »Den meisten Platz nimmt leider mein Kulturbeutel mit den Medikamenten ein. Ich komme mir ja schon manchmal vor wie ein Landarzt auf Reisen.«

Sie begaben sich in das Foyer, wo eine alte Frau neben dem großen Weihnachtsbaum am Fenster stand und nach draußen sah.

»Ach, Gottchen«, murmelte Elisabeth. »Das ist die Frau Kahnert. Die wartet auf ihre Kinder. Sie hofft, dass sie sie abholen, aber die kommen sowieso nicht. Die kommen nie.«

»Die Arme.« Julia sah unauffällig zu der gebrechlichen kleinen Frau hin, die wie ein krankes Vögelchen in den grauen Morgen hinausstarrte.

Elisabeth räusperte sich. »Frohes Fest, Frau Kahnert. Gehen Sie lieber wieder rein. Sie können auch drinnen warten. Die machen nachher Kerzenziehen.«

»Dann sehe ich sie ja nicht«, erwiderte Frau Kahnert. »Meine Kinder müssten jeden Moment kommen.« Sie drehte sich um. »Mein Sohn und meine Tochter«, erklärte sie Julia. »Die haben mir versprochen, dass sie mich dieses Jahr holen. Die kommen bestimmt bald, die sind ja immer so beschäftigt.«

Julia wechselte einen raschen Blick mit Elisabeth, die

unmerklich den Kopf schüttelte. Nicht darauf eingehen hieß das. »Frohes Fest«, erwiderte sie deshalb nur.

»Ihnen auch.«

Sie konnte Frau Kahnert noch im Rückspiegel am Fenster stehen sehen, als sie mit Elisabeth im Auto über die Auffahrt davonfuhr. Die Seniorenresidenz »Am Park« mochte rein äußerlich ein Traum für gut betuchte alte Leute sein, aber die Leere in ihren Herzen konnte auch der größte Luxus nicht füllen und schon gar nicht an einem Tag wie heute.

Einen schrecklichen Moment lang sah Julia sich selbst dort stehen, in dreißig Jahren oder so. Wenn Frank vielleicht nicht mehr lebte und ihre Töchter überall auf der Welt verstreut waren, würde sie dann auch so bedauernswert und konfus am Fenster warten? Sie schob den Gedanken schnell von sich. Sie würde an diesem Weihnachtsfest nicht anfangen zu heulen. Sie würde Spaß haben. Schnell schaltete sie das Radio ein.

»*Morgen Kinder, wird's was geben*«, blökte ein Männerchor.

»Das machst du mit Absicht, stimmt's?«, fragte Elisabeth.

»Nur, damit du mitsingen kannst«, gab Julia zurück.

Sie prusteten beide los. Gemeinsames Singen war in der Familie Bachmann ungefähr so beliebt wie gemeinsames Nacktwandern, was an ihrem kollektiven Unvermögen und einer extrem niedrigen Schwelle fürs Fremdschämen lag. Sie waren einfach alle absolut unmusikalisch, mehr gab es dazu nicht zu sagen. Selbst an Weihnachten vermieden sie jede Art von Gruppengesang, besonders wenn er emotional aufgeladen war wie die meisten Weihnachtslieder.

Ihre Schwiegermutter beruhigte sich nur langsam wieder. Als ihr Lachen endlich verebbte, drückte sie auf den Knopf an der Tür, ließ das Fenster herunter und warf etwas hinaus.

»Hey, was um alles in der Welt machst du denn da? Das ist Umweltverschmutzung! Was war das?«

»Der Schlüssel vom Klavier«, erwiderte Elisabeth ungerührt. »Was denn sonst?«

»Uh, die ist ja riesig.« Elisabeth betrachtete die Gans, die im Kühlschrank lag und auf ihr weiteres Schicksal wartete. »Machst du das Rezept von Vati?«

»Genau, das Rezept von Vati. Mit einer Füllung aus Backpflaumen und Portwein, wie immer.« Frank deutete auf einen Rotkohl. »Und mit dem da. Außerdem hoffe ich, dass du rasenden Appetit auf Gebäck hast, wir haben nämlich gefühlte vier Kilo Weihnachtsplätzchen.«

»Du meine Güte«, staunte Elisabeth. »Wieso das denn?«

»Weil ich beim Backen noch dachte, dass Emily zu Weihnachten nach Hause kommt.« Julia hob entschuldigend die Hände. »Ich … ich weiß auch nicht, was in mich gefahren ist. Macht nichts, dann essen wir eben noch den ganzen Januar Plätzchen und Stollen.«

Ihre Schwiegermutter warf ihr einen mitleidigen Blick zu. »Nimm es nicht so schwer, meine Liebe.«

»Mach ich auch nicht«, log Julia. »Wir lassen uns nicht die Weihnachtsstimmung verderben.«

»Genau.« Elisabeth nickte zustimmend und begab sich mit ihrem Sohn ins Wohnzimmer.

»Huch, was habt ihr denn hier Ulkiges stehen?«, hörte Julia sie ausrufen.

»Das ist unser Baum«, antwortete Frank hoheitsvoll.

»Frank, wenn ihr knapp bei Kasse seid, dann hättet ihr euch jederzeit an mich wenden können. Wisst ihr das nicht?«

»Danke, aber wir sind nicht knapp bei Kasse, der Baum war einfach ...«

Julia machte die Küchentür zu und atmete tief durch. Dann drehte sie das Radio lauter, damit sie das Gespräch aus dem Wohnzimmer nicht mithören musste. So laut, dass sie das Summen erst nach einer Weile bemerkte. Es kam aus ihrer Tasche, besser gesagt, von ihrem Handy. Emily rief sie an! Schlagartig besserte sich ihre Laune.

»Hallöchen«, meldete Julia sich munter.

Emily antwortete nicht. Stattdessen gab sie einen Laut von sich, den Julia nach einer Schrecksekunde als Schluchzen identifizierte.

»Um Gottes willen, Emily, was ist denn passiert?«

»Sie sind alle weg!«

»Wer ist weg?«

»Die aus ... aus ... meiner Wohnung.«

»Deine Mitbewohner? Weg? Wohin weg?« Julia wurde nicht schlau aus Emilys Gestammel.

»Nach Hause gefahren zu ihren Eltern. Um Weihnachten zu feiern!« Emily gab einen empörten kleinen Aufschrei von sich. »Diese Verräter! Und Jannik ist der größte Verräter von allen. Weißt du, wo der hin ist?«

»Keine Ah...«

Emily ließ Julia gar nicht ausreden. »Skifahren. Skifahren in der Schweiz, weil Sonnenwende-Cat ihn nämlich kurzfristig eingeladen hat. Ihre Eltern haben da ein Chalet. Ein verdammtes bürgerliches Scheißchalet, und da muss er natürlich Skistiefel anziehen, dabei zieht er sonst gar keine Schuhe an!«

»Wovon redest du um alles in der Welt, ich ...?«

»Cat. Wer heißt überhaupt Cat?«, regte Emily sich immer mehr auf. »Ich wette, die heißt ganz stinknormal Katrin. Nachname Schmidt oder Müller. Und jetzt sitze ich hier mit den vier Hunden, die wir bei uns aufnehmen wollten, und hab nichts zu essen, nur ... nur Hundefutter und ... Tütensuppe ...« Der Rest ging in Weinen unter.

»Hundefutter und Tütensuppe«, wiederholte Julia mechanisch. »Du meinst also, die großen Kämpfer gegen den Konsumterror sind alle nach Hause gefahren, um bei ihren Eltern Gans und Stollen zu futtern und Geschenke auszupacken?« Sie konnte nicht anders, es rutschte ihr einfach heraus. Das war ja wieder mal typisch für diese Generation.

»Gans essen sie nicht.«

»Was?«

»Die essen keine Tiere.«

»Egal.« Beinahe hätte Julia laut aufgelacht, aber von Emily kam nur ein gequältes Gurgeln als Antwort, und in dieser Sekunde sah Julia ihre arme jüngste Tochter vor sich, wie sie ganz allein in Berlin in dieser seltsamen Wohnung hockte. Julia und Frank hatten nur einmal in ihrem Leben, vor einem Jahr oder so, einen Fuß in diese Behausung gesetzt. Im Flur stand damals eine Lenin-Büste mit blonder Gretchenperücke, die Wände waren mit merkwürdigen Plakaten voller kämpferischer Parolen tapeziert, und zwei Frettchen namens Simon und Garfunkel rasten enthemmt in der Wohnung herum.

Einen Moment lang überlegte Julia völlig zusammenhanglos, wie die Frettchen jetzt mit den vier Hunden harmonierten, dann hatte sie wieder Emily vor Augen, wie sie den Heiligen Abend morgen allein und mit einer Tütensuppe verbrachte. Eine Suppe voller Konservierungsstoffe, die eine skrupellose Imperialistenfirma irgendwo in der Dritten Welt von geknechteten Kleinkindern am Fließband produzieren ließ! Und dabei achtete Emily immer so auf eine bewusste und ethisch einwandfreie Ernährung. Also, da musste Julia eingreifen.

»Ja, dann pack deine Tasche und komm doch zu uns!« Sie hätte am liebsten durch das Telefon gelangt und Emily durch die Leitung an sich gedrückt und getröstet. »Es ist zwar heute bestimmt ziemlich viel los bei der Bahn, aber egal, in ein paar Stunden bist du hier, und wir ...«

»Das geht nicht.« Emily hörte endlich auf zu weinen und zog geräuschvoll die Nase hoch. »Ich bin erstens total pleite und habe zweitens vier Hunde hier.«

»Na, dann bring sie halt zurück ins Tierheim. Und ich kann dir was überweisen.«

»Mama, auf gar keinen Fall bringe ich die zurück! Das sind ehemalige rumänische Straßenhunde, die haben ein bisschen Glück und Wärme verdient! Ich hab ihnen versprochen, dass sie es ein paar Tage lang bei uns gemütlich haben werden.«

Sie hatte es ihnen versprochen. Ach, Emily. Unwillkürlich musste Julia lächeln. Es war so absurd und gleichzeitig so typisch für ihre Tochter. Für Tiere machte sie alles.

»Okay.« Julia überlegte. Eine Sekunde lang war sie

kurz davor, Emily anzubieten, mitsamt den Hunden nach Hause zu kommen, aber der Gedanke jagte ihr ehrlich gesagt Angst ein. Was, wenn diese den ohnehin schon bedauernswerten Baum anpinkelten und die ganze Einrichtung zermalmten? »Dann ...« Und plötzlich kam ihr die rettende Idee. So glasklar, als hätte sie schon die ganze Zeit an der Zimmerdecke auf den rechten Moment gelauert, um im Sturzflug direkt in Julias Gehirn zu schießen und dieses dröge Weihnachten doch noch abzuwenden. »Dann kommen wir eben zu dir.«

Emily schwieg einen Moment lang verdattert. Im Hintergrund konnte man ein kleines Jaulen hören.

»Im Ernst jetzt?«, fragte sie.

»Ja, warum denn nicht? Im Auto sind es knapp vier Stunden nach Berlin, ach, was sag ich – zwei, wenn dein Vater hinterm Steuer sitzt. Wir packen die ganzen Fressalien in den Kofferraum und Oma noch dazu, also, die packen wir natürlich auf den Beifahrersitz, und an der Tankstelle kaufen wir noch ein paar Leckerlis für deine Hundchen. Hey, und morgen gucken wir uns dann alle Berlin an und abends feiern wir schön zusammen Weihnachten!«

»Wir haben aber überhaupt nichts Weihnachtliches hier«, sagte Emily. »Wirklich gar nichts. Außer zwei potthässlichen Engeln, die ganz geblieben sind.«

»Dann habt ihr ja fast mehr als wir«, meinte Julia fröhlich. Sie war wie elektrisiert, als ob Franks hochprozentiger Weihnachtspunsch bereits durch ihre Adern fließen würde. Raus aus diesem Mausoleum der Erinnerungen und ab nach Berlin, wo schon die bloße Anwesenheit von Emily für gute Laune sorgen würde. Dann feierten sie eben Weihnachten mal anders. Sie waren schließlich spontan und noch jung, jedenfalls behauptete Frank das dauernd.

Aber Frank liebte sein traditionelles Weihnachten und würde den Heiligabend wahrscheinlich lieber bei seiner Gans im Kühlschrank verbringen als in einer autonomen WG in Berlin. Und wenn sie an den Feiertagsverkehr dachte, verwandelte sich der Punsch in Julias Adern umgehend in kaltes Quecksilber. Wer weiß, welche Dramen der Menschheit sich jetzt auf den Autobahnen abspielten. Und Elisabeth, ihre Schwiegermutter – hielt die das überhaupt noch durch? Vorhin erst hatte sie ihre riesige Medikamententasche erwähnt. Konnte man ihr zumuten, am Heiligabend auf einer Matratze von WG-Mitbewohnern mit fragwürdiger Körperhygiene zu schlafen? Und das ohne Weihnachtsbaum, dafür aber mit vier rumänischen Straßenhunden? Ein zusätzlicher kleiner Schauer überlief Julia, als sie sich an den Zustand des Badezimmers in der WG erinnerte.

Sie schluckte. »Emily? Kann ich dich gleich zurückrufen? Ich bespreche das mal fix mit Papa und Oma.«

Sie begab sich ins Wohnzimmer, wo Frank auf der Couch saß und mit glasigem Blick eine weihnachtliche Kochshow im Fernsehen verfolgte, in der eine Sterneköchin von einem Tofu-Braten mit Quinoa-Füllung schwärmte. Vor ihm flackerte der Adventskranz mit den vier Kerzen, drei davon schon etwas kürzer gebrannt, neben ihm blätterte Elisabeth in der Fernsehzeitung, ganz offensichtlich auf der Suche nach etwas Besserem. Von draußen klatschte der Regen ans Fenster. *Advent, Advent, Frau Holle pennt …* Weiße Weihnachten standen dieses Jahr definitiv nicht in den Sternen.

Julia räusperte sich. »Ähm, Frank?«

Er wandte sich ihr träge zu.

»Frank, du sagst doch immer, dass wir spontan sind und keine Spießer, nicht wahr?«, tastete sie sich vorsichtig heran.

»Natürlich«, antwortete er gedehnt. »Wieso?«

Ein abwartender Ausdruck trat in sein Gesicht. Erst jetzt bemerkte Julia die Whiskyflasche, die einsatzbereit vor ihm auf dem Couchtisch stand.

»Weil sie will, dass du was Unangenehmes erledigst.« Elisabeth lachte auf. »Wahrscheinlich noch irgendetwas besorgen. Kind, lass mich dir helfen, ich mach das!«

»Elisabeth, lass mich bitte erst mal ausreden.«

»Das kannst du vergessen, was immer es ist«, wehrte Frank sich sofort. »Ich gehe heute nirgendwo mehr hin. Es ist Sonntag, vierter Advent, und für mich beginnt heute Weihnachten.« Er schenkte sich demonstrativ ein Glas Whisky ein.

»Ich will ja gar nicht, dass du noch irgendwohin gehst. Na ja, also in gewisser Weise schon, aber nicht zum Einkaufen. Also höchstens ein paar Leckerlis für vier Hunde besorgen, die kriegen wir aber zur Not auch an der Tankstelle unterwegs.«

Frank und seine Mutter hoben beide ruckartig den Kopf.

»Also, es ist so: Emily hat gerade angerufen. Sie ist morgen ganz allein. Am Heiligabend, stellt euch das mal vor! Abgesehen von diesen Hunden natürlich, deswegen kann sie auch nicht herkommen. Und sie hat nichts zu essen, nur eine Tütensuppe.« Julias Schwiegermutter hob entsetzt die Augenbrauen. »Das Verfallsdatum ist bereits abgelaufen«, setzte Julia noch eins drauf, um auch Franks Herz zu erweichen. Er liebte gutes Essen über alles und würde die Vorstellung von seiner einsamen Emily, die vor einer zerknautschten dampfenden Plastikschale saß, nicht ertragen können. »Ihre Mitbewohner haben sie eiskalt sitzen lassen und sind ausgeflogen, obwohl sie ursprünglich alle zusammen kein Weihnachten feiern wollten.«

»Kein Weihnachten feiern, was soll das denn? Und was sind das für charakterlose Frauenzimmer?«, regte Elisabeth sich sofort auf.

»Es sind Männer. Emily wohnt mit drei Männern zusammen. Also falls man die als solche bezeichnen kann.« Julia erinnerte sich an die spindeldürren jungen Typen mit Fusselbärten, die nie vor Mittag aufstanden. Einer von ihnen lief, aus Gründen, die Julia bis heute nicht begriffen hatte, immer barfuß durch Berlin, auch im Winter. Nun, diesen Typen würden sie definitiv nicht antreffen, denn der war ja angeblich barfuß beim Skifahren.

»Jedenfalls …« Sie suchte nach den richtigen Worten, fand sie nicht und platzte schließlich einfach heraus. »Jedenfalls würde Emily sich furchtbar freuen, wenn wir zu ihr nach Berlin kämen und dort mit ihr Weihnachten feiern würden.« Sie schloss kurz die Augen und wartete auf die Bombenexplosion. Niemand sagte etwas. Langsam öffnete sie die Augen wieder.

»Heute noch … Also, dachte ich. Damit wir morgen ein bisschen was vorbereiten können«, fügte sie hinzu, falls Frank das nicht richtig verstanden hatte.

Der saß auf der Couch und blinzelte, das Glas mit dem Whisky schon auf halbem Weg zu seinem Mund geführt. Es bestand keine Chance, erkannte Julia. Nie im Leben würde er heute diese gemütliche Position auf der Couch verlassen. Nie im Leben würde er an einem Weihnachtsfest Experimente wagen.

Frank stellte das Glas wieder hin.

»Also«, sagte er langsam. »Das ist ja an sich eine schöne Idee, aber ...«

»Meinst du das im Ernst?«, unterbrach Julia ihn überrascht. »Du findest, das ist eine schöne Idee?«

»Sicher. Also theoretisch.« Frank wand sich auf seinem Platz. »Allerdings sind wir nun mal ...« Er suchte nach dem rechten Wort.

»Spießig«, vollendete Elisabeth den Satz für ihn. »Prost!« Sie trank einen Schluck.

»Mutter, wie kannst du so was sagen? Ich bin überhaupt nicht spießig. Ich war mal Hausbesetzer, das weißt du hoffentlich noch!«

»Wie könnte ich das je vergessen?« Elisabeth gab ein amüsiertes Schnauben von sich. »Immerhin habe ich damals die Strafe für Beschädigung fremden Eigentums bezahlt. Gott sei Dank hatten wir ja ein dickes Spießerkonto.«

»Jetzt hör auf, ich wollte es dir zurückzahlen, aber du wolltest es nicht, weil ...«

»... weil du dir das Geld eh nur geborgt hättest.«

Die Diskussion schien in ungeahnte Dimensionen abzugleiten und Julia räusperte sich laut. »Noch mal wegen Emily, ich finde, wir ...«

»Theoretisch eine schöne Idee, aber Weihnachten in so einer fremden Wohnung, das ist doch nichts Richtiges.« Franks Hand bewegte sich erneut unauffällig auf das Glas zu wie eine Schlange in Richtung Kaninchen.

»Weihnachten ohne Kinder ist auch nichts Richtiges.« Es war ihr herausgerutscht, noch bevor Julia sich bremsen konnte. Und nun, da es ausgesprochen war, konnte sie auch gleich weitermachen. »Sieh dich um, Frank. Es wird sowieso kein Weihnachten wie in den Jahren zuvor. Dieser Krüppelbaum da, das Haus kaum geschmückt, kein Lachen, Singen und Herumalbern von unseren Töchtern, keine Heimlichkeit, kein gar nichts.«

»Wir singen sowieso nie«, murmelte Frank, aber seine Hand entfernte sich in Zeitlupe wieder von dem Glas.

Er atmete demonstrativ durch. Eine Weile lang herrschte ein störrisches Schweigen, nur die Dame im Fernsehen plapperte nonstop, während sie unermüdlich in einem Topf rührte.

»Also, ich habe heute Abend noch nichts vor«, meldete Elisabeth sich unerwartet.

Julia schenkte ihr einen dankbaren Blick.

»Vor habe ich auch nichts«, wehrte Frank sich prompt. »Also ...«

Die Lichter am Baum gingen mit einem Schlag aus.

»Was ist denn jetzt wieder los?« Frank stand auf, ganz offensichtlich dankbar dafür, etwas zu tun zu haben. Er bückte sich, kroch halb in das magere Bäumchen hinein und untersuchte die Lichterkette. Er fluchte leise. »Wenn eins von diesen kleinen Mistdingern kaputtgeht, hängt die ganze Kette mit dran.«

»Wenn du mich fragst, war das ein Zeichen.« Seine Mutter verschränkte die Arme. »Ich bin zwar nicht abergläubisch, aber da will jemand nicht, dass wir in diesem Haus hier feiern.«

»Willst du damit sagen, hier spukt es? Wie in der

Weihnachtsgeschichte von Dickens?« Frank hatte sich in Lametta und Lichterketten verfitzt und kämpfte sich frei. Einzelne Nadeln rieselten auf seinen Kopf.

»Möglich ist alles«, gab Elisabeth mit mystischer Stimme zurück.

»Komm«, bat Julia. »Gib dir einen Ruck. Lass es uns probieren. Einfach mal was anderes. Warum denn nicht? Und wenn es schrecklich wird, fahren wir am ersten Feiertag gleich früh am Morgen wieder zurück und feiern noch mal nach. Denk an Emily. Und die Tütensuppe. Du hasst Tütensuppen.« Das war der letzte ihrer Pfeile und er traf voll ins Ziel.

»Okay, okay. Ja. Gut.« Frank gab sich geschlagen. »Was sitzt ihr dann hier noch rum? Auf nach Berlin, bevor das Verkehrschaos ausbricht.« Ein kleines Lächeln umspielte seinen Mund.

»Oh, Frank!« Julia sprang auf und umarmte ihn. »Danke. Du bist der beste Vater.«

Frank lächelte geschmeichelt und streckte sich, als wollte er die bereits eingetretene Weihnachtsstarre abschütteln. »Natürlich bin ich das. Emily ist schließlich unsere Tochter. Sie braucht unsere Hilfe und Zuwendung und ich werde sie nicht im Stich lassen. Schon gar nicht an Weihnachten!«

Elisabeth zwinkerte Julia zu. »Na, dann ist ja alles bestens. Ich packe mal meinen Kram. Ich gehe davon aus, dass ihr mich in eure Pläne mit einbezogen habt?«

»Natürlich!« Julia umarmte erleichtert erst ihren Mann, dann seine Mutter. »Danke«, flüsterte sie der alten Dame ins Ohr. Sie fühlte sich auf einmal quicklebendig, befreit und unternehmungslustig. »Es ist bloß nicht besonders weihnachtlich bei Emily. Sie haben keinen Baum oder so.«

»Ach, das macht nichts.« Elisabeth winkte ab. »Aber dann müssen wir wenigstens nicht den ganzen Abend lang das Ding da ansehen.« Sie deutete auf den Baum, der sich schon wieder schief zur Seite neigte und irgendwie beleidigt wirkte.

»Wieso, den können wir doch mitnehmen.« Frank rückte eine Kugel an seinem Ast gerade. »Also Weihnachten ohne Baum, das geht nicht.«

»Diese Krücke?« Elisabeth lachte. »Die fällt dir im Auto doch sofort auseinander.«

Julia musste ihr heimlich recht geben. Der lädierte Weihnachtsbaum sah nach diesen wenigen Tagen noch vergammelter und vertrockneter aus als zuvor, und ihr fiel ein, dass sie völlig vergessen hatte, ihn mit Wasser zu versorgen. Egal. Es war alles egal. Dieses Jahr gab es sowieso kein normales Weihnachten.

»Wir kaufen einfach noch einen in Berlin«, schlug sie vor. »Deshalb ist es gut, wenn wir heute schon losfahren. Morgen sind sie viel billiger.«

»Das sind dann genau solche Krücken wie der hier.« Elisabeth stupste den Baum an, und sofort segelten wieder Unmengen von Nadeln zu Boden wie Schuppen auf den Jackettkragen eines mit trockener Kopfhaut geplagten Menschen. »Da könnt ihr auch gleich den hier mitnehmen. Oder wir besorgen noch einen künstlichen auf dem Weg dorthin, dann ist das Problem gelöst.«

»Künstlich?« Frank schüttelte entrüstet den Kopf. »Also jetzt geht ihr zu weit. Nie im Leben werde ich Weihnachten mit einem künstlichen Baum feiern.«

»Wir finden schon noch einen«, beendete Julia die Diskussion. »Einen echten. Und ich packe unseren Baumschmuck ein, viel ist es ja eh nicht. Was machen wir mit dem Essen?«

»Wir nehmen die Gans mit. Da wird Emily sich freuen, die brate ich einfach dort.« Frank wirkte auf einmal wie ausgewechselt, als hätte er die ganze Zeit auf ein solches Signal gewartet. Er stürzte in Richtung Küche davon.

»Und das ganze Gebäck auch«, rief Julia ihm hinterher. Endlich gab es eine Verwendung für die Stollen und Kekse. »Pack alles mit ein.«

»Und die Zutaten für den Punsch«, sagte Elisabeth. »Der wird uns in dieser Männer-WG über das Gröbste hinweghelfen. Bist du sicher, dass die jungen Herren nicht da sein werden?« Sie klang leicht enttäuscht.

»Ganz sicher.« Julia holte zwei Reisetaschen aus dem Schlafzimmer, in die sie die wenigen unter dem Baum liegenden Geschenke stopfte. Dann fügte sie wahllos noch ein paar Kleidungsstücke von sich und Frank dazu, packte die Zahnbürsten und etwas Kosmetik ein und nach kurzer Überlegung noch zwei Schlafsäcke. Falls der Punsch die Toleranzgrenze für die Betten fremder Leute nicht niedrig genug senkte.

Frank ließ erneut seine weihnachtliche Playlist durch die Wohnung schallen und eine wunderbare Aufbruchsstimmung breitete sich aus – festlich und fröhlich zugleich. Ach, sie hatte Emily vor lauter Aufregung ja noch gar nicht zurückgerufen! Julia nestelte ihr Handy aus der Tasche. In diesem Moment klingelte das Festnetz-Telefon. Rief Emily sie bereits ungeduldig zurück? Eigentlich benutzte sie doch immer nur das

Handy? Julia hechtete zum Telefon. Irgendjemand aus London. Das war Anne. Na so was, die wollte doch erst morgen wieder anrufen?

»Anne«, meldete Julia sich fröhlich. »Du hast Glück, dass du uns noch erreichst, wir haben uns nämlich spontan entschlossen, dass wir ...« Sie brach ab und lauschte den seltsamen Geräuschen, die Anne am anderen Ende ausstieß. »Anne? Was ist denn? Sag mal, weinst du?«

8 Santa Claus Is Coming to Town

»Houston, we have a problem.« Vor der Tür stand Bernie, Charlottes Schwiegervater. Seine Miene drückte höchste Alarmbereitschaft aus.

»Was ist denn los?«, erkundigte Charlotte sich schlaftrunken. Sie war gerade wieder ein wenig eingenickt, nachdem Connor sie die halbe Nacht lang wachgehalten hatte. Und obwohl das ganze Haus voller Leute war, hatte offenbar niemand außer ihr die Türklingel gehört.

»Ich muss dir dringend mal deinen Mann entführen, Charlotte. Es ist ein Notfall. Meinen Santa hat es vom Dach gehebelt, und jetzt hängt er im Baum vor dem Haus fest. Und heute Nachmittag kommen die Leute von der Weihnachtskommission der Eastside, um das am schönsten geschmückte Haus auszuwählen. Nicht zu vergessen die ganzen Besucher, die heute mein Display ansehen wollen.« Bernie wirkte völlig fertig.

»Jetzt komm erst mal rein.« Charlotte gähnte. »Rob? Wo steckst du denn? Dein Dad braucht dich. Dringend.«

Statt Rob guckte Tante Daphne oben über die Brüstung des Treppenhauses. Inmitten all der blinkenden Tannenzweige und Schleifen, die sich das Geländer he-

rabschlängelten, wirkte sie mit ihrer Weihnachtsmann-
mütze wie ein überalterter Wichtel.

»*Merry Christmas,* Bernie«, schrie sie.

Daphne war ungefähr Ende sechzig, und sie und ihr
Bruder Bill waren Verwandte vierten Grades oder so
von Rob. Man hatte Charlotte die verwandtschaftliche
Beziehung schon mehrmals erläutert, aber diese Erklä-
rungen blieben einfach nicht haften, sondern verließen
stets fluchtartig wieder Charlottes Gehirn. Es war auch
nicht wichtig.

Daphne hatte eine Frisur wie ein Sioux-Häuptling
und eine wilde Vergangenheit, sie war ein bisschen
schwerhörig und für die Weihnachtspullover der gesamten Familie Miller zuständig.

»Ich sag Rob für dich Bescheid«, brüllte Daphne und
dann noch einen Zahn lauter: »Rob? Dein Dad braucht
dich!«

»Nicht so laut, Connor schläft«, versuchte Charlotte
sich Gehör zu verschaffen, aber das war zwecklos. Obwohl es erst acht Uhr morgens war, herrschte im Haus
schon geschäftige Betriebsamkeit. Einer von Robs Neffen übte offenbar mit dem Hackbeil Weihnachtslieder
auf dem Klavier, von irgendwoher erklang das unregel-
mäßige Ploppen der Popcornmaschine, weil Onkel Bill
entsetzt festgestellt hatte, dass es noch keine Popcorn-
ketten an den fünf Weihnachtsbäumen des Hauses gab,
und in der Küche brannten wohl gerade Pancakes an.

Charlotte lehnte sich leicht benebelt an die Wand.
Seit Connor auf der Welt war, fühlte sie sich permanent
verkatert, ohne Alkohol konsumiert zu haben. Über-
müdet betrachtete sie aus kleinen verquollenen Augen
das Weihnachtstreiben um sich herum. Das würde ihr

zu Hause kein Mensch glauben, was hier los war. Und damit meinte sie nicht mal die ganzen Verwandten, die sich bei ihr, Rob und Robs Eltern eingenistet hatten. Es war einfach alles. Alles war tausendmal schriller, lauter, bunter, glitzernder und exzentrischer als zu Hause in Deutschland. Allein der Weihnachtsbaum in ihrem Wohnzimmer – der Hauptweihnachtsbaum, wie Rob ihn stolz bezeichnete – war imposante vier Meter hoch und mithilfe einer von der Feuerwehr entliehenen Leiter dekoriert worden. Die Schmuckelemente, die ganz oben hinkamen, hatten sie mehr oder weniger unter Lebensgefahr von der Galerie im zweiten Stock hangelnd auf den Baum geworfen. Jedes Zimmer hatte seinen eigenen Baum, damit man nirgendwo im Haus auf die absurde Idee kam, es könnte vielleicht Ostern oder Thanksgiving sein. Und das war nur *innen*. Was draußen los war, das konnte man nicht mit Worten beschreiben.

Sie ließ sich auf eine Couch in der Eingangshalle fallen. Was ihre Eltern jetzt wohl machten? Sie würde sie später anrufen. Einen Moment lang schnürte ihr das Heimweh nach dem vergleichsweise bescheidenen und ruhigen deutschen Weihnachten die Kehle zu. Wie schade, dass ihre Eltern nicht zu Connors erstem Weihnachtsfest herkommen konnten.

Zu Hause war heute vierter Advent und bestimmt hatte ihre Familie gestern letzte Besorgungen erledigt, saß nun in besinnlicher Stimmung beim Flackern des Adventskranzes zusammen und aß Vanillekipferl wie die meisten Leute in Deutschland. Das Wort *besinnlich* existierte im Amerikanischen gar nicht. Es gab keine Übersetzung dafür, denn es hätte sowieso nie jemand benutzt. Amerikanische Weihnachten waren so besinnlich wie ein WM-Endspiel zwischen Deutschland und England. Zum Glück. Denn so würde morgen bei niemandem eine sentimentale Stimmung aufkommen. Na ja, außer vielleicht bei Tante Daphne, die laut Rob an jedem Heiligabend ab einem gewissen Zeitpunkt Tequila aus der Flasche trank, über ihre vier geschiedenen Männer herzog und herumjammerte, dass niemand sie richtig zu schätzen wisse.

»Herzchen, wo ist denn dein Weihnachtspullover?« Tante Daphne stand auf einmal vor ihr und sah sie fassungslos an. »Wir wollen nachher ein Familienfoto machen!«

Hinter ihr kam Rob die Treppe herunter und zwinkerte Charlotte zu.

Oh, nein. Die Weihnachtspullover der Familie Miller. Dabei handelte es sich um vorzugsweise in Grün- und Rottönen gehaltene kastenförmige Norwegerpullover, die wie eine Rüstung am Körper saßen und mit Weihnachtsapplikationen versehen waren, zum Teil mit Glöckchen und 3D-Effekt. Sie stellten die Weihnachtsuniform des gesamten Miller-Clans dar, und auch Charlotte hatte man vor wenigen Tagen mit einem eigenen Exemplar beglückt. Gott sei Dank hatte sie eine Ausrede.

»Ich stille, Tante Daphne«, erklärte sie. »Da macht sich so ein Pullover schlecht. Den kann man ja vorn nicht öffnen.«

»Ach, du lieber Himmel.« Tante Daphne wirkte ernstlich bestürzt. »Mein Gott, dass da keiner dran gedacht hat! Du armes Ding! Aber du musst natürlich trotzdem einen Weihnachtspullover haben, wie sieht das denn sonst auf dem Foto aus? Weißt du was, ich ändere den Pullover für dich um. Wenn man vorn die Schneemann-familie abtrennt und das Ganze mit Druckknöpfen ver-schließt, kannst du jederzeit die Schneemänner hoch-klappen und deine Brust herausholen.«

Ein Räuspern erklang aus Bernies Richtung.

»Was? Was hab ich denn gesagt? Das ist doch eine gute Idee? Ich will nur helfen, aber das sieht immer kei-ner.«

Daphne klang leicht beleidigt. Hinter ihrem Rücken deutete Rob das Trinken aus einer Tequilaflasche an.

Charlotte wandte schnell den Blick ab, damit sie nicht loslachte. »Ich zieh den Pulli für das Foto an, okay? Er ist wirklich hübsch.« Sie umarmte Daphne kurz und grinste Rob über Daphnes Schulter hinweg an. »Und jetzt geht ihr mal den Santa retten. Operation Weihnachtssturm.«

Sie zog ihr Handy heraus, um endlich all die Text-nachrichten zu lesen, die über Nacht eingegangen wa-ren, aber in diesem Moment meldete Connor sich mit einem kläglichen Weinen, die Popcornmaschine rat-terte wie ein Maschinengewehr, und als Bernie aus der Haustür trat, versammelten sich gerade die Carol Sin-gers aus der Nachbarschaft davor. Es war zwar noch früh am Morgen, aber sie mussten schließlich das ganze Viertel abklappern. Im Vorgarten lehnten sich die me-tallenen Rentiere erschöpft von ihrer endlosen Schicht an den Zaun und in dem überdimensionalen Lebku-chenhaus unter dem Ahornbaum zuckten trotz der frü-hen Morgenstunde mehrere Diskokugeln.

Nein, es war wohl ganz gut, dass ihre Eltern das hier nicht erlebten, dachte Charlotte und machte sich auf den Weg zu Connor. Das alles hätte ihren Vater zutiefst verstört und verwirrt. Deswegen hatte sie ihren Eltern auch nichts vom Weihnachtswahnsinn der Familie Miller erzählt.

9

O du fröhliche

23.12., mittags
Weimar, Deutschland

»Jason hat *was*?« Julia glaubte, nicht richtig gehört zu haben. Was fiel diesem unbekannten Jason ein, ihre Tochter nicht mehr heiraten zu wollen? »So ein Flegel!«, regte sie sich auf. »Wie kann man denn einer Frau erst die Ehe versprechen und dann wieder einen Rückzieher machen?«

Elisabeth, die gerade in ihrer enormen Handtasche herumwühlte, warf Julia einen fragenden Blick zu.

»Er hat es mir ja gar nicht versprochen. Ich hab das nur gedacht. Ich hab das irgendwie falsch verstanden, dabei ist mein Englisch eigentlich super und ich ...« Anne wurde von einem kleinen Weinkrampf geschüttelt.

»Egal. Dann hat er es indirekt versprochen. Es kommt auf dasselbe heraus. Das macht man nicht.« Julia versuchte, sich nicht zu sehr aufzuregen. Aber es regte sie nun mal auf! Sie hatte diesen Jason ja irgendwie noch nie gemocht, der war ihr suspekt, wie er da in London in seinem Geld badete wie Donald Duck und ihr und Frank so ein leicht beleidigendes Desinteresse entgegenbrachte. Sie wusste nicht mal richtig, wie er aussah. Auf den wenigen Fotos, die Anne ihnen geschickt hatte, konnte man sein Gesicht vor lauter Bartgewirr kaum erkennen. Angeblich hatte er sich mittlerweile von diesem Pelz getrennt, die neue Jason-Version hatten sie allerdings noch nicht zu Gesicht bekommen, genau wie sie auch noch nie richtig mit ihm telefoniert hatten. Na gut – Jason konnte kein Deutsch und das Englisch von Frank und ihr war, vorsichtig ausgedrückt, eher minimalistisch, aber hätte man sich nicht wenigstens per Skype freundlich anlächeln und zunicken können? Robs amerikanische Eltern lächelten ihnen auch nie über Skype zu, fiel Julia in dem Moment ein. Alles, was sie von Bernie und Doreen kannte, war ein etwas verschwommenes Foto, auf dem die beiden mit Strohhüten und Hawaiihemden unter einer Palme saßen und sich gegenseitig mit Schirmchen-Cocktails zuprosteten. Trotzdem. Das war ganz was anderes, und Charlottes Mann Rob kannten sie dafür umso besser, aus seiner Zeit, als er ein Semester in Deutschland studiert hatte. Sie hatte gleich den richtigen Riecher gehabt, was Jason betraf, diesen arroganten Börsenschnösel. Der glaubte wohl, ihre wunderbare Tochter sei wie eine Aktie, die man wieder abstieß, wenn sie nichts mehr einbrachte?

»Schatz, sei froh, dass du den los bist«, rutschte es ihr heraus. »Entschuldige, wenn ich das so brutal sage.«

Frank, der gerade im Begriff war, die noch eingeschweißte Gans zum Auto zu tragen, blieb alarmiert mitten im Flur stehen. »Was ist denn los?«, fragte er.

Julia klemmte sich das Telefon unters Kinn und hob entschuldigend die Hände. »Katastrophe«, formte sie mit den Lippen. »Kein Heiratsantrag …«

Frank blinzelte verständnislos, und ihr fiel ein, dass sie ihm ja gar nichts von dem geplanten Antrag erzählt hatte. Der gar nicht geplant gewesen war. Herrgott, was für eine Misere. Und das zu Weihnachten!

»... liebe ihn immer noch. Das kann ich nicht einfach so abstellen«, erklang Annes bedrückte Stimme aus dem Hörer.

»Natürlich nicht. Die Zeit heilt alle Wunden. Jetzt feierst du erst mal schön Weih...« Ach herrje. Julia wurde klar, wie idiotisch ihre Tröstversuche waren. »Bist du nun morgen etwa ganz allein? Das geht auf keinen Fall, es ist Heiligabend!«

»Ist schon okay.« Anne schniefte. »Heiligabend ist in England nicht so wichtig, die feiern erst am Fünfundzwanzigsten. Und ich habe das ganze Essen hier, das lasse ich nicht schlecht werden. Ich koche es trotzdem. Vielleicht bringe ich alles den Obdachlosen. Oder vielleicht hat einer meiner Freunde noch nichts vor.«

»Ja, vielleicht«, stimmte Julia ihr eilig zu, obwohl sie beide wussten, dass das eher unwahrscheinlich war. Wenn selbst Emilys autonome Ökofreaks zu Mami und Papi geflüchtet waren, dann Annes bürgerliche Freunde in London sicher erst recht.

»Oder ihr kommt her, englische Weihnachten feiern ...« Anne gab ein Geräusch von sich, das man mit viel gutem Willen als ein Lachen interpretieren konnte.

»Wir sind gerade auf dem Weg zu Emily.« Julia stellte das Telefon auf Lautsprecher, damit Elisabeth und Frank mithören konnten. »Ihre ganzen Mitbewohner haben sie sitzen lassen, und jetzt hat sie vier Hunde, um die sie sich kümmert, und ist ganz allein. Deshalb verbringen wir den Heiligabend dieses Jahr in Berlin. Cool, nicht?« Letzteres galt Frank, um sein altes Hausbesetzer-Ego zu kitzeln und ihn daran zu erinnern, wie spontan sie waren.

»Das ist total lieb von euch! Und Papa macht das mit? Weihnachten mal nicht zu Hause? Ich fasse es nicht.«

»Na ja.« Julia grinste Frank an. Der verdrehte die Augen, grinste aber zurück und stieß die Haustür mit dem Fuß auf, um die Taschen zum Auto zu bringen. »Erst wollte er nicht so richtig und dann …« Julia senkte die Stimme, bevor Frank zurückkam. »Oma hat ihn bearbeitet. Du weißt ja, wie sie sein kann. Sie hat ihn damit aufgezogen, dass er spießig geworden ist.« Sie lachte. »Wir wollten gerade losfahren.«

»Da wird Emily sich freuen. Die hat es gut.«

Julia zog es das Herz zusammen. Es schwang so eine Resignation in Annes Stimme mit, so eine Traurigkeit, wie niemand sie zu Weihnachten erleben sollte, schon gar nicht die eigene Tochter. Anne hatte einen lieben Partner verdient, jemanden, der zu ihr stand und sie nicht so kaltschnäuzig abservierte. Einen Tag vor Weihnachten, wer machte denn so was? Jetzt würde Julia sich die ganzen Feiertage lang Sorgen um Anne machen. Eine Mutter machte sich nun mal Sorgen um ihre Kinder, egal, wie alt sie waren. Wenigstens hatten sie in Berlin Emily wieder um sich herum.

Eine Idee zuckte plötzlich in Julia auf. »Mensch, Anne, komm morgen einfach auch nach Berlin!«

Schweigen.

»Anne? Du sagst ja gar nichts.«

»Das geht nicht.«

»Warum denn nicht?«

Frank kam wieder herein und brachte kalten Wind und Regenspritzer mit ins Haus, und Julia signalisierte ihm, stehen zu bleiben und nicht so eine Unruhe zu verbreiten. Er setzte sich auf die unterste Treppenstufe im Haus und hörte zu. Elisabeth hatte sich ohnehin schon neugierig neben Julia gestellt.

»Weil ich das ganze Essen hier habe. Und das schmeiße ich nicht weg. Ich habe vierundzwanzig Mince Pies gebacken.« Anne klang trotzig. »Und überhaupt – ich haue nicht einfach ab. Wie komme ich denn dazu? Nur weil Jason mich fallen lässt wie eine heiße Kartoffel?« Annes Stimme drohte zu kippen, und jetzt ahnte Julia den wahren Grund. Anne wollte in London bleiben, falls Jason zu ihr zurückkäme. Tief in sich drin hatte Anne natürlich längst noch nicht mit ihm abgeschlossen. Das Herz machte eben, was es wollte, da konnte der Verstand sich dreimal aufregen und altklug daherreden.

»Tja ...«, machte Julia hilflos. »Das tut mir so leid, Schatz.«

Da breitete Elisabeth neben ihr die Arme aus und fing an, schwingenartig damit zu wedeln. Was sollte das denn darstellen? Eine Windmühle? War Elisabeth bereits angetrunken? Eigentlich war sie von erstaunlicher Trinkfestigkeit.

Julia hob die Augenbrauen. »Was?«, flüsterte sie ihrer Schwiegermutter verständnislos zu.

Elisabeth verdrehte die Augen und wedelte noch heftiger. »Fliegen«, flüsterte sie zurück. »Wir fliegen. Zu Anne.«

Beinahe hätte Julia laut ins Telefon gelacht, sie konnte sich gerade noch bremsen. Absolut ausgeschlossen. Nicht mit Frank. Der streckte schon die ganze Zeit die Hand nach dem Hörer aus, um auch mit Anne zu reden, aber Julia zögerte, ihm den zu geben, denn da nagte etwas an ihr, etwas, das Anne eben gesagt hatte. Was war es gleich gewesen? *Und Papa macht das mit?* Ja, weil er für Emily alles machte. Nein – weil er für seine Töchter alles machte. *Das* war es. Elisabeth hatte recht, das war die Lösung!

Julia holte tief Luft und rüstete sich für den Frontalangriff. Papa würde gleich noch viel mehr mitmachen, der hatte nämlich nicht nur *eine* Tochter.

»Anne?«, sagte sie. »Ich gebe dir jetzt erst mal kurz die Oma. Die möchte gern mit dir sprechen. Oma kannst du alles erzählen. Die kennt sich mit jungen Engländern aus.« Sie reichte den Hörer weiter an Elisabeth und zupfte ihren Mann am Ärmel. »Komm mal.«

»Warum lässt du mich nicht mit ihr reden?«, protestierte Frank leise. »Und wieso kennt sich meine Mutter mit jungen Engländern aus? Was willst du denn damit andeuten?«

»Erkläre ich dir später.« Julia zog ihn ein Stück weg, damit sie das leise Gemurmel von Elisabeth und Anne nicht störten. Und für den Fall, dass Frank jetzt gleich laut werden würde.

»Schatz, du weißt doch, dass wir drei Töchter haben«, setzte Julia an und streichelte seinen Arm. Sein Pullover hatte ein kleines Loch, das erinnerte sie daran, dass sie sein Geschenk noch einpacken und mitnehmen musste.

»Ja, natürlich weiß ich das, ich bin doch nicht senil, Julia. Wieso fragst du mich so etwas Seltsames?«

»Und drei Töchter zu haben, bedeutet auch, dass man sie alle gleich behandelt, das siehst du sicher auch so, oder?«

»Selbstverständlich.«

»Okay.« Julia räusperte sich künstlich. »Damit meine ich, dass man keine Tochter bevorzugt. Dass keine mehr bekommt als die andere. Wenn also zwei Töchter zu Weihnachten unglücklich sind, müssen sie auch beide das gleiche Maß an elterlicher Zuneigung bekommen, nicht wahr?«

»Selbstverst...«« Frank brach ab. Ein misstrauisches Flackern trat in seine Augen, ein kleines Dämmern, eine Vorahnung dessen, was gleich auf ihn niedergehen würde. »Das ist nicht dein Ernst. Ich ...«

»Es sind nur knapp zwei Stunden im Flugzeug«, schnitt Julia ihm das Wort ab. »Zwei lächerliche Stündchen, das wirst du doch mal aushalten.«

»Du machst Witze.«

»Sehe ich so aus? Wir können nicht eine Tochter bevorzugen. Wo ist das Problem? Wir feiern dieses Jahr einfach zweimal! Das kann dir nur recht sein, so sehr, wie du Weihnachten liebst. Wir fahren heute nach Berlin, bringen Emily genug zu essen mit und feiern abends mit ihr das erste Mal. Da unsere Jüngste absolut nicht *spießig* ist«, steter Tropfen höhlte den Stein, fand Julia, »ist es ihr sicher egal, wann sie Heiligabend feiert. Oder vielleicht will sie ja sogar mit nach London kommen.« Die vier Hunde fielen Julia ein. Mist, das ging ja gar nicht. Oder durfte man Hunde heutzutage in der Flugzeugkabine mitnehmen? Neulich erst hatte sie etwas darüber gelesen, allerdings ging es da um Blinden- oder Begleithunde, wenn sie sich recht erinnerte. Vielleicht konnte man Elisabeth einfach eine schwarze Brille aufsetzen und behaupten, dass die alte Dame ohne ihre vier rumänischen Straßenhunde spätestens ab achttausend Metern Flughöhe einen Nervenzusammenbruch bekomme? Julia stellte sich Frank vor, wie er sich völlig aufgelöst in Sitz 27 C presste, wie seine Fingernägel sich in das Polster krallten, während eine gigantische Dogge Sitz 27 B beanspruchte und ihm ins Gesicht atmete ... Lieber nicht.

»Wie auch immer, und dann buchen wir einen kleinen Flug für morgen nach London«, machte sie rasch weiter, bevor Frank zu derselben Schlussfolgerung kam. Kleiner Flug klang gut, fand sie. Harmlos. Wenn ein Flug so lächerlich winzig wie eine Ameise war, brauchte man beim besten Willen keine Angst vor ihm zu haben.

In Franks Gesicht arbeitete es, er setzte zu einer Antwort an. Schnell kam sie ihm zuvor.

»Wir sind am Nachmittag dort, feiern mit Anne das zweite Mal Heiligabend, essen ihre vierundzwanzig Mince Pies und was sie sonst noch zubereitet hat und kommen am ersten Weihnachtstag zurück nach Hause. Wir leben doch nicht mehr im Zeitalter der Postkutschen. Heutzutage gelangt man schneller von Berlin nach London als auf der A9 von Weimar nach Berlin. Und du liebst doch englische Weihnachten. Du hast mir selbst erzählt, dass du die Weihnachtsgeschichte von Charles Dickens schon acht Mal gelesen hast.«

»Sieben Mal.« Er pulte gestresst an dem Loch in seinem Ärmel herum und vergrößerte es.

»Strümpfe über dem Kamin«, beschrieb Julia dieses unbekannte, herrliche und romantische englische Weihnachten, obwohl Anne garantiert nur eine Heizung hatte. »Geröstete Kastanien, Plumpudding im Ofen und Mistelzweige über der Tür.« Sie stupste ihn an. »Der Hyde Park tief verschneit, klingelnde Schlittenfahrten, jauchzende kleine Kinder, die *Jingle Bells* singen ...« Sie geriet ins Schwärmen.

»Es sind acht Grad in London, Julia.«

»Aha. Und woher weißt du das? Wieso guckst du dir den Wetterbericht in London an, hm?«

»Weil ... weil ... Und was wird mit meiner Gans?«

Sieg! Dass er die Gans erwähnte, war ein gutes Zeichen, denn es bedeutete, dass er sich gedanklich schon ein paar Schritte in Richtung Ärmelkanal bewegt hatte.

»Die nehmen wir mit«, parierte Julia lässig. »Wir lassen sie bei Emily und essen sie dann am ersten Weihnachtstag, wenn wir zurück nach Berlin kommen. Oder wir braten sie schon heute Abend und nehmen Anne etwas davon mit nach London, das merkt kein Mensch. Heutzutage kontrollieren die beim Zoll kaum noch und schon gar nicht zu Weihnachten.«

Frank blieb eine Weile lang stumm.

»Männer haben oft Bindungsängste«, hörten sie Elisabeth im Hintergrund leise erklären. »Das ist völlig normal. Das ist auch nicht ihre Schuld, das ist ein Fehler im Design.«

»Bitte, Frank, spring einfach über deinen Schatten. Wir lieben die beiden so sehr und sehen sie so selten. Anne braucht morgen jemanden. Die sitzt ganz allein mit einem gebrochenen Herzen in dieser fremden großen Stadt. Keiner feiert mit ihr, keiner hat ein freundliches Wort für sie. Weihnachten ist die Zeit des Jahres, wo die Menschen Frieden finden sollen, aber für Anne gibt es diesmal nichts als Dunkelheit.«

»Okay. Okay!«

Ihre Worte fielen auf fruchtbaren Boden, das konnte sie sehen. Gerade erschien das Bild eines armen viktorianischen Waisenmädchens vor Franks innerem Auge. Ein Mädchen in einem abgetragenen Kleid, es saß in einer ungeheizten Dachwohnung und löffelte zwei Tage alten klumpigen Haferbrei, der nur von ihren heißen Tränen erwärmt wurde. Hatte Julia zu dick aufgetragen? Nein, in diesem Fall konnte sie gar nicht dick genug auftragen.

»Ganz allein ist Anne, genauso allein, wie Emily vorhin noch war«, fuhr sie wacker fort, »bevor ihr wunderbarer Vater sich entschieden hat, ihr beizustehen.« Julia umarmte Frank, hielt ihn ganz fest und spielte ihren letzten Trumpf aus. »Du bist im Herzen immer noch der spontane Hausbesetzer und kein schwerfälliger Mittfünfziger. Das weiß ich.«

»Gut«, hörte sie es leise an ihrem Ohr. »Ich werde es versuchen. Ihr dürft mich nur nicht auslachen, wenn ich im Flugzeug nervös werde.«

»Natürlich nicht. Wir helfen dir. Frank – es sind wirklich nur zwei Stunden. Und sie haben immer superguten Whisky an Bord«, log Julia. Den gab es garantiert nur in der ersten Klasse, aber das musste Frank jetzt nicht wissen. »Der soll bekanntlich helfen.«

Er nickte und Julia drehte sich zu Elisabeth um. Julia hielt den Daumen hoch.

»Sag Anne, dass wir kommen. Wir kommen morgen zu ihr nach London. Papa macht mit!« Sie fing an zu lachen, denn sie konnte immer noch nicht glauben, was auf einmal hier passierte. Sie griff nach ihrem Handy, schickte Charlotte eine Nachricht, damit die morgen nicht umsonst hier anrief und sich wunderte, warum um alles in der Welt am Heiligabend niemand ranging. Dann endlich rief sie Emily zurück.

Wenig später hockten sie zu dritt vor Franks Laptop.

»Seht mal«, meinte Julia. »Das hier ist der ideale Flug. Wir fliegen um 12:00 Uhr los und sind um 13:00 Uhr in London. Wegen der Zeitverschiebung. Perfekt. Dann können wir uns am Nachmittag noch das weihnachtliche London ansehen.« Julia deutete aufgeregt auf den Bildschirm. »Jetzt mach schon, Frank. Buch das Ding, ehe der Flug voll ist.«

»Es fliegt kein Mensch am vierundzwanzigsten Dezember in der Gegend herum«, murrte er. »So verrückt sind nur wir. Das Flugzeug wird total leer sein.«

»Umso besser. Dann gibt es weniger Zeugen für deine Stressanfälle.« Elisabeth zwinkerte Julia zu.

»Mutter, das ist nicht lustig.« Frank klickte den Flug an. »Okay. Also den hier?«

»Ach, verdammt«, fiel es Julia ein. »Wir müssen noch mal zu dir, Elisabeth. Deinen Pass holen.«

»Für England braucht man keinen Pass. Da reicht der Personalausweis«, behauptete Frank, obwohl er so gut wie nie verreiste, und stachelte damit sofort Julias Widerspruch an.

»Da wäre ich mir nicht so sicher«, sagte sie. »Von wegen Brexit und so. Vielleicht wollen sie den Pass ja neuerdings doch sehen?«

»Unsinn, Julia, das würde ja irgendwo stehen und ...«

»Wir müssen nirgendwohin«, unterbrach sie Elisabeth. »Ich habe meinen Pass dabei. Kein Problem.«

»Du hast ihn dabei? Wieso das denn?« Julia wechselte einen erstaunten Blick mit ihrem Mann.

»Nicht nur meinen Pass. Auch meinen Personalausweis, mein Postsparbuch, den Rentenausweis und den

Schlüssel zum Safe in meinem Zimmer. Wegen der Frau Weber.«

»Wer ist denn jetzt wieder Frau Weber?« Frank stützte entnervt sein Gesicht in beide Hände. »Kommt die auch mit?«

Elisabeth ignorierte ihn. »Ich hab dir doch gesagt, dass die klaut, Julia. Alles, was ihr unter die Finger kommt. Da werde ich solche wertvollen Dinge ja wohl kaum in meinem Zimmer herumliegen lassen.« Sie klopfte stolz auf ihre pralle Handtasche. »Ich bin für alles gerüstet.«

»Also, dann buchen wir jetzt den Flug.«

Julia tippte rasch auf *Enter*, bevor Frank es sich anders überlegte.

Keine halbe Stunde später fuhren sie los. Natürlich hatte Julia die Pässe trotzdem eingepackt. Besser war besser. Es wäre ja eine schöne Katastrophe, wenn die Briten ausgerechnet morgen als kleines Weihnachtsgeschenk an Europa wieder den Passzwang einführen würden! Wenn die alle so wankelmütig waren wie dieser Jason, dann gute Nacht. Sie war jedenfalls auf alles vorbereitet. Auch wenn es momentan nur dazu diente, dass sie auf der Autobahn im Stau standen.

»Geht ja schon mal gut los«, brummte Frank. Jemand hupte wild hinter ihm, weil er nicht schnell genug losfuhr, als der Stau sich auflöste. »Jaja, ist ja gut. Dir auch ein frohes Fest, Mann!«

»Mach mal Weihnachtsmusik an«, verlangte Elisabeth. »Damit wir ein bisschen in Stimmung kommen.«

»Das kannst du hier eh vergessen«, erwiderte Frank. »So gestresst, wie die alle sind.« Er deutete auf die Autos um sie herum und bremste scharf. »Typisch deutsch, was? Ich wette, bei Charlotte in Amerika ist Weihnachten noch richtig besinnlich. So, wie es früher einmal war. Nicht wie hier. Jetzt fahr los, du Schlaftablette! Wir wollen heute noch nach Berlin!«

10 O Tannenbaum

23.12., später Nachmittag
Berlin, Deutschland

»Frohe Weihnachten, ihr Süßen. Leider kann ich euch nicht alle mitnehmen.«

Emily kippte eine letzte Ladung Leckerlis in die Schüsseln. Wenn sie noch länger in die vielen treuen Hundeaugen hier blickte, würde sie ganz sentimental werden. Zwar hatten alle, die hier arbeiteten, ihr Bestes gegeben, um dem Tierheim ein wenig Weihnachtsglanz zu verleihen. Doch der strenge Geruch nach Desinfektionsmittel übertönte leider trotzdem alles, und auch der kleine Weihnachtsbaum in der Ecke konnte nicht davon ablenken, dass das hier eine Art Waisenhaus für Tiere war. Es war jammerschade, aber Emily konnte nicht allen diesen Hunden ein Weihnachtsfest in ihrer Wohnung bieten. Es war ihr wirklich schwergefallen, eine Auswahl zu treffen, und am Ende hatte sie sich für die vier Bedauernswertesten unter ihnen entschieden. Die, die schon am längsten hier waren und in deren Augen keine Hoffnung mehr zu sehen war, dass jemand sie möglicherweise für den Rest ihres Lebens lieben könnte.

Emily sah auf ihre Uhr. Gleich 16:00 Uhr, sie sollte sich beeilen und wenigstens das schlimmste Chaos in der WG beseitigen, bevor ihre Eltern kamen. Dass die das durchzogen, war wirklich unglaublich. Schon verrückt, ihre beiden Erzeuger, wer hätte das gedacht? Und dass sie sogar nach London weiterwollten, war der Hammer. Wie hatte Mama es nur geschafft, Papa dazu zu bewegen, in ein Flugzeug zu steigen? Emily vermutete irgendeine Art von Erpressung. Aber was, wenn Papa im Flieger einen Koller bekam und wieder aussteigen wollte? Mama hatte zwar behauptet, das könnte nicht passieren und der Flug würde ja auch nur knapp zwei Stunden dauern, aber Emily war sich da nicht so sicher.

Man sollte Papa einfach ein wenig ruhigstellen, überlegte sie. Nur für die Zeit des Fluges. Hypnotisieren oder so. Oder ihm einen Joint geben, aber das ging aus naheliegenden Gründen ja nicht. Aber etwas anderes ging …

Wie ferngesteuert begab sie sich zu dem Schränkchen an der Wand. Dort bewahrte Carina, die andere freiwillige Helferin, immer ihre Sachen auf. Unter anderem so ein pflanzliches Beruhigungsmittel für Hunde und Katzen. Das bekam sie von ihrem Freund Ricardo, einem Heilpraktiker mit indianischen Tattoos und näselnder Stimme, der irgendwie von Schamanen besessen war. Carina schwor auf das Zeug und neulich erst hatte sie Ralfi etwas davon verabreicht, weil er immer so nervös und ängstlich war, wenn er andere Hunde traf. Er hatte sich innerhalb von einer halben Stunde von einem winselnden Weichei in eine schläfrige Made verwandelt und nicht mal gezuckt, als ein Tablett mit lautem Knall auf den Boden gescheppert war.

Emily stöberte zwischen Carinas Ersatz-T-Shirts und Haargummis herum. Da war die Schachtel, prima.

Wahrscheinlich hatte Carina schon vorgesorgt wegen Silvester, wenn die ganzen Böller in Berlin die Vierbeiner hier in Panik versetzten.

Emily griff nach der Packung und überflog rasch, was darauf stand. *Wirkt beruhigend bei Angst vor Unwetter, Reisen oder Veränderungen in der Umwelt.* Na bitte. Angst vor Reisen – das war Papa ja wie auf den Leib geschnitten. *Ist geschmacksneutral und kann ins Futter gemischt werden.* Sehr gut, dann konnte man es ihm morgen früh in den Kaffee rühren oder über den Stollen streuen. Sie sah hinein. Ein paar Tabletten in einem Blister, dann noch einige in einer kleinen Plastiktüte. Das musste reichen. Sie drehte die Packung um, las die Rückseite. *Nicht für Hunde unter fünf Kilo geeignet.* Hm. Nirgendwo stand etwas darüber, wie es auf Menschen wirkte, aber wenn es so einem kleinen Fünf-Kilo-Hund half und nicht schadete, dann war es garantiert auch okay für Papa. Am besten, sie fragte Oma um Rat. Die besaß selber eine umfangreiche Medikamentensammlung und war für solche Fragen der richtige Ansprechpartner.

Am liebsten wäre Emily mit nach London geflogen. Wer würde nicht zu Weihnachten dahin wollen? Schon allein wegen Jannik wäre es ihr ein Vergnügen gewesen. Die Vorstellung, wie ihm seine Gesichtszüge entglitten, wenn sie ihm eine Textnachricht aus London schickte! *Es ist super in London!* Mit einem Foto von ihr unter dem riesigen Weihnachtsbaum auf dem Trafalgar Square! Lässig und *very British* und hip und so viel cooler als in einem biederen Skiurlaub in der Schweiz. Wie kam Jannik überhaupt dahin? Er hatte kein Auto und kein Geld, außerdem flog er grundsätzlich nie, wegen der Flugzeugemissionen. Wahrscheinlich finanzierte Cat den ganzen Ausflug. Erneut wallte Empörung in Emily auf. Genau dieselbe Empörung, die sie auch empfunden hatte, als Hendrik, ihr anderer Mitbewohner, ihr gestern gesteckt hatte, warum Jannik nirgendwo aufzufinden war. Weil er nämlich von Cat zum Skifahren in die Schweiz eingeladen worden war. Von wegen Sonnenwende und neue Nachhaltigkeit! Wahrscheinlich würden auf Cats Blog demnächst Fotos von Jannik erscheinen, auf denen er barfuß im Schnee stand, entspannt in die Welt der Berge hinaussah und ein veganes Käsefondue schlemmte.

Da feierte Emily lieber richtig Weihnachten, mit ihren Eltern und vier süßen Hunden, auch wenn es einen Tag zu früh stattfand. Egal, Weihnachten war Weihnachten. Sogar Oma nahm die Reise auf sich! Und extra für ihre Oma würde Emily jetzt auch einen Baum besorgen. Oma würde sich natürlich niemals beschweren, aber Weihnachten ganz ohne Baum war sicher unvorstellbar für sie. Für Papa ja sowieso, also vollbrachte Emily hier ein gutes Werk, denn ein Baum würde ihn hundertprozentig beruhigen.

Ihr Blick wanderte zu dem kleinen Weihnachtsbaum in der Ecke des Tierheims. Sie hatten Hundekekse darangehängt, die neckisch an kleinen roten Schleifen baumelten. Sollte sie? Klar, das merkte doch kein Mensch. Und den Hunden war der Baum doch völlig egal.

»Ey, Leute, stört es euch, wenn ich euren Baum heute Abend entführe?«, fragte sie die Tiere in ihren Boxen. Die hechelten aufgeregt. Emily wertete das als gutes Zeichen. »Okay. Ist für meine Oma. Die frisst euch eure Kekse garantiert nicht weg, versprochen. Ich bring euch den Baum übermorgen zurück.« Sie kritzelte Carina eine Nachricht hin, damit die nachher nicht dachte, dass hier jemand eingebrochen war und den Baum geklaut hatte.

Lautes Winseln erklang, als Emily das Bäumchen hochhob und aus der Tür bugsierte.

»Jetzt regt euch nicht auf«, sagte sie über die Schulter hinweg. »Frohe Weihnachten schon mal, ihr Fellnasen. Bis bald.«

Die Straßen waren erstaunlich leer. Im Moment herrschte offenbar eine Art Verschnaufpause. Die Ruhe vor dem Sturm sozusagen, bis morgen früh noch ein letztes Rennen auf die Läden starten und verzweifelte Menschen überteuerte Delikatessen, Krawatten, Parfüms und Spirituosen besorgen würden, nur um irgendwas einwickeln und später wieder auswickeln zu können. In den Kneipen saßen bereits die ersten entnervten Opfer diverser Familienstreitereien, gemeinsam mit den einsamen Herzen, den Weihnachtshassern, den Gestrandeten und den nie Angekommenen. Sie schlug den Weg nach Hause ein und kramte vor der Tür nach ihrem Schlüssel.

»Emily, haste mal paar Euro?«, fragte jemand von links. Es war Karl, der überalterte Punk, der unten in der ersten Etage mit zwei verschrumpelten Althippies eine zugemüllte Wohnung bewohnte, gegen die Emilys gesamte WG wie der Traum jeder deutschen Hausfrau wirkte. Jetzt lungerte er fröstelnd vor der Tür herum, offenbar in der Hoffnung, milde gestimmte Hausbewohner abzupassen, denen in den Tagen vor dem Fest das Geld locker in der Tasche saß.

»Ne, Karlchen, tut mir leid. Ich bin selber total pleite.«
Emily hob entschuldigend die Schultern.

»Was hast du denn da an dem Baum hängen? Plätzchen?« Karl griff, ohne zu fragen, danach und nahm
sich einen der Hundekekse. »Ganz schön hart«, meinte
er kauend. »Und wonach schmecken die nur? Komme
nicht drauf.«

»Nach Pansen und Leber. Das sind Hundekekse,
Karl.«

»Echt?« Karl betrachtete den Keks in seiner Hand,
dann zuckte er mit den Schultern. »Macht nichts. Mit
einem Bier könnte man den Geschmack prima runter-
spülen. Du hast nicht zufällig ein Bier in der Wohnung?«

»Tut mir leid.«

Das stimmte wirklich, Karl tat ihr leid. Sein zerknit-
tertes Gesicht wirkte heute noch mitgenommener als
sonst, der ehemals stolze Haarschopf auf seinem Kopf
war nur noch ein armseliger Trampelpfad aus grauen
Haaren, und seine Augenringe waren größer als bei
einem ausgewachsenen Panda.

»Meine Eltern kommen mich nachher besuchen,
wir feiern heute schon Weihnachten«, fügte sie daher
schnell hinzu. »Ich bring dir was zu essen vorbei, okay?
Mein Vater macht einen voll guten Punsch. So was wie
Feuerzangenbowle.«

Karls Augen leuchteten auf. »Ey super, Emily, auf
dich kann man immer zählen. Feuerzangenbowle ist
geil. Haben wir früher bei uns zu Weihnachten auch
immer gemacht. Ich trinke auch nur einen wönzigen
Schlock.« Er lachte heiser.

Emilys Handy summte, sie warf einen kurzen Blick
darauf. Wahrscheinlich waren das ihre Eltern, die ihr

mitteilten, wo sie sich gerade befanden. Halt, es waren nicht ihre Eltern. Sie zog die Stirn kraus. Die Nachricht war von Jannik.

> Kannst du noch Bier für unsere Anti-Weihnachts-party besorgen? Wir fangen heute schon an. Komme in zwei Stunden mit ein paar Leuten und Stefan aus der Band. Wir wollen ein bisschen jammen.

Was? Wieso das denn?
»*Shit*«, rutschte es Emily heraus. »Halt mal.«
Sie drückte Karl den Baum in die Hand und schrieb hastig zurück.

> Ich denke, du bist in der Schweiz?

> Fuck Switzerland. Hat sich erledigt.

Das bedeutete offenbar, dass er sich mit Cat überworfen hatte. Panik stieg in Emily auf, vermischt mit Wut. Was fiel Jannik ein? Und wer war dieser Stefan? Das Geschrammel aus Blues und Indierock war ja ganz lustig, aber nicht, wenn ihre Familie zu Besuch kam!

> Ey, meine Eltern kommen. Das geht nicht. Die wollen heute mit mir Weihnachten feiern!!

> Hä? Weihnachten ist doch morgen. (Ein Smiley, das vor Lachen herumrollte.) Und wieso kommen deine Alten?

Ihr seid ja alle abgehauen. Meine Oma kommt auch. Wir feiern heute schon, weil sie morgen zu meiner Schwester fliegen!

Keine Panik. Wir sind nett zu deiner Oma!
(Ein torkelndes Smiley.)

Das geht nicht! Ihr müsst woandershin!

Du machst Witze. Das ist ja wohl auch meine Wohnung.

Es geht trotzdem nicht!

Keine Antwort.

»Verdammt.« Emily riss Karl den Baum wieder aus der Hand. »Jannik ist so ein Idiot. Jetzt will der einfach mit irgendwelchen Typen in unserer Wohnung Party machen.«

»Party?« Karl wirkte augenblicklich lebendiger. »Wann? Also ich komme gern, das weißt du ja. Meine Weihnachtspartys waren früher Legende!«

11 Sind die Lichter angezündet

23.12., 19:00 Uhr
Berlin, Deutschland

Julia wäre beinahe auf Simon, das Frettchen, getreten. Sie stolperte und hielt sich in letzter Minute am Türrahmen fest.

»Sorry«, sagte sie unsinnigerweise zu dem kleinen Tier. Simon saß einen Moment lang regungslos da und blickte sie vorwurfsvoll an. An seinem Hals leuchtete ein rotes Samtschleifchen, zur Feier des Tages. Eigentlich waren diese Frettchen ja niedlich, aber trotzdem gewöhnungsbedürftig.

»Mama, kannst du Simon zurück in seinen Käfig stecken?«, erklang Emilys Stimme, untermalt von Winseln. Die vier Hunde mussten in Emilys Zimmer warten, bis die Frettchen mit ihrem Weihnachtsspaziergang durch die Wohnung fertig waren, sonst würde es laut Emily hier ein Massaker geben. In der Küche hatte offensichtlich schon eins stattgefunden, wie Julia beim Betreten der WG vor zwei Stunden festgestellt hatte. Natürlich hatte sie sich jegliche Bemerkung zum Zustand der Küche verkniffen, sie waren schließlich zum Feiern hier. Emily wirkte allerdings nervös und fahrig – was war nur mit ihr los? Sie hatte sich offenbar wahnsinnig über ihren Besuch gefreut, besonders darüber, dass ihre Oma mitgekommen war, aber irgendetwas bedrückte sie. Dauernd schielte sie auf ihr Handy, sah zur Wohnungstür und zupfte an ihren grün-blauen Haaren herum. Erwartete sie noch jemanden? Hatte Emily vielleicht neuerdings einen Freund? Julias Herz hüpfte gleich noch ein bisschen höher. Sie würde ihre Jüngste in einer ruhigen Minute danach fragen. Wenn endlich diese ganzen Tiere versorgt waren.

»Mach ich«, rief Julia zurück. »Kein Problem.«

»Wo steht denn bei euch der Zucker?«, meldete nun Frank sich aus der Küche. »Ich brauche noch mehr Zucker, meiner reicht nicht.«

Julia bewunderte ihn. Innerhalb kürzester Zeit hatte er in der Kampfzonen-Küche genug Platz freigeschaufelt und einigermaßen saubere Teller und Töpfe organisiert, um den Kartoffelsalat zuzubereiten und seinen Punsch anzusetzen. Die Gans hatte er bereits aus der Packung befreit, dann nach einem passenden Bräter gesucht und sogar einen völlig sauberen gefunden. Wahrscheinlich hatte den einfach noch nie jemand benutzt. In der ganzen Wohnung hing mittlerweile ein weihnachtlicher Duft nach Punsch mit Orangen, der den zuvor dominierenden Geruch nach Frettchen, indischen Räucherstäbchen und viel zu selten geöffneten Fenstern übertönte.

»Zucker haben wir nicht«, rief Emily zurück. »Nur Fair-Trade-Bio-Ahornsirup.«

Frank antwortete etwas wenig Schmeichelhaftes und Julia lachte vor sich hin. Irgendwann war immer das erste Mal. Heute war eben die Premiere für Punsch mit Ahornsirup. Sie bückte sich.

»Komm her, Simon. Du gehst jetzt zurück in deinen

Käfig.« Das Frettchen rannte augenblicklich weg. Mist. Julia verfolgte das Tier, allerdings huschte es sofort zielsicher in einen schmalen Spalt zwischen Bücherschrank und Couch und war offenbar nicht willens, dort wieder herauszukommen. Julia beschloss, das Tier mit etwas Futter hervorzulocken, und ging in die Küche.

»Hast du ein bisschen Fleisch für Simon?«, fragte sie ihren Mann.

»Selbstverständlich, mein Schatz.« Frank wirbelte sie kurz herum und reichte ihr dann ein kleines Stück Speck, den er für die Füllung mitgebracht hatte. »Festtagsessen für die Herren Frettchen. Das opfere ich gerne.« Seine Worte kamen etwas verschwommen heraus und er lachte albern. Er hatte eindeutig bereits ordentlich Schlagseite.

»Sag mal, wie viel hast du denn schon getrunken?«

»Heute ist Weihnachten. Sozusagen die erste Runde. Hast du selbst gesagt. Ein Grund zum Feiern. Koste mal den Punsch.« Er deutete auf einen gigantischen Kochtopf von der Art, mit der man früher in den Berliner Mietswohnungen die Wäsche kochte. Daneben standen eine leere Rumflasche, mehrere leere Rotweinflaschen und die Plastikdose mit Gewürzen und Orangen, die er aus Weimar mitgebracht hatte.

Julia beäugte den Inhalt. »Wow, wie viel hast du denn da reingekippt? Das schaffen wir nie.«

»Deswegen sollst du ja auch was davon trinken«, erklärte Frank mit der leicht absurden Logik eines Betrunkenen. Er reichte ihr eine große Tasse voller Punsch.

Julia kostete. »Hm, schmeckt lecker. Und denk dran, wir wollen noch Charlotte anrufen. Nicht, dass du vorher einschläfst.«

»Wie könnte ich das vergessen.« Er gab ihr einen Kuss. »Und morgen sehen wir unsere Anne.« In seinen Augen schimmerte es. »Das wird mein schönstes Weihnachtsgeschenk.«

»Und meins ist, dass du dich endlich wieder in ein Flugzeug setzt«, flüsterte Julia ihm ins Ohr. »Ich halte auch deine Hand, versprochen.«

»Ich schlafe sowieso. Hoffentlich.« Frank genehmigte sich einen weiteren großzügigen Schluck, und Julia begriff, dass er auf einen anständigen Kater hoffte, der ihn im Flugzeug morgen sofort wegdämmern ließ. Nun gut, dem würde sie nicht im Wege stehen.

»Prost. Dann schon mal frohe Weihnachten, mein Schatz.«

Sie stießen mit den etwas klobigen Tassen an, und Julia machte sich mit dem Stück Speck in der Hand auf die Suche nach Simon. Das Frettchen war allerdings nicht mehr hinter der Couch oder überhaupt irgendwo zu sehen.

Elisabeth hatte inzwischen mit leichter Hand Weihnachtsstimmung in die Wohnung gezaubert. Es lief Weihnachtsmusik im Radio, das Bäumchen mit den Schleifen und Hundekeksen stand dekorativ auf einem kleinen Tisch, daneben ein zweites, etwas mageres Tännchen, das sie an einer Raststätte hinter Leipzig ergattert hatten. Blöderweise hatte Julia die Kiste mit dem Christbaumschmuck vergessen, aber Elisabeth faltete gerade Weihnachtssterne aus den ganzen Pizza- und Dönerflyern, die sie im Flur gefunden hatte – glücklich darüber, dass sie sich nützlich machen und gleichzeitig den Berg Papier abbauen konnte. Eine Win-win-Situation, wie sie Julia stolz erklärte.

Auf vier Tellern türmten sich Julias Plätzchen, die Lenin-Büste trug eine Weihnachtsmütze und einen kitschigen kleinen Engel um den Hals, und auf dem Esstisch hatte Elisabeth einen großen dunkelroten Samtschal von Emily ausgebreitet, der dem chaotischen Wohnzimmer tatsächlich einen Hauch von festlicher Eleganz verlieh. Das Einzige, das nicht zu der weihnachtlichen Stimmung passte, war Emilys nervöser Gesichtsausdruck.

Jetzt konnte Julia sich nicht länger zurückhalten. »Emily, was ist denn nur los, du machst so einen gestressten Eindruck? Es ist doch alles wunderbar hier, wir machen es uns jetzt gemütlich, Papa kocht und ... ach, da ist ja auch Simon.«

Das Frettchen flitzte über den Boden, hielt kurz an und stellte sich auf die Hinterbeine, als ob es Julia zum Narren halten wollte, dann rannte es weiter.

»Das ist nicht Simon, das ist Garfunkel.«

Julia fragte sich gerade, wie um alles in der Welt ihre Tochter diese Viecher auseinanderhalten konnte, als sich im Schloss der Wohnungstür ein Schlüssel drehte.

Die vier Hunde in Emilys Zimmer fingen an, wie aufgescheucht zu bellen, und Simon – es musste einfach Simon sein – stürmte draußen durch den Flur in Richtung Küche.

»Es kommen noch welche«, platzte Emily heraus. »Deswegen bin ich gestresst. Jannik und jemand anders, ich weiß nicht mal, wer. Ich hab versucht, es zu verhindern, aber der hat sich nicht abwimmeln lassen, dabei wollte er angeblich in die Schweiz. Es tut mir so leid, dass die jetzt unser Weihnachten versauen.«

Emily wischte sich eine kleine Träne aus den Augen,

die Wohnungstür ging auf und drei Männer mit Instrumentenkästen kamen herein, allen voran dieser merkwürdige Typ namens Jannik mit nackten Füßen. Doch bevor Julia etwas antworten konnte, ging Elisabeth den dreien bereits entgegen, ein vorfreudiges Glitzern in den Augen.

»Aber das ist doch großartig, Emily«, jubelte sie. »Je mehr, desto besser! Hereinspaziert und frohe Weihnachten alle miteinander!« Sie schüttelte dem völlig verdatterten Jannik die Hand und deutete auf seine Füße. »Junger Mann, das ist viel zu kalt, hier gibt es ja nicht mal eine Fußbodenheizung.« Sie drehte sich zu Emily um. »Gib dem armen Kerl ein paar warme Socken.«

»Tagchen, Leute!« Ein völlig verlotterter Mensch mit ergrauter Punk-Frisur winkte Julia zu. »Riecht ja schon mal gut hier. Was gibt's?«

»Kartoffelsalat mit Würstchen. Und am ersten Feiertag dann Gänsebraten. Ich knöpfe mir nachher gleich mal die Gans vor, die Füllung ist schon fertig«, verkündete Frank feierlich. Er war dazugetreten, ein weißes Geschirrtuch über dem Arm wie ein Oberkellner im Ritz.

Janniks Kopf fuhr herum. »Ihr wollt Tiere essen? Echt jetzt?«

»Papa, die sind alle Vegetarier«, piepte Emily gequält. »Und außerdem wollen sie gar kein Weihnachten feiern. Weder heute noch morgen noch überhaupt irgendwann.«

»Ach, Quatsch, ich esse und feiere alles«, erwiderte der ältliche Punk gut gelaunt. »Weihnachten, Chanukka, Ramadan, voll egal, was auch immer ansteht.

Und hier gibt's wohl auch Feuerzangenbowle, hat mir das Christkind im Treppenhaus zugeflüstert?« Er rieb sich die Hände.

»Ja klar!« Frank strahlte. »Komm mit, kriegst auch was. Ich bin übrigens der Frank.«

»Mama, Papa, Oma – das hier sind Karl und Jannik und ...« Emily blickte den anderen Typen auffordernd an.

Der murmelte unverständlich einen Namen, dann bückte er sich blitzschnell und hielt Simon hoch in die Luft. Oder war es Garfunkel? Er überreichte Julia das Tier, die es wie ferngesteuert entgegennahm.

»Jannik, kann ich bitte mal mit dir reden?«

Emilys Stimme verhieß nichts Gutes, und Julia begab sich rasch ins Wohnzimmer, um das Frettchen endlich zurück in den Käfig zu setzen. Aus der Küche erklang jetzt lautes Gelächter und Gläserklirren.

»... war ja früher auch mal Hausbesetzer«, hörte sie Frank angeben. »Prost!«

Er klang noch um einiges betrunkener als vorhin. Das etwas zu laute und zu schrille Gelächter von Elisabeth schepperte durch die Wohnung, dazu das polternde Lachen von diesem Karl. Der Typ mit dem unverständlichen Namen setzte sich Julia gegenüber auf die Couch, griff nach einem Teller mit Plätzchen und fing kommentarlos an, ihn zu leeren.

»Habt ihr auch geilere Musik?«, fragte er nach einer Weile mit vollem Mund. »Das da klingt ziemlich ätzend.«

»Sicher.« Julia nickte abwesend und lauschte. Im Flur stritten sich Emily und dieser Jannik zischelnd über irgendwas. Hoffentlich gab es keinen Krach zwischen den beiden. Es sollte ein gemütlicher vorgezogener Heiligabend werden. Julia war egal, wer hier noch aufkreuzte. Dann feierten sie eben mit diesen Leuten, das war doch auch schön. Heute waren sowieso schon alle Regeln aufgehoben, da kam es darauf nun auch nicht mehr an.

Sie spürte etwas Feuchtes an ihrer Hand und sah nach unten. Ein schwarzer großer Hund stand neben ihr und schnüffelte an ihr herum. Sie zuckte augenblicklich zurück.

»Emily?«, rief sie schwach.

»Das ist Ralfi, der tut nichts«, erklärte der Typ kauend. »Der ist aus dem Tierheim, in dem Emily arbeitet. Ist schon ewig dort. Schwarze Hunde will ja immer keiner adoptieren. Die Leute sind doch alle rassistische Arschlöcher.«

»In der Tat«, stammelte Julia. Wieso lief der Hund hier herum? Wer hatte den rausgelassen und wo befanden sich die anderen Hunde? Und wo das zweite Frettchen?

Frank kam herein, seine Mutter und diesen Karl im Schlepptau. Frank schwankte leicht und reichte Julia einen weiteren Becher Punsch.

»So ein stimmungsvolles Fest hatten wir schon lange nicht mehr«, schwärmte er. »Ich hab die armen Hunde mal rausgelassen, die wollen mitfeiern. Und jetzt rufen wir erst mal unsere Charlotte *in the U, S and A* an, was?«

12 I'll Be Home for Christmas

23.12., 11:00 Uhr morgens
Seattle, USA

Ihre Eltern flogen morgen nach London? Konnte das
sein? Charlotte starrte auf die Nachricht auf ihrem
Handy. Ein dicker Kloß bildete sich in ihrem Hals, in
ihren Augenwinkeln sammelten sich Tränen. Sie konnte
sich selbst nicht erklären, warum, eigentlich war sie
doch gar kein so sentimentaler Typ. Das mussten die
Hormone sein, seit Connor auf der Welt war, war eben
alles anders. Sie presste ihr Gesicht an sein kleines
warmes Köpfchen und ließ den Tränen freien Lauf. Alle
würden sich an diesem Weihnachten sehen – ihre
Eltern, ihre Oma, ihre Schwestern. Nur sie selbst, die
gerade zu diesem Zeitpunkt in ihrem Leben die größte
Sehnsucht nach ihrer Familie hatte, würde Tausende
von Meilen entfernt zwischen irre zuckenden Lichtern
und Robs lärmenden Verwandten sitzen und dieses
seltsame Zeug essen, das Tante Daphne in der Küche
zubereitete und als *Moose Munch*, also Elchfutter bezeichnete, Popcorn mit Karamell und Nüssen. Momentan sah es eher aus wie Elchdung, und Charlotte mochte
außerdem kein Elchfutter, sie gierte nach Lebkuchen
und Gänsebraten mit Rotkohl wie noch nie zuvor in
ihrem Leben. Die Hormone, garantiert ...

»Hey, Honey, was ist denn?« Rob stand vor ihr und sah sie erschrocken an. »Alles okay?«

»Ja. Nein. Nicht so richtig.« Sie wischte sich über das Gesicht. »Ich habe nur Heimweh. Weihnachtsheimweh. Zu Weihnachten werden wir Deutschen immer ein bisschen rührselig.« Sie versuchte zu lachen, aber es klang ziemlich kläglich. »Meine Eltern besuchen kurzfristig meine beiden Schwestern. Heute sind sie bei Emily in Berlin und morgen fliegen sie zu Anne nach London«, erklärte sie ihrem Mann.

»Echt?« Rob riss erstaunt die Augen auf.

»Das haben sie wohl heute erst spontan entschieden, ich verstehe es selbst nicht so richtig. Mein Vater hat eigentlich total Angst vor dem Fliegen.« Sie schniefte. »Mich besuchen sie natürlich nicht. Ich wohne eben viel zu weit weg.«

»Sei nicht traurig.« Rob umarmte sie und drückte sie fest an sich. »Ich verspreche dir, dein erstes amerikanisches Weihnachten wird so großartig, dass dein Heimweh gar keine Chance hat. Und irgendwann feiern wir auch mal mit deinen Eltern, garantiert. Wenn unser kleiner Mann hier ein bisschen älter ist.« Er drückte Connor einen Kuss auf die Stirn.

»Na klar.« Sie zwang sich zu einem Lächeln. »Machen wir.« Wann das passieren würde, stand in den Sternen. Aber man durfte ja wohl noch träumen.

»Meine Eltern haben sogar eine Überraschung für dich«, flüsterte Rob ihr ins Ohr. »Eigentlich solltest du es ja erst morgen erfahren, aber sie haben einen echten deutschen Stollen für dich besorgt. Ein Riesending, zwei Kilo schwer. Damit du dich wie zu Hause fühlst. Freust du dich?«

»Und wie.« Charlotte presste ihr Gesicht an Robs Schulter, damit er nicht sah, dass ihr schon wieder die Tränen kamen. Sie konnte Stollen nicht ausstehen, war über die Geste von Robs Eltern jedoch zutiefst gerührt, weil der Stollen sie tatsächlich an zu Hause erinnern würde und an Oma, die das Gebäck so sehr liebte, und schließlich an die Tatsache, dass es unter Umständen Omas letztes Weihnachten in ihrer Familie war, das sie nun verpasste und ...

Ihr Handy klingelte. Ihre Eltern riefen an, wahrscheinlich aus Berlin. Auf gar keinen Fall durften sie Charlotte anmerken, dass sie geweint hatte. Sie wischte die restlichen Tränen an Robs Pullover ab – zum Glück war es ja nicht der kostbare *Christmas Sweater* – und wappnete sich für das bevorstehende Gespräch. Lächeln, nicht weinen. Durchatmen, fröhlich sein. Hoffentlich spielten sie in Deutschland nicht irgendeine sentimentale Weihnachtsmusik im Hintergrund, das würde sie nicht ertragen. Sie ging ran.

»Hallo?«

Lautes Bellen dröhnte aus dem Handy und traf ihr völlig unvorbereitetes Trommelfell mit der Wucht einer Handgranate. Etwas schepperte laut, und das Bellen nahm hysterische Ausmaße an.

»Frohes Fest, meine Süße!«, brüllte die Stimme ihres Vaters. »Sorry, das Handy ist eben ... warte mal ...«

Er klang irgendwie ein bisschen verschwommen. Lag das an der Verbindung?

»Hab's wieder«, ertönte seine Stimme erneut. »Rutschiges kleines Miststück, fällt einfach runter. Also, ein frohes Fest wünschen wir dir heute schon. Wir feiern nämlich zwei Mal. Heute ist unsere erste Runde Heiligabend, haha. Also *Merrikrstmas, the erste Runde,* für deine Amis«, nuschelte er noch hinterher. »Wir haben sogar zwei Bäume, denn wir sind keine Spießer.«

War er etwa betrunken? »Ist alles okay, Papa?«

»Alles bestens, mein Engelchen. Wir feiern hier ganz wunderbar bei Emily und Mama und Oma und Kral, ich meine Karl, und mit Simon und Garfunkel und mit Jannik und mit ... wie war noch mal dein Name?« Es klirrte lebensgefährlich hinter ihm.

»Simon und Garfunkel? Wer ist das? Und wer ist Karl?«, fragte Charlotte verblüfft.

»So kleine Tiere. Mit Fell dran. Flinke Biester, das sag ich dir. Und Karl ist ein Punk. Also, war er früher mal. So wie ich auch.«

»Nein, du warst ein Hausbesetzer«, erklang Omas Stimme im Hintergrund. »Das ist was anderes.«

»Ist essenziell dasselbe«, korrigierte sie Charlottes Vater. »Aus, Ralfi! Nicht die Linzer Plätzchen!«

Du lieber Himmel, was war denn da los? Es war überhaupt nicht das Gespräch, das Charlotte erwartet hatte. Aber irgendwie war es genau das, was sie jetzt brauchte.

»Es ist toll, dass ihr Anne morgen besucht«, gelang es ihr, ihrem Vater über das beleidigte Winseln eines Hundes hinweg zuzurufen. »Mensch, Papa, dass du dich in ein Flugzeug setzt, kann ich kaum fassen. Ich bin stolz auf dich!«

»Ach, das kriege ich schon hin«, nuschelte er. »Wir müssen unsere Töchter zu Weihnachten alle gleich behandeln, nicht wahr? Das sagt Mama auch. Alle unsere Töchter, wohlgemerkt. Schließlich weiß ich haargenau, wie viele ich habe – nämlich drei.« Er lachte und hustete gleichzeitig. »Wir haben unsere Pässe nicht umsonst mitgenommen.« Jetzt lachte er noch mehr.

Was sagte er da? Hatte Charlotte das richtig verstanden? Alle drei Töchter? Pässe?

»Ihr habt eure Pässe mitgenommen?«, fragte sie langsam.

»Ja, klar. Die Oma auch. Die hat sogar ihren Rentenausweis dabei. Gibt's in Amerika eigentlich auch Seniorenrabatt?«

Charlotte stutzte, dann fing ihr Herz vor Freude an, wie wild zu klopfen. Konnte das sein? Was genau wollte ihr Vater ihr da auf eine etwas merkwürdige Weise mitteilen?

»Verstehe ich dich auch richtig, Papa?«, hakte sie nach. »Ihr wollt *alle* eure Töchter besuchen?«

»Achtung, der Baum kippt um!«, rief eine Männerstimme jetzt von irgendwoher, und Charlotte hörte, wie ihre Schwester Emily etwas antwortete, das im allgemeinen Lärm unterging.

»Was?« Ihr Vater nahm geräuschvoll einen Schluck. »Ja, unsere Töchter sind uns alle gleich viel wert, natürlich. Wir machen da keinen Unterschied. Der restliche Rum steht auf dem Kühlschrank, Karl. Was sagte ich gerade? Ach ja – irgendwann muss ich meine Flugangst ja mal überwinden, nicht wahr? Also warum nicht zu Weihnachten, um meine Töchter zu sehen? Bei den Engländern und Amis feiert man ja eh erst am Fünfundzwanzigsten, da flitzen wir einfach hin und her, so lang ist der Flug sowieso nicht. Ups. Was ist denn, Mutter? *Was* soll ich nicht erzählen?«

»Um meine Töchter zu sehen«, wiederholte Charlotte leise und wie unter Schock. Ihre Eltern wollten auch sie besuchen kommen! Offenbar sollte es eine Überraschung werden, aber da ihr Vater schon ziemlich angeschickert war, hatte er es aus Versehen preisgegeben.

»Oh mein Gott, Papa, ich fasse es nicht!«, platzte es aus ihr heraus. »Ist das euer Ernst? Wann genau kommt ihr an? Deshalb fliegt ihr über London, stimmt's? Jetzt verstehe ich das erst. Weißt du, wie glücklich ich jetzt bin?«

Sie stieß einen kleinen Jubelschrei aus. Der Flug von London nach Seattle dauerte immerhin zehn Stunden. Ob ihr Vater das überhaupt wusste? Egal. Sie durfte ihn bloß nicht mit der Nase darauf stoßen. Was er da gerade gesagt hatte, war einfach so toll, so umwerfend, dass Charlotte am liebsten die ganze Welt umarmt hätte.

»Papa, du bist der Beste! Dass du das für mich machst! Ich war schon so traurig, ich hätte vorhin fast geheult vor Heimweh, aber jetzt kommt ihr und alles wird gut. Ich bin so glücklich! Connor wird sich auch freuen, alle werden sich freuen. Rob!« Sie drehte sich fassungslos zu ihrem Mann um, diesmal mit Freudentränen im Gesicht. »Rob, stell dir mal vor, was mein Dad mir gerade verraten hat«, rief sie ihm auf Englisch zu. »Meine Eltern kommen auch zu mir! Das ist echt die beste Überraschung der Welt. Warte mal kurz, Papa.« Sie legte das Handy auf eins der Sofakissen, um den völlig verdutzten Rob in die Arme zu nehmen und zu küssen.

»Charlotte? Hallo? Äh, Charlotte? Ähm, ach du meine Güte, was hab ich denn jetzt …?«, erklang es leise aus dem Handy. Leider hörte Charlotte das nicht mehr, weil Connor in diesem Moment lautstark gegen die stürmische Umarmung seiner Eltern protestierte und die Verbindung am anderen Ende unterbrochen wurde.

13 Stille Nacht, die erste

23.12., 20:30 Uhr
Berlin, Deutschland

Julia merkte sofort, dass irgendwas nicht stimmte. Franks verwirrt reumütiger Gesichtsausdruck sprach Bände, auch die Art, wie er sich verlegen am Kopf kratzte und verängstigt sein Handy anstarrte, als ob gleich Tentakeln herauskriechen und sich um seinen Hals schlingen würden.

Die anderen hatten natürlich nichts mitgekriegt. Dieser Karl tanzte zu dem Weihnachts-Gedudel aus dem Radio leicht schwankend auf der Stelle, und Emily und Mr Barfuß waren ins Zimmer gekommen und stritten immer noch leise und zischelnd. Der andere Typ hatte sich den zweiten Plätzchenteller vorgeknöpft und Franks Mutter Elisabeth bemühte sich, die aufdringliche Liebe des großen schwarzen Hundes namens Ralfi abzuwehren, ohne dabei handgreiflich zu werden.

»Was ist los?«, fragte Julia ihren Mann.

»Ich glaube ...«, setzte er an und verstummte.

»Du glaubst?«

»An das Christkind?«, scherzte Karl und schwenkte seinen Becher. Ein großer Schwapp Punsch klatschte auf den Fußboden, wo er sich friedlich mit den sämtlichen anderen über die Jahre hinweg verkippten Flüssigkeiten vereinte.

»Ich glaube, ich habe aus Versehen etwas ... äh ... Blödes gemacht. Gesagt, meine ich.«

»Was denn um Himmels willen?«

Julia ließ Frank nicht aus den Augen. Er griff mechanisch nach seinem Becher, bemerkte dann ihren Blick und stellte ihn schuldbewusst wieder ab, ohne einen Schluck zu trinken.

»Was hast du zu Charlotte gesagt? Ist sie traurig, weil wir ihre Schwestern besuchen, ist es das?«

Julia hätte ihn am liebsten geschüttelt. Warum stand er da wie der Hofnarr außer Dienst und rückte nicht endlich mit der Sprache heraus?

»So was in der Art«, murmelte er endlich. »Ich hab irgendwie ... also ihr könnt mich totschlagen, aber ich weiß echt nicht, wie das passieren konnte, also ich habe ihr gesagt, dass wir sie übermorgen besuchen kommen. Und jetzt freut sie sich.« Er hob entschuldigend die Hände. »Kann man ja auch verstehen.«

Julia fehlten einen Moment lang die Worte. Sie hatte das Gefühl, diese kleine Szene hier von außen zu betrachten, ein verfremdetes Krippenspiel ohne Jesusbaby, dafür mit einem riesengroßen Esel an der Glühweintränke. »Wieso hast du das denn getan?«, gelang es ihr endlich zu fragen.

»Ich weiß auch nicht«, kam es kläglich von Frank zurück. »Es hat sich so ergeben.«

»Krass.« Das kam von Emily. Es klang bewundernd.

Karl lachte auf, der Typ mit dem unverständlichen Namen hielt im Kauen inne. Elisabeth befreite sich energisch von den Pfoten des anhänglichen Ralfis.

»Was genau hat Charlotte geantwortet?«, erkundigte sich Elisabeth mit der ihr eigenen praktischen Ader.

»Sie hat sich natürlich wie verrückt gefreut, logisch. Ich glaube, sie hat vor Freude fast geweint. Ich weiß selber nicht, warum ich aufgelegt habe, vor Schreck wahrscheinlich.« Frank fluchte leise. »Jetzt wundert sie sich natürlich, warum ich nicht mehr am Apparat bin. Ich muss sie zurückrufen.«

Wieder betrachtete er sein Handy voller Horror, als hielte er einen der Molotowcocktails aus seiner glorreichen Jugend in der Hand.

Das durfte doch nicht wahr sein. Julia gab ein entnervtes Schnauben von sich.

»Natürlich müssen wir sie zurückrufen und dieses Missverständnis aufklären. Wahrscheinlich hat sie sowieso schon gemerkt, dass du betrunken bist.«

»Ich bin nicht betrunken. Ich bin angeheitert und es ist Weihnachten. Also fast. Das erste Weihnachten, du hast es selbst so genannt.« Er klang aufmüpfig.

»Willst du dich jetzt mit mir streiten?«

»Ich streite nicht. Ich erkläre dir nur, warum ich recht habe.«

Hatte der Mensch da noch Töne? Und ob sie sich stritten! Würde dieses chaotische Weihnachten etwa in einem fetten Familienkrach enden, mit diversen Vertretern der autonomen Szene Berlins als Zuschauern?

»Du rufst Charlotte jetzt sofort zurück und erklärst ihr das Missverständnis«, verlangte Julia. »Du hast uns das schließlich eingebrockt.«

»Nein, das kann ich nicht. Da tut sie mir leid. Das will ich ihr nicht antun.«

»Dann mach ich es eben«, erklärte Julia und griff

nach dem Telefon. Doch das lag plötzlich schwer wie ein Stein in ihrer Hand. Sollte sie ernsthaft ihre Älteste zurückrufen, die gerade am anderen Ende der Welt vor Glück durch das Zimmer tanzte? Sollte sie genau dieses Glück mit dem Axthieb eines: »Kommando zurück, wir kommen doch nicht, war nur ein alberner Scherz von deinem betrunkenen Vater, haha« zertrümmern? Und da war ja auch noch Connor. Dieses wunderbare kleine Wesen, das plötzlich in greifbare Nähe rückte. Fast konnte Julia schon seine winzigen Fingerchen spüren, die sich um ihren Zeigefinger schlangen. Sie ließ das Handy wieder sinken.

»Soll ich sie vielleicht anrufen?«, erkundigte sich Karl. »Ich bin gut mit so zwischenmenschlichem Kram. Ich hab früher mal bei der Telefonseelsorge gearbeitet.«

»Auf gar keinen Fall.« Das fehlte noch. »Also, ich meine, unsere Charlotte kennt Sie ja nicht mal«, versuchte Julia ihrer Bemerkung die Schärfe zu nehmen, als sie seinen gekränkten Blick bemerkte.

»Ich wüsste da eine Lösung«, kam es unerwartet von Elisabeth und alle drehten sich zu ihr um.

»Welche?«, fragte Frank voller Hoffnung.

»Na, die offensichtliche. Wir fliegen wirklich hin. Wir sind morgen sowieso schon in London. Von Heathrow aus gibt es sicher einen Flug nach Seattle. Die sind neun Stunden in der Zeit zurück, und wenn wir am Fünfundzwanzigsten mittags losfliegen, kommen wir noch rechtzeitig am ersten Weihnachtsfeiertag in Amerika an. Lustig irgendwie, wenn man mal darüber nachdenkt, auch wenn ich das mit der Zeitverschiebung nie so richtig kapiert habe. Rein theoretisch würde man ja nie älter werden, wenn man immer in die Vergangenheit reist, oder?«

Einen Moment lang sagte niemand etwas. Dann lachte einer der Anwesenden schallend auf. Es war Frank.

»Lustig«, keuchte er. »Wirklich, das ist lustig. Da fliegen wir einfach hin, sagt sie. Haha.« Sein Lachen erstarb allerdings in einem kleinen Gurgeln, als niemand mitlachte. »Nee«, sagte er. »Das ist nicht euer Ernst ... Ist das etwa euer Ernst?«

Julia konnte ihm ansehen, dass ihm der Gedanke, weitere endlose Stunden in einem Flugzeug zu sitzen, in etwa so willkommen war wie ein Blinddarmdurchbruch.

»Ich finde ...«, fing sie an, doch jetzt redeten schlagartig alle durcheinander.

»Ich wollte früher auch irre gern mal nach New York. Ist nur immer was dazwischengekommen.« Karl seufzte.

»Seattle«, korrigierte ihn Julia mechanisch.

»Ich finde, das ist eine super Idee.« Elisabeth sah sich Beifall heischend um. »Und wenn ich achtzigjährige Schachtel so einen Flug aushalte, dann du ja wohl auch, Frank. Und was die Tickets angeht – die werden mein Weihnachtsgeschenk für euch. Hab bislang sowieso nur Duftkerzen und einen Schlips besorgt.«

»Mutter, das ist völlig absurd«, versuchte Frank zu Wort zu kommen, aber jetzt fielen die Hunde mit wildem Gebell in die Diskussion ein und hatten wohl beschlossen, dass dies ein guter Zeitpunkt sei, die Weihnachtsfeier mit einer kleinen Jagd durch das Zimmer aufzumischen. Ralfi rammte den kleinen Tisch und das Bäumchen flog in hohem Bogen auf den Boden, wo sich die Hunde wie die Irren darauf stürzten und die Hundekekse in Windeseile abfraßen.

Julia schloss einen Moment lang gestresst die Augen. Vielleicht war es ja gar nicht so schlecht, wenn sie einen großen Ozean zwischen sich und diese WG bringen konnten?

»Und warum nicht?«, verschaffte Elisabeth sich in dem allgemeinen Lärm Gehör. »Was ist daran so schwierig?«, fragte sie ihren Sohn. »Du musst nur meine Kreditkarte hier nehmen und an deinem Laptop drei Tickets von London nach Seattle buchen. Und übermorgen früh setzt du dich in London in ein Flugzeug, kippst ein paar Whiskys und schläfst danach ein, und wenn du aufwachst, ist immer noch Weihnachten und wir treffen unsere liebe Charlotte. Ist dir schon jemals der Gedanke gekommen, dass ich meinen kleinen Urenkel vielleicht noch mal sehen möchte, bevor ich in den ewigen Jagdgründen verschwinde?«

Augenblicklich wurde es still im Zimmer. »*Freue dich, du Christenheit*«, trällerte eine Frauenstimme inbrünstig aus dem Radio. Der Typ, dessen Namen Julia immer noch nicht wusste, verdrehte die Augen, stand auf und schaltete das Gerät aus.

»*Vier* Tickets«, sagte Emily in die jäh eingetretene Stille hinein. »Kannst du uns auch vier Tickets spendieren, Oma? Und noch eins für mich nach London. Ich möchte mit.«

»Ich auch«, rutschte es Julia heraus. »Mein Gott, klar will ich mit. Ich meine – stellt euch das mal vor! Wir könnten übermorgen schon dort sein und feiern ein drittes Mal Weihnachten! Wäre das nicht irre? Und so was von spontan!«

Das galt Frank. Der stand immer noch mitten im Zimmer, und sein Gesichtsausdruck wechselte ständig von Belustigung zu Verzweiflung und wieder zurück.

»Ihr wollt echt in die Staaten fliegen?«, sagte Emilys barfüßiger Freund. »Ich fasse es nicht. Und ausgerechnet du, Emily? Ich sage nur ein Wort: Flugzeugemissionen. Hast du gar kein schlechtes Gewissen? Gibt es da keine Alternative?«

»Ja, wie denn sonst, junger Mann?«, schnappte Elisabeth. »Sollen wir etwa mit den Wildgänsen fliegen? Mit der Titanic rüberschippern? Oder barfuß da hinpilgern?«

»Mit dem Auto geht auch schlecht«, gab Karl seinen Senf dazu. »Nach Amerika gibt es schließlich keinen Tunnel oder so.«

»Das weiß ich«, fuhr Jannik ihn an.

»Autos verbrauchen auch viel zu viel Benzin.« Karl ließ sich nicht beirren. »Pferde wären gut, also rein theoretisch. Pferde sind ja so was wie vegane Autos, wenn man es genau betrachtet. Das würde Jannik gefallen und schwimmen können sie auch und …«

»Karl, lass gut sein, okay?«, ging Jannik dazwischen.

Emily arbeitete sich zu ihrem Vater vor. »Papa, komm. Gib dir einen Ruck. Du hast drei Töchter, denk dran. Wie Oma gesagt hat – es ist ganz einfach.«

»Nee, so einfach ist das nicht«, meldete sich jetzt zu ihrer aller Verblüffung der dritte Typ. »Ihr braucht dieses Ding da. Das ESTA. Sonst lassen sie euch nicht rein. Und das muss man vorher beantragen.«

Diesen Moment nutzte Ralfi, um die eben verschlungenen Hundekekse allesamt wieder herauszuwürgen.

Aus der Küche wehte jetzt ein unangenehmer Geruch herüber.

14 Have Yourself a Merry Little Christmas

23.12., abends
London, England

Am Nachmittag hielt Anne es in ihrer Wohnung nicht mehr aus. Eine Weile lang hatte sie sich damit abgelenkt, alles für ihre Eltern und für Oma morgen vorzubereiten. Sie hatte ihre kleine hübsche Weihnachtstanne auf typisch englische Weise mit rot karierten Schleifchen geschmückt, die Mince Pies mit Puderzucker bestäubt, Stilton, Portwein und Cracker herausgesucht und ihren Christmas Pudding wie eine durstige Topfpflanze ein letztes Mal mit Brandy begossen. Morgen würde sie ihn erst in einem Topf dämpfen und dann in einem weihnachtlichen Spektakel flambieren. Dann würde sich der bislang noch etwas unansehnliche Klumpen in ein appetitliches und hochprozentiges Dessert verwandeln, bei dem zwei oder drei Bissen genügten, um einen Zustand seliger Benommenheit auszulösen.

Nur war die rechte Weihnachtsstimmung nicht aufgekommen und sie wusste auch, warum. Gelegentlich hatte sie zum Fenster hinausgesehen, in der aberwitzigen Hoffnung, dass Jason vielleicht irgendwo dort unten stand und sehnsüchtig zu ihrer Wohnung heraufblickte. Aber natürlich war er nirgends zu sehen, sie hatte ihm ja selbst entgegengeschmettert, dass er nicht wiederzukommen brauchte.

Dennoch lag die Last der Enttäuschung schwerer in ihrem Magen als drei ganze Christmas Puddings. So schnell war diese Beziehung also erledigt und zu Ende. So schnell konnte Jason sie vergessen. Alle möglichen Erinnerungen waren in den letzten Stunden wie ein Tornado durch ihren Kopf gefegt. Sie beide im Sommer im Hyde Park im Gras, ein Picknickkorb neben ihnen, Jason, der sie mit einem Grashalm kitzelte. Zusammen auf dem Flohmarkt in Camden, wo er bei einem jungen Künstler eine ulkige dicke Tonfigur kaufte. *Billy* hatten sie das Ding getauft und anschließend unter Gelächter wie ein gemeinsames Kind nach Hause getragen. Jason, wie er ihr einen heißen Tee ans Bett brachte, als sie krank war. Jason, der sie nach einem Scheißtag im Büro in den Arm nahm. Sie selbst, wie sie Jason tröstete, nachdem er vom Tod seines Großvaters erfahren hatte. Jason, der ihr die schrägen Comics zeigte, die er als Teenager gezeichnet hatte. Wo er wohl Weihnachten feiern würde? Vielleicht war er ja in letzter Minute zu seinen Eltern nach Yorkshire gefahren?

Unten auf der Straße lief jetzt ein eng umschlungenes Paar vorbei. Die Frau trug eine hübsche bunte Wollmütze, lachte laut und blieb dann stehen, um ihren Partner zu küssen.

»Es ist Weihnachten, Schatz!«, rief sie glücklich. »Ich liebe Weihnachten – und ich liebe dich!«

Anne wandte sich abrupt ab. Es war egal, wo Jason sich aufhielt. Und sie würde es nie erfahren, denn er war nicht mehr Teil ihres Lebens.

Sie beschloss, mit der U-Bahn in die Innenstadt zu

fahren, zum großen Weihnachtsbaum am Trafalgar Square. Sie wohnte schließlich nicht umsonst in London und würde jetzt so viel aus dem Großstadt-Weihnachtsfeeling herausholen, wie es ihr möglich war. Dennoch checkte sie rasch ihr Handy. Keine Nachricht von Jason.

An der U-Bahn-Station Charing Cross stieg sie aus und folgte dem Strom von Menschen durch die Gänge und die Rolltreppen hinauf an die Oberfläche. Unglaublich, wie viele Leute hier noch zum Shoppen unterwegs und in Partystimmung waren. Am Ende der Rolltreppen standen vier Musikstudenten mit Weihnachtsmützen und spielten zur Unterhaltung der Leute eine pantomimisch untermalte Version von »*Grandma Got Run Over By a Reindeer*«. Anne blieb belustigt stehen. Es war eine gute Entscheidung gewesen, sich unter das weihnachtshungrige Volk zu mischen. Aufgeregte, zappelnde Kinder mit strahlenden Augen, ausgelassene Teenager, Großfamilien mit Kind und Kegel, alte und junge Leute – alle strebten sie zu dem riesigen Weihnachtsbaum am Trafalgar Square. Der Baum, eine üppige Fichte, kam jedes Jahr aus Norwegen als Geschenk an die Londoner Bürger, eine Tradition, die bereits seit dem Zweiten Weltkrieg gepflegt wurde.

Anne trat aus der U-Bahn-Station. Da war der Baum. Tatsächlich ein wahres Prachtstück, wie er da reich geschmückt und mit funkelnden Lichtern vor dem Springbrunnen des Trafalgar Square stand. Der Schein der Lichterketten spiegelte sich im Wasser, es dämmerte bereits ein wenig, und die Nässe des Vormittags war einer trockenen Kälte gewichen, die zusammen mit dem Duft der gerösteten Kastanien überall echte Weihnachtsstimmung verbreitete. Wie schön wäre es, jetzt Jason an ihrer Seite zu haben. Nein, an den wollte sie nicht denken, auch wenn es ihr unendlich schwerfiel.

Ein paar Tauben flatterten auf, weißes Federgewusel flog durch die Luft.

»Es schneit!«, rief ein begeistertes Kind auf Englisch und die Umstehenden lachten.

Da ertönte plötzlich der reine Klang einer Violine. Anne sah sich um. Woher kam das? Es war perfekt gespielt und die Melodie kam ihr irgendwie bekannt vor. War das nicht ...?

»Vivaldi. Der Winter«, sagte ein Mann mit Fellmütze neben ihr, der offenbar Gedanken lesen konnte. »Die üben für das Konzert morgen Abend.«

»Wer? Und wo?«, fragte sie verwirrt.

»Dort in der Kirche.« Er deutete auf das Kirchengebäude vor der Nationalgalerie. *St Martin-in-the-Fields.* Anne hatte sie irgendwann am Anfang ihrer Zeit in London mal besichtigt. Seitdem war sie nie wieder dort gewesen. Inzwischen war sie längst keine Touristin mehr, sondern eine Zugezogene. Eine halbe Londonerin. An manchen Tagen hatte sie sogar schon die englischen Kinder in ihren schicken Schuluniformen betrachtet und sich ausgemalt, dass ihre eigenen Kinder eines Tages genauso gekleidet herumlaufen würden. Ihre gemeinsamen Kinder mit Jason ... Nein, schalt sie sich selbst. Unfassbar, wie heimtückisch Jason sich immer wieder in ihre Gedanken schlich.

Energisch setzte sie sich in Bewegung und steuerte auf die kleine Kirche zu. Sie trat ein und blieb beeindruckt stehen. Man hatte den ganzen Innenraum mit

Tannengrün und roten Schleifen dekoriert. Es duftete herrlich und sah wundervoll aus – schlicht und dennoch festlich. Und ganz vorn vor dem Altar saßen die Musiker und übten für das Weihnachtskonzert. Anne glitt rasch in eine der Bänke und hörte sich die nächste halbe Stunde lang die mitreißende Wintermusik von Vivaldi an. Außer ihr saß nur noch eine ältere Dame auf einer der Kirchenbänke. Sie lächelten einander kurz zu und hingen dann ihren Gedanken nach. Und plötzlich, ganz ohne Vorwarnung, war es da – das Weihnachtsgefühl, das sich die ganze Zeit nicht hatte einstellen wollen. Der Duft des Tannengrüns, das Rot der Schleifen, das Dämmerlicht, die zahllosen Kerzen und vor allem die Musik, alles vereinte sich zu dieser unverwechselbaren Mischung aus Gemütlichkeit, Erwartungsfreude, innerer Ruhe und stummem Glück, wie nur Weihnachten sie hervorrufen konnte.

»Es ist Weihnachten, Schatz«, flüsterte sie leise in ihren Schal hinein. »Ich liebe Weihnachten. Und ich liebe dich.«

In diesem Moment fiel eine Gruppe japanischer Touristen in die Kirche ein und begann, unter lauten Ausrufen des Entzückens alles zu fotografieren. Der Moment war vorbei. Besser so, fand Anne und stand auf. Sonst hätte sie vielleicht noch angefangen zu weinen.

Auf dem Heimweg ließ sie sich Zeit. Zuerst fuhr sie ein Stück mit dem Bus, um an der Oberfläche zu bleiben und etwas von der festlich geschmückten City zu sehen. Die Themse glitzerte im Schein der zahllosen Lichterketten und verzichtete zur Feier des Tages auf düstere Nebelschwaden. Anne betrachtete ihr Spiegelbild in der Fensterscheibe des Busses. Rote Baskenmütze auf dem Kopf, dunkle Locken, die darunter hervorquollen. Große grüne Augen, blasse Haut, ein paar Sommersprossen auf der Nase. Sie sah aus wie ihre Mutter als junge Frau. Nur ernster, aber heute war ihr auch echt nicht nach Lachen zumute. Sie wandte sich ab und betrachtete lieber die Leute im Bus. Keine küssenden Pärchen, Gott sei Dank.

Die Busfahrerin trug ein Rentiergeweih auf dem Kopf, nannte jeden neu Zugestiegenen »*Love*« und fuhr beinahe Schritttempo, um die ausgelassenen Menschen auf den Straßen nicht unter die Räder zu bekommen. Die Hälfte von ihnen hatte schon ordentlich einen sitzen, wie Anne feststellte. Als der Bus direkt vor einem Pub anhielt, aus dem laute Weihnachtsmusik erschallte, stieg sie kurzerhand aus. Sie würde sich jetzt ebenfalls einen Drink genehmigen. Es war schließlich Weihnachten, verdammt noch mal.

»*Merry Christmas*, meine Liebe«, sagte eine Stimme von links, als sie sich durch die brodelnde Menge vor der Eingangstür schob. »Etwas Kleingeld für die Obdachlosen?«

Sie hob kurz den Blick, aber da stand kein betrunkener junger Typ, der auf originelle Weise versuchte, an ein paar Pfund zu kommen, sondern ein alter Mann in einem seltsamen feuerroten Mantel mit Goldknöpfen, was sie zuerst für ein Weihnachtsmannkostüm hielt. Bei näherem Hinschauen entpuppte sich das Kleidungsstück jedoch als eine Art Uniform, mit schwarzen Handschuhen und schwarzer Hose. Auf dem Kopf trug der Mann einen schwarzen Hut mit den Initialen R. H.

»*Merry Christmas*«, erwiderte sie unwillkürlich. Sie wühlte in ihrer Manteltasche nach ein paar Münzen, fand zwei Pfund und steckte sie in seine Büchse. Was bedeuteten die Buchstaben auf seinem Hut? Hatte er etwas mit der Königsfamilie zu tun?

»Steht das R. H. für *Royal Highness*?«, rutschte es ihr heraus, während sie auf den Hut deutete.

Der Mann lächelte und tausend kleine Lachfältchen breiteten sich in seinem Gesicht aus.

»Nein, nicht ganz. Es steht für *Royal Hospital*«, erwiderte er.

»Oh. Sind Sie etwa krank?«, erkundigte sich Anne erschrocken. Was machte der alte Mann dann in einem durchgeknallten Pub, wo Leute in den schrillsten Outfits herumliefen, eine Gruppe Büroangestellter »*I wish it could be Christmas every day*« grölte und die zuckende Weihnachtsbeleuchtung sicher bald irgendjemandem epileptische Anfälle verursachen würde. Der Mann war bestimmt schon weit über achtzig.

Er lachte schallend auf.

»Sie sind keine Engländerin, was?«, fragte er. »Das *Royal Hospital* ist ein Altersheim für ehemalige Soldaten im Stadtteil Chelsea. Man nennt uns auch die *Chelsea Pensioners*. Und das hier ist unsere Uniform für besondere Anlässe. Ich würde mal sagen, Weihnachten ist ein besonderer Anlass, nicht wahr?« Er grinste verschmitzt.

»Absolut«, stimmte sie ihm zu. Der war ja süß. »Davon habe ich noch nie was gehört. Ich komme aus Deutschland«, fügte sie halb entschuldigend hinzu.

»Fröhliche Weihnachten«, sagte der Mann daraufhin auf Deutsch. »Meine Frau kam auch aus Deutschland.

Meine Hannah. Wir haben uns in Mönchengladbach kennengelernt. Ich war in den Fünfzigerjahren als junger Mann dort stationiert.« Seine Stimme kippte ein wenig, sein Blick schweifte in die Ferne. »Sie war die Liebe meines Lebens«, sagte er leise. »Und jetzt ist sie schon seit fast zwölf Jahren tot.«

»Das tut mir leid. Ich habe auch einen englischen Freund.« Verdammt, das stimmte doch gar nicht mehr. »Ich meine, ich *hatte*«, fügte Anne schnell hinzu. »Bis gestern.« Es hörte sich kläglich an.

»Oh, *dear*.« Der Mann musterte sie mitleidig. »Das klingt nicht gut.«

»Ist es auch nicht.« Der Kloß im Hals war wieder da. »Ich vermisse ihn so schrecklich. Dabei bin ich auch wütend auf ihn. Ich habe wirklich gedacht, er wäre der Richtige.«

Plötzlich sprudelte alles aus ihr heraus. Der alte Mann tätschelte ihr den Arm und erklärte, dass sie einen Drink brauche, und noch bevor sie protestieren konnte, denn sie würde ja unmöglich zulassen, dass dieser alte Opa sich für sie zur Bar durchquälte, war er schon auf dem Weg dorthin, und zu ihrer Verblüffung teilte sich die Menge vor ihm wie das Meer vor den Israeliten und ließ ihm unter Schulterklopfen den Vortritt. Nicht zu fassen. Offensichtlich waren diese *Chelsea Pensioners* kleine Berühmtheiten. Etwas später stießen sie beide an. George, so hieß der Mann, mit einem Ale und Anne mit einem Glas Weißwein.

»Auf Weihnachten!« George prostete ihr zu. »Das war das liebste Fest meiner Hannah. Da hat sie immer das Heimweh gepackt und sie hat die ganzen deutschen Leckereien vermisst. Und die Weihnachtslieder. Besonders eins hat sie immer gemocht. Wie ging das nur gleich?« Er summte etwas vor sich hin und brach dann ab. »Ich krieg's nicht mehr zusammen. Irgendwas mit fröhlich. Oder selig?«

»O du fröhliche«, platzte Anne heraus.

»Genau! Können Sie das singen?«

»Ich ... ähm ...« Ach du lieber Himmel. Singen war weiß Gott nicht Annes größtes Talent. Und schon gar nicht ohne Begleitmusik. Michael, ihr arroganter Ex-Freund, hatte mal unter Wiehern und Schenkelklopfen vorgeschlagen, dass man ihren Gesang aufnehmen und als Wecker einsetzen sollte, denn damit würde jeder fluchtartig aus dem Bett springen. Sie kippte ihr halbes Glas runter. Wenn sie noch zwei Gläser Wein trank, ging es vielleicht. Verstohlen sah sie sich um. Ach, scheißegal, die Leute waren alle mit sich und ihren Drinks beschäftigt.

»O du fröhliche, o du selige, gnadenbringende Weihnachtszeit«, legte sie los, bevor sie es sich anders überlegen konnte. Erst etwas krächzend und verhalten, doch mit jeder Zeile wurde ihre Stimme kräftiger, auch wenn sie nicht unbedingt die Melodie halten konnte.

George lauschte andächtig, und als sie fertig war, klatschten ein paar Leute am Nebentisch. Okay, die waren hackedicht. Trotzdem konnte man es als Erfolg verbuchen.

George saß eine Weile lang da und blickte in sein Glas, versunken in Erinnerungen, wie es aussah. Dann legte er seine Hand auf ihre.

»Ich danke Ihnen, mein Kind«, sagte er. »Sie haben einem alten Mann eine große Weihnachtsfreude gemacht. Und jetzt muss ich los. Der Abendgottesdienst im Heim fängt in einer Stunde an.« Er stand auf und gab ihr die Hand, dann beugte er sich noch einmal zu ihr herunter. »Ich bin sicher, der junge Mann wird erkennen, dass er einen dummen Fehler gemacht hat«, sagte er. »Wir englischen Männer sind manchmal ein bisschen langsam, wenn es darum geht, unser Glück zu erkennen. Aber wenn wir es dann gefunden haben, lassen wir es nicht mehr los.« Er zwinkerte ihr zu.

»Danke.« Wenn du nur recht hättest, dachte sie traurig. Die Wahrscheinlichkeit war gleich null, das behielt sie allerdings für sich. »*Merry Christmas.*« Sie trank aus und blieb noch eine Weile sitzen, aber die ausgelassene Partystimmung fühlte sich auf einmal nicht mehr richtig an. Immer wieder wanderten ihre Gedanken zu George und seiner verstorbenen Frau. Wie schafften manche Leute es nur, sich ein Leben lang aufrichtig zu lieben? Sie brachte es ja nicht einmal fertig, den Mann fürs Leben bei sich zu behalten! Am besten, sie ging jetzt nach Hause in ihre kleine Wohnung zurück. Und gleich ins Bett.

Bevor sie die Vorhänge zuzog, suchte Anne mit ihren Blicken ein letztes Mal die Straße ab. Kein Jason. Natürlich nicht. Jason war nicht der Typ, der frierend irgendwo in einem Hauseingang kauerte, weil er sich nicht traute, bei ihr zu klingeln. Ganz im Gegenteil – er war ein Mann der Tat, und wenn er etwas entschieden hatte, dann zog er das auch durch. Leider.

Annes Handy summte. Sie riss es aus ihrer Tasche heraus, doch die Nachricht war wieder nicht von Jason, sondern von ihrem Vater. Sie bestand aus einem verwackelten Foto und zeigte zwei rattenähnliche Nagetiere mit Weihnachtsschleifen auf dem Kopf. Darunter stand: *Simon und Garfunkel feiern mit.* Was um alles in der Welt hatte das zu bedeuten? War das sein Weihnachtsgeschenk von Emily? Noch ehe Anne antworten konnte, summte ihr Handy erneut. Diesmal war es eine Nachricht von Charlotte, ihrer Schwester aus den USA.

> Hast du es schon gehört??? (Tanzendes Weihnachtsmann-Smiley.)

> Was gehört? Das mit den Ratten?

> Ratten?

> Diese seltsamen Tiere mit den Schleifen. (Sie leitete Papas Foto weiter.)

> Iih. Ich hab keine Ahnung, wer das ist. Du, sie kommen übermorgen alle zu mir nach Seattle! Hammer, oder? Hat mir Papa am Telefon erzählt. Ich hoffe, sie bringen diese Viecher nicht mit, LOL!

> Was?

Das konnte nicht stimmen. Was war da los? Rasch wählte Anne die Handynummer ihrer Mutter, aber niemand ging ran. Bei Papa ebenfalls nicht und bei Emily auch nicht. Was machten die denn in Berlin? Ob sie unterwegs waren? Hatte Emily alle aus der Wohnung gelockt, um ihnen ihren Kiez zu zeigen? Vor ihrem inneren Auge sah Anne ihre Eltern und ihre Oma, wie sie verschreckt in einer Szenekneipe hockten und sich an ihren Gläsern festhielten, während eine Kellnerin mit militantem Kurzhaarschnitt ihnen vegane und glutenfreie Lebkuchen anbot und eine Industrial-Metal-Band im Hintergrund »*Stille Nacht*« auf das Schlagzeug prügelte. Nein. Oder? Verwirrt setzte sie sich auf die Bettkante. An Schlaf war jetzt nicht mehr zu denken.

15 Stille Nacht, die zweite

»Er hat recht, wir brauchen dieses ESTA.« Emilys Oma nickte. »Man kann heutzutage nicht mehr einfach so drauflosreisen.« Sie seufzte. »Gott, war das früher schön! Du hast dir beim Frühstück überlegt, wo du hinfliegen willst, und dann bist du einfach mit deiner kleinen Tasche zum Flughafen und hast ein Ticket gekauft, und nach dem Check-in bist du raus aufs Rollfeld spaziert und in dein Flugzeug gestiegen.«

»Und hast dabei eine geraucht«, steuerte Karl mit verträumtem Blick bei.

»Und im Flugzeug hattest du vier Quadratmeter Platz und nicht bloß zweiunddreißig Zentimeter«, beschwor Oma diese wunderbaren, dekadenten alten Zeiten weiter herauf. »Und dann konntest du dir aus einer Zweiliterflasche aus deinem Handgepäck einen Drink genehmigen und dir die Haare mit Haarspray richten.«

»Und die nächste rauchen.« Karl zog demonstrativ eine Zigarette aus seiner Brusttasche.

»Das nützt uns jetzt auch nichts«, mischte Emily sich ein, bevor die beiden sich völlig in nostalgischen Erinnerungen verloren. Wie alt war Karl überhaupt, dass er sich angeblich an das goldene Zeitalter des Flugverkehrs erinnern konnte? Und außerdem bezweifelte sie, dass er in seinem Leben je weiter als bis zur Hafenstraße in Hamburg gekommen war, und das auch nur per Anhalter. »Außerdem wird bei uns nur in der Küche geraucht, Karl. Dort kannst du gleich mal das Fenster aufmachen, das stinkt irgendwie so merkwürdig.«

Emilys Mutter reckte den Kopf und schnupperte. »Sagt mal, das riecht nach …«

»Gas!« Papa sprang aus dem Sessel, er schwankte leicht und stürzte in Richtung Küche davon. »Mensch, das riecht nach Gas!« Er klang erschrocken, wirkte aber gleichzeitig auch froh, sich der Diskussion entziehen zu können.

»Oh Gott.« Emilys Mutter stand ebenfalls auf.

»Nur keinen Stress, das ist unser Ofen, die Flamme geht sowieso immer aus«, meinte Jannik lässig. »Der ist kaputt.«

»Nur keinen Stress?« Emilys Mutter wedelte mit den Händen, um den immer penetranter werdenden Geruch zu vertreiben. Aus der Küche erklang Fluchen und Scheppern. Sie riss das Fenster auf. »Das ist lebensgefährlich!«

»Deswegen benutzen wir den Ofen ja auch nie. Der ging schon von Anfang an nicht. Warum hast du das deinen Eltern denn nicht gesagt, Emily?«

»Ich …« Scheiße, ja, warum? Sie hatte es in der Aufregung schlicht und einfach vergessen. Außerdem ärgerte sie sich, dass Jannik so einen spöttischen Ton draufhatte, als wäre sie ein dummer Teenager oder so.

»Dann wird das wohl jetzt nichts mit der Gans«, setzte Jannik noch eins drauf. »Oder mit der Reise …«

Ein triumphierendes Grinsen legte sich auf sein Gesicht, und vielleicht war es ja gerade das, was Emilys Widerspruch prompt entfachte. Sie hatte ohnehin schon einen totalen Hals, weil er heute Abend einfach hier aufgetaucht war und Mamas Kekse wegfutterte und blöde Kommentare von sich gab, genau wie dieser klugscheißerische Typ, den er mit angeschleppt hatte.

»Das werden wir ja sehen«, erwiderte sie. »So schwer kann das mit dem ESTA ja nicht sein. Schließlich gibt es ja immer noch Last-Minute-Flüge und Notfälle und so was. Das muss trotzdem gehen.«

»Notfälle? Was ist denn daran ein Notfall, wenn man einfach so zum Spaß durch die Welt gurkt und mit Flugzeugemissionen die Erderwärmung ins Extreme treibt?« Jannik schnaubte verächtlich.

»Weißt du was, das geht dich gar nichts an«, fuhr sie ihn an, denn jetzt reichte es ihr. »Das ist eine Chance für mich, endlich mal wieder meine Schwestern zu sehen, und meine Eltern können ihr erstes Enkelkind zu Weihnachten erleben, von meiner Oma ganz zu schweigen. Nur verstehst du so was ja nicht. Du hast keine Ahnung, wie das ist, wenn man seine Familie liebt, denn du hast ja seit über einem Jahr nicht mehr mit deiner geredet. Und in den Keksen sind übrigens Eier. Von nicht veganen Hühnern.«

Das hatte gesessen. Jannik starrte sie perplex an, einen angebissenen Keks in der Hand.

»Also du …«, setzte er an, dann drehte er sich plötzlich um und verließ wortlos den Raum. Sie konnte seine Zimmertür knallen hören.

»Na, dann frohes Fest!« Karl griente, schenkte sich ungerührt noch etwas Punsch nach und stand auf.

»Wann ist eigentlich Bescherung?« Er kicherte in sein Glas. »Na, ich geh erst mal eine rauchen.«

»Auf gar keinen Fall«, herrschte Mama ihn an, sodass er sich erschrocken wieder hinsetzte. »Sind Sie verrückt geworden? Das Gas muss erst mal abziehen! Und das hier muss auch mal weg.«

Mama kniete sich hin und fing an, mit einer Serviette und einem Lappen auf dem Boden herumzuwischen, um Ralfis Hundekeks-Bescherung zu bereinigen.

»Na ja, man kann das ganz einfach im Internet recherchieren«, meldete sich jetzt dieser Freund von Jannik, als wäre nichts geschehen. »Da steht irgendwo, wie man schnell an so ein ESTA kommt. Mein Kumpel hat das auch ganz fix bekommen. Es dauert manchmal nur ein paar Minuten.« Er entfernte eine Nuss von seinem Keks und platzierte sie wie einen Rohdiamanten vorsichtig auf den Tisch. »Vorausgesetzt, man ist nicht vorbestraft oder hat was mit Terroristen am Hut. Darüber müssen Sie sich im Klaren sein.« Dabei sah er Emilys Oma an.

»Was wollen Sie denn damit andeuten?«, regte die sich auf.

»Nichts. Ich meine ja nur. Das sind Fakten. Wenn Sie nicht vorbestraft sind oder irgendwo in den USA auf einer Fahndungsliste stehen, haben Sie nichts zu befürchten.«

Oma wollte etwas antworten, aber Emily fuhr rasch dazwischen.

»Lass uns einfach mal online gehen.« Irgendjemand musste ja die Initiative ergreifen.

»Der Ofen geht nicht. Kaputt, aus, finito.« Papa war wieder ins Zimmer gekommen. »Was machen wir denn jetzt? Wir können die Gans nicht braten, ich fasse es nicht. Die herrliche Gans! Dabei ist die Füllung schon drin und alles!«

Er sah fix und fertig aus und tat Emily auch leid. Nur war die Gans jetzt echt nicht ihre größte Priorität.

»Wir finden schon was«, murmelte sie. »Es ist noch Tofu im Kühlschrank, glaube ich.« Sie hoffte inständig, dass ihr Vater die glibberige weißgraue Masse noch nicht aus Versehen entsorgt hatte, weil er sie für vergammelten Quark gehalten hatte. Papa reagierte gar nicht. Er stierte trübe vor sich hin. Der Schock über ein Weihnachten ohne Gans saß offenbar tief.

Oma murmelte empört etwas von Fahndungslisten, während sie in ihrer Handtasche nach dem Portemonnaie kramte.

»Okay.« Emily klappte ihren Laptop auf und durchforstete blitzschnell das Internet nach Informationen. In kürzester Zeit wurde sie fündig.

»Hier«, las sie vor. »*Was sollten Reisende bei einer kurzfristig geplanten Reise tun, wenn bis zur Abreise weniger als 72 Stunden liegen?*« Sie überflog rasch die Seite. »*Das U. S. Department of Homeland Security empfiehlt ...* blablabla *... ESTA-Anmeldung spätestens 72 Stunden vor Reiseantritt ...* und so weiter, aber hier!« Sie sah triumphierend auf. »*Notfälle werden jedoch auch berücksichtigt.* Da habt ihr es. Dann sind wir eben ein Notfall.« Sie las weiter laut vor. »*Was sollten Reisende tun, die ohne ESTA auf dem Flughafen eintreffen? Blabla ... Informationsschalter ... vor Ort ausfüllen.*« Sie klickte sich rasch zu der Seite durch, auf der man den Antrag stellen konnte. »Name, Passnummer, Staatsangehörigkeit, wir sind keine Verbrecher oder Drogendealer und an Syphilis leiden wir auch nicht. Also, ich würde sagen, wir buchen jetzt den Flug und beantragen dieses Ding. Was kann schon schiefgehen?«

»Sehr gute Idee.« Oma griff in ihre Handtasche und reichte Emily ihren Pass. »Mit mir kannst du anfangen. Und jetzt drückt uns alle mal die Daumen, dass die kriminelle Vergangenheit von unserem Herrn Hausbesetzer hier nicht bis nach Amerika durchgedrungen ist.«

»Ich bitte dich, musst du das immer wieder aufwärmen«, wehrte Papa sich schwach.

Emily hörte gar nicht mehr zu. Sie blendete alles aus – das Jaulen und Kratzen der Hunde, die laute Gitarrenmusik aus dem Verstärker, die jetzt aus dem Zimmer des eingeschnappten Janniks schallte, das schmatzende Kauen von diesem Typen aus der Band und das Gluckern des Punsches, der in regelmäßigen Abständen durch Karls Kehle floss.

Emily reichte den Laptop an ihren Vater weiter, der mit schuldbewusstem Gesicht an einem Mineralwasser nippte. »Hier. Guck. Alles kein Problem.«

»Wenn ihr meint«, antwortete Papa ohne jeden Enthusiasmus. »Wenn ihr meint, dass das wirklich so einfach geht. Nicht sehr vertrauenerweckend, wenn ihr mich fragt. Wenn sie alle so schnell reinlassen, dann weiß ich nicht, ob das so eine gute Idee ist, sich in ein Flugzeug zu setzen, ganz ehrlich. Wer weiß, wer da sonst noch mit drin sitzt. Ich finde ...«

»Frank, wir fliegen«, unterbrach ihn Emilys Mutter. »Es ist entschieden.« Sie fing Emilys Blick auf und verdrehte die Augen. »Vorausgesetzt, wir finden noch einen Flug.« Sie schnappte sich den Laptop. »Emily, vielleicht kannst du inzwischen mit Papa irgendwas anderes zum Essen vorbereiten?« Dann hat er was zu tun und ist abgelenkt, sagte ihr Blick. »Und vielleicht willst du ja auch deinen Tierchen hier etwas zu futtern geben, damit sie aufhören, an Oma herumzuknabbern?« Sie deutete auf Oliver, Emilys zweiten Liebling aus dem Tierheim.

»Klar, ich ...« Plötzlich fiel Emily etwas ein. *Shit. Shit, shit, shit!* Die Hunde! Wie hatte sie die vergessen können? Oh verdammt, sie konnte ja gar nicht hier weg!

Da, zu Omas Füßen, lag Ralfi, dieser gutmütige große Trottel, der sein Leben lang nur herumgeschubst worden war und heute endlich mal in einem gemütlichen Wohnzimmer dösen konnte. Und Oliver, dieses hektische Bündel aus schmutzweißem Fell, das vor allem und jedem Angst hatte und im Tierheim dauernd hysterisch kläffte. Jetzt leckte er unter dem Tisch an einem heruntergefallenen Kipferl und schnaufte dabei glücklich.

Und Harry und Elsa, die beiden Senioren, die keiner adoptieren wollte, weil sie alt waren und außerdem eine wilde Mischung aus Dogge und Rottweiler und Gott weiß was noch allem. Dabei brauchten sie nur einen ruhigen warmen Platz im Winter und einen schattigen im Sommer und ein bisschen Ohrenkraulen und Liebe. Sollte sie die Tiere wirklich heute Nacht noch zurück in die trostlosen Käfige des Tierheimes schaffen?

Ihre gerade aufgekommene euphorische Weihnachtsstimmung verpuffte wie eine Fata Morgana und übrig blieb nur ein Knoten im Bauch. Wenn sie das machte, war sie genau der gleiche egoistische Idiot wie all die Leute, die bei der ersten Schwierigkeit das Handtuch warfen und ihre Hunde ins Tierheim abschoben. Was sollte sie nur tun? Karl fragen? Sie streifte ihn mit einem kurzen Blick. Gerade hatte er versucht aufzustehen, dabei die Balance verloren und sich wieder zurückfallen lassen, wobei er haarscharf seinen Platz verfehlte und beinahe auf Ralfi gelandet wäre, wenn Oma ihn nicht mit der Reaktionsgeschwindigkeit eines Kung-Fu-Fighters am Arm festgehalten hätte. Nein, auf keinen Fall Karl. Der konnte ja nicht mal auf sich selbst aufpassen, geschweige denn auf irgendetwas anderes Lebendes. Selbst Kakteen vergammelten in seiner Wohnung.

Und diesen anderen Typen aus der Band, den kannte sie ja gar nicht. Aber Jannik, zuckte es ihr auf einmal durch den Kopf. Sie kannte Jannik. Und Jannik mochte ein Arschloch sein, also zumindest heute, und auch sonst eine Menge Macken haben, aber wenn er eins war, dann das: tierlieb.

»Ich helfe Papa gleich mit dem Essen. Kleinen Moment.« Sie stand auf und begab sich zu Janniks Zimmer.

Auf ihr Anklopfen hin erklang ein gereiztes: »Was?«

»Ich bin's. Kann ich mal kurz reinkommen?«

Keine Antwort. Ein Scharren, ein Stuhlrücken, ein jaulender Laut aus dem Verstärker.

»Ja, dann komm halt rein.«

Jannik saß an seinem Schreibtisch vor dem Computer mit dem Rücken zu ihr, die Gitarre hatte er neben sich abgestellt. Arbeitete er an irgendeinem Song? Das nahm sie ihm nicht ab. Sein Zimmer wirkte gemütlich und erneut fiel ihr auf, dass Jannik ein Händchen für Design hatte, oder zumindest einen guten Geschmack. Die Bücherregale hatte er alle selbst gebaut, seine Fotografien an den Wänden waren provokativ und gleichzeitig schön, die vielen gesammelten Steine und Pflanzen zeugten von seiner Liebe zur Natur. In der Ecke standen sein Keyboard und zwei weitere Gitarren. Und was war das? Auf dem obersten Brett des Bücherregals stand ein Topf mit einem kleinen Weihnachtsbaum. Jannik hatte ihn mit einer winzigen Lichterkette verziert. So viel zum Thema Weihnachten hassen, dachte Emily. Sie beschloss allerdings, ihn nicht darauf anzusprechen, sondern so zu tun, als hätte sie das Bäumchen nicht bemerkt.

»Also, was gibt's?«, riss er sie aus ihren Gedanken. Seine Stimme klang irgendwie komisch, ganz belegt. »Willst du mir noch mehr an den Kopf knallen?«

Da verstand sie plötzlich. Er war total verletzt, weil sie vor allen Leuten mit seinen Familienverhältnissen herausgeplatzt war.

»Es tut mir leid, Jannik. Ich hätte das nicht sagen sollen über deine Eltern.«

»Nein, hättest du nicht.«

Er hatte ihr immer noch den Rücken zugewandt und starrte auf den Bildschirm. Jetzt konnte sie auch sehen, dass er lediglich bei Instagram herumklickte. Ein Foto zeigte schneebedeckte Berge, davor ein Mädchen in einem kuscheligen Strickpullover und mit weinroter Mütze, eine Kerze in der Hand, der Hintergrund war verschwommen. Die schöne Cat in den Schweizer Bergen. Zur Wintersonnenwende?

Ich genieße die Einsamkeit und Schönheit der Natur an diesem magischen Abend.

#dankbar #so blessed #naturegirl #peaceonearth #simplicity

Emily schnaubte leise. In Wahrheit ging Cat garantiert zwei Sekunden später zurück in ihre Luxushütte, um das WLAN und die Jacuzzi-Badewanne ihrer Eltern zu benutzen. Emily zwang sich, ihren Blick von dem Foto zu lösen.

»Es war blöd von mir, entschuldige. Es geht niemanden was an, ob und wann du deine Eltern siehst. Ich ... bei uns in der Familie ist es eben ganz anders.« Sie stockte.

»Das ist es wirklich. Du hast es gut. Ich nehme an, das weißt du.« Endlich drehte er sich um. »Deine Eltern sind voll nett. Ich kann verstehen, dass du mit ihnen zusammen sein willst. Und mit deinen Schwestern.«

»Ja.« Sie setzte sich auf sein Sofa. »Mein Vater ist ein bisschen angesäuselt.« Sie deutete ein leichtes Schwanken an, damit Jannik lachte, aber er blieb ernst. »Sonst wäre das alles nicht passiert«, fuhr sie rasch fort. »Ich weiß, dass meine Mutter sich total danach sehnt, meine Schwestern zu sehen. Und natürlich Connor, ihr Enkelkind. Na ja, und meine Oma sowieso. Sie ist ja auch schon achtzig, und das ist vermutlich ihre letzte große Reise. Weißt du, da denkt man nicht an Flugzeugemissionen und so was, auch wenn du damit natürlich völlig recht hast ...«

»Emily, ich verstehe das. Wirklich.« Er schnappte sich eine der Gitarren und klimperte verlegen darauf herum. »Es ist nur ...« Er suchte nach Worten. »Ich glaube, ich bin einfach neidisch. Ich bin meinen Eltern völlig fremd. Sie verstehen mich nicht und versuchen es nicht mal. Man kann auch nicht mit ihnen diskutieren, weil mein Vater alles abschmettert, was nicht seiner Spießermeinung entspricht. Sie haben sich jedes Mal über mich lustig gemacht, wenn ich zu Besuch kam, haben

Witze darüber gerissen, dass ich vegan lebe und so. Dass ich barfuß laufe, ist ihnen unendlich peinlich vor allen Leuten. Und irgendwann hatte ich dann einfach keinen Bock mehr, nach Hause zu fahren. Nicht mal zu Weihnachten. Dabei mochte ich das früher immer total.« Sein Blick glitt kurz zu dem Minibaum auf dem Bücherregal.

Emily schwieg überrascht. Noch nie hatte Jannik ihr so viel von sich erzählt, noch nie so viel preisgegeben. Sie hatte immer angenommen, dass er völlig souverän und cool und schuhlos durchs Leben marschierte. Nicht im Traum hätte sie gedacht, dass auch er Probleme hatte, die an ihm nagten.

»Das tut mir leid.« Sie rutschte auf dem Sofa hin und her. Aus dem Wohnzimmer erklang Lärm, sie redeten dort alle durcheinander. »Wir können uns unsere Eltern nicht aussuchen. Und deine wissen offenbar nicht, was sie an dir haben. Das ist schade. Wenn du willst, dann komm doch wieder rüber und feiere Weihnachten mit uns. Die Gans hat sich ohnehin erledigt und im Punsch ist sogar Fair-Trade-Ahornsirup.«

»Hey, ich würde ihn auch mit Zucker trinken.« Jetzt lachte er endlich. »Mit richtig fiesem weißem Zucker vom Discounter.«

»Emily-Schatz, wir haben die Flüge nach Seattle!«, rief ihre Mutter aus dem Wohnzimmer. »Und das ESTA für alle!« Sie klang überglücklich.

Eine Männerstimme rief: »Prost, Leute!« Ihr Vater? Oder Karl?

»Die haben das echt gebucht.« Emily konnte es auf einmal selbst nicht fassen.

»Siehst du – genau das meine ich. Die sind spontan.

So was würden meine Eltern nie machen. Die haben mich hier nicht ein einziges Mal besucht, dabei wohnen sie nur eine knappe Stunde entfernt.« Jannik stand auf. »Scheiß drauf. Lass uns Weihnachten feiern. So richtig kitschig, wie es sein muss. Ich hab nur keine Geschenke.« Er zog eine Schublade auf, als hoffte er, noch irgendein kleines vergessenes Geschenk zu finden, wühlte kurz darin herum und knallte sie dann wieder zu. »Sorry.«

»Ich hab auch keine Geschenke. Aber das ist nicht wichtig. Konsumterror und so. Du kannst trotzdem was für mich tun. Ich revanchiere mich auch irgendwann.«

»Was denn?«

»Ralfi. Und Oliver. Und Harry und Elsa. Jemand muss sich um sie kümmern, während ich weg bin. Zumindest über die Weihnachtsfeiertage. Ich hab es ihnen versprochen.« Das war das Gute an Jannik, dass man so etwas zu ihm sagen konnte, ohne dass er lauthals loslachte.

»Ja, klar«, versprach er sofort. »Natürlich. Mach ich gerne. Wir machen es uns gemütlich, die vier Fellnasen und ich.«

»Danke.« Jetzt wäre eigentlich der perfekte Zeitpunkt gewesen, ihn zu umarmen und dabei zu checken, ob irgendwas an seiner Umarmung darauf hinwies, dass er mehr als nur einen Kumpel in ihr sah. Aber aus irgendeinem Grund brachte Emily das nicht fertig. Erst sollte er sie so ansehen, wie er diese Cat ansah. Und nicht so wie Ralfi.

»Los, komm.« Sie stupste ihn an.

»Übermorgen, elf Uhr, ab Heathrow!«, rief Emilys Mutter ihr entgegen. Sie strahlte über das ganze Gesicht.

»Dann sind wir am Fünfundzwanzigsten um dreizehn Uhr in Seattle. Das heißt, wir können am Nachmittag mit Charlotte noch richtig Weihnachten feiern. Verrückt, oder?«

»Total«, stimmte Karl ihr zu. »Jetzt freu dich mal, Alter. Christmas bei den Amis. Vielleicht haben die sogar 'nen funktionierenden Ofen dort.«

Er wieherte los und knuffte Emilys Vater in die Schulter. Natürlich – Karl hatte ja keine Ahnung davon, welch schwerwiegende Entscheidung hier gerade gefallen war. Eine Weiche in Papas Leben war neu gestellt worden, und es sah ganz so aus, als ob er panische Angst vor einer Entgleisung hätte. Er saß wie ein Märtyrer in seinem Sessel und wirkte, als wäre er in der letzten halben Stunde geschrumpft. Jetzt lächelte er beherzt.

»Wird schon werden«, murmelte er wie zu sich selbst. »Wird schon alles werden.«

»Natürlich wird es das.« Oma tätschelte ihm die Hand. »Jetzt gib dem Armen doch noch was zu trinken«, forderte sie Karl auf. »Und dann können wir endlich Bescherung machen und zu Abend essen.«

»Wie wäre es mit ein bisschen Weihnachtsmusik?«, meldete sich da Jannik völlig unerwartet. »Stefan, machst du mit?«

Stefan hieß der Typ also. Wollten die jetzt etwa hier jammen? Ehe Emily etwas erwidern konnte, schraubte sich dieser Stefan seufzend aus seinem Stuhl, murmelte etwas, das wie »Wenn's unbedingt sein muss« klang, und ging kurz mit Jannik raus. Als sie wieder hereinkamen, hatte Jannik seine Gitarre in der Hand und Stefan schob das Keyboard ins Zimmer.

»Oh, Hausmusik, wie wundervoll!«, freute sich Oma. »Dann wollen wir mal hoffen, dass ihr einen besseren Sound draufhabt als der Herr Beyer aus meinem Heim.«

»Oma, das ist nicht die Musik, die dir vorschwebt«, murmelte Emily eine schwache kleine Warnung im Voraus, denn gleich würde etwas auf ihre Großmutter herniedergehen, gegen das sich die Musik von Herrn Beyer wie jauchzende Himmelsharfen ausnahm. Doch zu ihrer Überraschung spielten die beiden Jungs eine relativ sanfte, wenn auch rockige Instrumentalversion von *Jingle Bells*.

»Ihr habt ja richtig Talent«, rief Oma begeistert. »Nein, wie ist das schön!« Sie klatschte. »Könnt ihr auch *Stille Nacht*? Ich meine – es ist quasi Heiligabend, und das gehört doch dazu.«

Stefan nickte, und Jannik fing an, seine Gitarre noch mal zu stimmen.

»Genau, und wir singen alle dazu«, schlug Karl vor.

»Ähm, also wir Bachmanns singen nicht«, erklärte Papa kategorisch. Die Drohung eines gemeinschaftlichen Singsangs hatte ihn aus seinem fatalistischen Dämmerzustand aufgeschreckt. »Nicht so gern, meine ich. Also ehrlich gesagt, niemals. Das liegt uns nicht so. Genetisch bedingt, wenn ihr versteht, was ich meine.«

»Blödsinn, Alter, jeder kann singen, man muss sich nur trauen. Ich zum Beispiel war früher im Chor. Im Kirchenchor, ob ihr's glaubt oder nicht.«

Na klar. Was Karl »früher« nicht schon alles gemacht haben wollte.

»Und gibt's dann irgendwann auch noch mehr zu essen?«, erkundigte sich Stefan. »Die paar Plätzchen waren ja nur was für den hohlen Zahn.«

»Ach, Mensch, wir haben doch auch noch den riesigen Stollen. Und den Ministollen.« Emilys Mutter schlug sich gegen die Stirn. »Wie konnte ich das vergessen? Wo sind die überhaupt, Frank? Noch im Auto?«

Papa wurde noch einen Hauch blasser, als er es ohnehin schon war. »Was für Stollen? Du hast nichts von Stollen gesagt. Woher sollte ich denn bitte wissen, dass ich irgendwelche Stollen einpacken soll?«

»Das glaube ich jetzt nicht. Ich habe doch gesagt, pack das ganze Gebäck mit ein.« Emilys Mutter stöhnte leise auf. »Wie konntest du das vergessen? Ich fasse es nicht. Ich … ach, egal. Dann feiern wir eben im Januar ein viertes Mal Weihnachten.«

Emily konnte sehen, wie Jannik grinste. Diesmal war es kein abfälliges Grinsen. Eher ein geduldiges Lächeln, wie man es für seine verrückte, aber liebenswerte Familie eben so draufhatte. Seine Finger glitten über die Saiten der Gitarre und er spielte die ersten Akkorde von *Stille Nacht*. Das Keyboard fiel mit ein und dann lauschten sie alle, wie Karl mit einer erstaunlich guten Singstimme und voller Inbrunst das deutscheste aller Weihnachtslieder in die Berliner Nacht hinausschmetterte.

Entweder handelte es sich hier um ein kleines Weihnachtswunder oder Karl war tatsächlich ein ehemaliger Chorknabe, denn es klang wirklich schön. Jedenfalls bis zu dem Moment, als Ralfi beschloss, mit einzustimmen.

Trotzdem war es ein wunderbarer Heiligabend, fand Emily. Ein erster Heiligabend, korrigierte sie sich. Denn Weihnachten ging ja jetzt erst richtig los!

16 Silver Bells

23.12., 16:00 Uhr
Seattle, USA

»Deine Eltern kommen übermorgen? Ach, du meine Güte.« Charlottes Schwiegermutter Doreen schlug die Hände über dem Kopf zusammen. »Also, ich meine natürlich: Ach, wie schön! Wie fantastisch! Aber warum hast du uns denn nicht schon eher Bescheid gesagt?«

»Weil ich es eben erst erfahren habe. Sie haben es vorhin spontan entschieden.« Charlotte dröhnte der Kopf. Der ganze Miller-Clan stand um sie herum, um diese ungeheuerliche Neuigkeit aufs Ausgiebigste zu kommentieren und zu diskutieren.

»So spontan, diese Deutschen ...« Tante Daphne war voller Bewunderung. »Nicht zu fassen. Ich dachte immer, dass das ein eher schwerfälliges Volk ist. Die nur herumsitzen mit dem Bauch voller Wurst und Bier und ein wenig hin und her schunkeln, wie man es manchmal im Fernsehen sieht. Aber dass sie so heißblütig wie die Italiener sind und mal kurz über den Ozean jetten ...«

»Das hat nichts mit heißblütig zu tun«, fiel ihr Bruder Onkel Bill ihr ins Wort. Die beiden lagen sich ständig in den Haaren. »Das ist eben der moderne Lebensstil. Heute hier, morgen da – ist in Amerika auch nicht anders.«

»Ach ja? Das sagt der Richtige. Du hast es in deinem Leben ja nicht mal bis nach Kanada geschafft, wenn ich recht informiert bin«, versetzte Daphne. »Du hast nicht mal einen Pass.«

»Und du hast deinen Pass mal in Mexiko in einer Bar verloren, weil du eimerweise Margaritas getrunken hast. Das hat mir dein Ex-Mann Ross erzählt«, sagte Robs Mutter Doreen.

»Ross war ein Vollidiot. Der hat gelogen, sobald er den Mund aufmachte. Der wusste mich nie zu schätzen.«

»Ich mochte ihn.«

»Warum hast du ihn dann nicht geheiratet, als ich mit ihm durch war?« Die beiden Frauen funkelten sich an, doch in dem Moment schien Tante Daphne etwas eingefallen zu sein, sodass sie einen erschrockenen Schrei ausstieß. »Und was machen wir jetzt mit den Pullovern? Die Deutschen haben keine *Christmas Sweater*. Das geht doch nicht.«

»Kein Problem«, versuchte Charlotte sich Gehör zu verschaffen. »Wirklich, das stört meine Eltern nicht im Geringsten. Sie sind auch ohne *Christmas Sweater* glücklich.« Das war die Untertreibung des Jahres. Nie im Leben würde ihr Vater sich in so ein bebommeltes Monstrum zwängen.

»Und was machen wir zu essen?« Doreen schien die Tragweite des Ereignisses erst jetzt richtig zu begreifen. »Etwas Deutsches? Was esst ihr denn dort zu Weihnachten? Sauerkraut?«

»Nein. Also, das heißt, ich habe keine Ahnung, das ist von Region zu Region verschieden. Bei uns essen wir Kartoffelsalat und Würstchen am Heiligabend. Und am Fünfundzwanzigsten dann eine Gans.«

»Eine Gans?«

Einen Moment lang erstarb das Gespräch. Die Millers starrten sie an, als hätte sie gerade verkündet, dass ihre Familie zu Weihnachten immer ein schottisches Moorhuhn verspeiste.

»Mein Gott, wo kriegen wir denn jetzt noch eine Gans her?« Hektische rote Flecken breiteten sich auf Doreens Hals aus. »Wir lernen deine Eltern endlich kennen und haben nichts zu essen im Haus. Ich fasse es nicht!«

»Wir haben so viel zu essen, dass wir einen ganzen Supermarkt eröffnen könnten, Darling«, versuchte Bernie sie zu beruhigen.

Doch seine Frau schnitt ihm mit einer hektischen Handbewegung das Wort ab.

»Aber keine Gans«, herrschte sie ihn an. »Und nichts Deutsches!«

»Wir brauchen keine Gans. Meine Eltern essen alles, wirklich«, beschwichtigte Charlotte den aufkommenden Tumult. Und obwohl niemand ihr zuzuhören schien, versuchte sie es tapfer weiter. »Macht euch bitte keine Gedanken. Sie freuen sich auf ein amerikanisches Weihnachten und werden selbstverständlich alles essen, was es hier gibt.« Charlotte verdrängte die Vorstellung, wie ihr Vater, bekleidet mit einem kratzenden *Christmas Sweater* voller bimmelnder Silberglöckchen, vor einer Schüssel Elchfutter hockte und misstrauisch darin herumpulte. Vielleicht konnte Daphne ja ihren Tequila mit ihm teilen?

»Bernie, du fährst sofort los und siehst zu, ob du noch irgendwo Kartoffelsalat und Würstchen auftreiben kannst. Meinst du so was wie Hotdogs?«, rief Doreen über die Schulter in Richtung Charlotte.

»Nein. Oder ja, also, es ist egal. Wirklich, es ist völlig unnötig, dass ihr ...« Charlotte spürte, wie Rob ihr beruhigend über den Rücken strich, und gab es auf.

Eine heillose Betriebsamkeit war ausgebrochen. Doreen und Bernie brüllten sich gegenseitig Kommandos zu wie Mitglieder einer militärischen Spezialeinheit und schickten sämtliche Familienangehörige auf irgendwelche Last-Minute-Botengänge.

»Hotdogs, hat sie gesagt. Die Deutschen essen Hotdogs zu Weihnachten, du hast sie doch gehört. Und eine Gans oder irgendein anderes Geflügel! Und noch drei Flaschen Whisky und Wein. Nein, Bier. Die trinken immer Bier. Oder? Ach, bring einfach alles. Mögen sie vielleicht auch Schinken? Wir haben zwar den großen Weihnachtsschinken, aber der reicht bestimmt nicht. Bring noch einen mit. Und ein Tofurky, falls jemand Vegetarier ist. Du weißt schon, dieses Ding aus dieser komischen Masse, das sie heutzutage überall anbieten und das wie ein Truthahn aussieht. Ja, was weiß ich denn, wie das schmeckt, ich hab es noch nie probiert.«

Tante Daphne wollte von Charlotte wissen, welche Größe ihre Eltern und ihre Oma trugen, nebenbei riss sie Robs mürrischen Neffen die Fernbedienung aus der Hand und forderte sie auf, sich umgehend ans Klavier zu begeben und bis übermorgen *O Tannenbaum* einzuüben. Und zwar auf Deutsch!

»Wo sollen sie eigentlich schlafen?« Doreen hielt mitten in einer hektischen Umdrehung inne. »Bei uns im Haus ist alles voll. Bernie? Was ist mit dem Gartenhaus?«

»Das ist Santas Bastelstube. Da drin sind die ganzen ferngesteuerten Zwerge und hämmern und kleben. Die

Kinder aus der Nachbarschaft sind ganz verrückt danach, das zu sehen. Schon den ganzen Tag lang steht eine Schlange davor.« Bernie zuckte entschuldigend mit den Schultern. »Und nachher kommt die Weihnachtskommission der Eastside, um das am besten geschmückte Haus auszuwählen. Da kann ich das Gartenhaus unmöglich räumen.« Er überlegte einen Moment. »Sie könnten nach Weihnachten darin schlafen. Wie lange bleiben sie denn?«

Alle sahen Charlotte erwartungsvoll an.

»Ich glaube …« Verdammt, das hatten sie überhaupt nicht geklärt. Vor lauter Aufregung war die Frage nach der Dauer des Aufenthalts gar nicht aufgekommen. »Ein paar Tage oder so.«

»Sie sind spontan. Siehst du, das meine ich!«, feuerte Tante Daphne eine weitere Attacke auf ihren Bruder ab. »Sie lassen sich einfach treiben, das finde ich gut.«

»Sie müssen doch wissen, wie lange sie bleiben und wo sie schlafen werden.« Onkel Bill sah sich um. »Oder?«

»Charlottes Eltern schlafen natürlich bei uns.« Robs ruhige Stimme wirkte wie Balsam auf die umtriebige Verwandtschaft. »Wir haben doch ein Gästezimmer und eine Ausziehcouch. Und Charlottes Oma schläft bei …« Er stockte einen Moment. »Bei Connor im Zimmer. Connor schläft sowieso dauernd bei uns im Bett und sein Zimmer steht leer.«

»Wie soll denn die alte Dame in das Kinderbett passen? Ich bitte euch!« Tante Daphne verdrehte die Augen.

»Nicht im Kinderbett, sondern auf dem Boden.«

»Auf dem Fußboden? Seid ihr verrückt geworden?

Was sollen die Bachmanns denn von uns denken? Dass in Amerika die alten Leute auf dem Fußboden deponiert werden?«

Tante Daphne holte zum Rundumschlag aus und Charlotte verzog sich klammheimlich ins Wohnzimmer ihrer Schwiegereltern. Sie blieb vor dem gigantischen Weihnachtsbaum stehen und atmete tief durch. Der Baum war von unerhörter, wenn auch künstlicher Pracht und duftete leicht nach Tannengrün. Der Geruch kam allerdings aus einer Spraydose. Das wusste Charlotte zufälligerweise, weil sie ihre Schwiegermutter dabei beobachtet hatte, wie sie den Baum heute Morgen von oben bis unten wie einen schwitzenden Teenager eingesprüht hatte.

»Na? Suchst du die Weihnachtsgurke?« Onkel Bill war hinter sie getreten, ohne dass sie es bemerkt hatte.

»Die was?« Was um Himmels willen war denn eine Weihnachtsgurke? Oder hatte Onkel Bill schon einen sitzen?

»Die deutsche Weihnachtsgurke. Die haben sie extra für dich versteckt«, sagte Onkel Bill und wirkte überrascht.

Eindeutig betrunken. Wie sonst sollte sie dieses wirre Gestammel interpretieren?

»Was denn für eine Gurke?«

»Na, das macht ihr doch in Deutschland so. Wer die Gurke am Weihnachtsmorgen findet, der bekommt ein Extrageschenk.« Er strahlte sie an. »So ein schöner Brauch. Ich wünschte, wir hätten auch so was gehabt. Hast du die Gurke als Kind immer gefunden?«

Charlotte suchte hektisch den Baum mit Blicken ab, sah vorbei an dicken Engeln, Samtschleifen, opulenten

Kugeln und bizarren Ornamenten, in denen Fotos der Familienmitglieder zur Schau gestellt waren wie an einer Art klingelndem, bimmelndem Weihnachtsstammbaum. Hatten ihre Schwiegereltern ernsthaft auch noch eine saure Gurke da drin versteckt? Von welchen Traditionen redete der Mann eigentlich? Ein wüstes Allerlei aus Ostern, Weihnachten und dem Spreewälder Gurkenfestival?

»Rob?«, rief sie schwach. »Könntest du mal kommen?«

Ihr Mann schien sie nicht zu hören, Onkel Bill hingegen wartete immer noch auf eine Antwort. Gott, der war ja auch nicht mehr der Jüngste. Wer weiß, was er hier durcheinanderbrachte. Deshalb schenkte sie ihm einfach ein mildes Lächeln.

»Jedes Jahr«, versicherte sie ihm. »Jedes Jahr hab ich die Gurke im Weihnachtsbaum gefunden. Meine Schwestern waren immer ganz neidisch.«

»Das kann ich mir vorstellen. So ein schöner deutscher Brauch«, wiederholte Onkel Bill und deutete auf den völlig überladenen Baum. »Ich sehe was, was du nicht siehst. Vielleicht wirst du sie dieses Jahr ja auch finden, haha.«

»Haha«, echote Charlotte mit einem Hauch von Verzweiflung. Hoffentlich ging das alles gut. Natürlich war ihr immer klar gewesen, dass ihre und Robs Eltern sich irgendwann einmal kennenlernen mussten. Zu ihrer Hochzeit hatten Rob und sie das elegant mit einem Trip nach Las Vegas gelöst, worüber Charlotte insgeheim heilfroh gewesen war. Robs Familie war so lebhaft und so ... übermächtig. Schon allein, weil es so viele von ihnen gab. Aber man konnte die Eltern ja nicht ewig voneinander fernhalten, und irgendwann kam unweigerlich der Moment, wo sie alle aufeinandertreffen würden.

Allerdings war dieses Treffen in ihren Vorstellungen immer ein in monatelanger Präzisionsarbeit geplantes Event gewesen, bei dem man alle Beteiligten behutsam auf die Macken der jeweiligen anderen hätte vorbereiten können. Nicht so ein kurzfristiges und brutales Zusammenstoßen von angelsächsischen und germanischen Stämmen, aufgeheizt durch den kombinierten Wahnsinn von Weihnachten und Jetlag und gespickt mit schwerhörigen Verwandten, quengeligen Babys, hyperaktiven Großmüttern, dem unvermeidlichen Dauerregen in Seattle und den irre flackernden Weihnachtsbäumen in jeder Ecke des Hauses.

»Ach, und noch was ...« Onkel Bill gab einfach keine Ruhe. »Ist deine Familie eigentlich genauso verrückt nach Weihnachten wie wir Millers?«

17 We Wish You a Merry Christmas

24.12., 9:00 Uhr morgens
Berlin/London

»Alter! Du siehst heute Morgen aus, als ob du haupt-beruflich Blut spenden würdest!« Karl schlug Frank begeistert auf den Rücken. »Alles stabil bei dir?«

Frank antwortete nicht, sondern bedachte Karl mit einem leidenden Blick. Tatsächlich wechselte seine Gesichtsfarbe zu dieser frühen Stunde ununterbrochen von talgbleich über ein kränkliches Grau bis zu einem unguten Grünton. Er hockte in eine Decke gehüllt in der WG-Küche und nahm in regelmäßigen Abständen kleine Schlückchen von einem viel zu starken Kaffee zu sich, den Emily ihm gekocht hatte. Nichts erinnerte mehr an den Partylöwen von gestern Abend, der sich als drittes Bandmitglied versucht und lauthals beim *Jingle-Bell*-Rock mitgesungen hatte, während er mit Essstäbchen auf den Tisch trommelte. Jedenfalls so lange, bis die Leute von oben an die Decke klopften.

»Uh«, brachte er endlich heraus. »Mir geht's gar nicht gut. Wann müssen wir los?«

Julia sah auf die Uhr. »Der Flug geht um zwölf, also müssen wir um zehn Uhr einchecken. Jetzt ist es Viertel nach neun. Ich würde mal sagen, in den nächsten zehn Minuten sollten wir fahren.«

»Oh Gott! Oh Gott«, wimmerte Frank leise. »Wollt ihr alleine fliegen? Ich fahre einfach mit dem Auto hinterher. Durch den Eurotunnel, dann bin ich irgendwann später auch in London.«

»Irgendwann ist das richtige Wort. Vergiss es. Wir haben es versprochen und wir werden um 13:00 Uhr bei Anne in London sein. Hier, nimm eine Aspirin.« Julia wühlte in ihrer Handtasche und reichte ihm eine Tablette. »Du schaffst das. Runter mit dem Kaffee.«

»Okay. Ich geh nur mal ins Bad. Ich komme gleich wieder.« Frank stand auf und schlich so langsam aus dem Zimmer, als ob er sich auf dem Weg zu seiner eigenen Hinrichtung befände.

In diesem Moment holte Emily etwas aus der Tasche, löste eine Tablette aus einem Blister und warf sie ihrem Vater blitzschnell in die Tasse. Dann rührte sie hektisch um.

»Emily! Was ist das?«, fragte Julia erschrocken.

»Abführmittel?« Karl lachte so sehr in seinen Kaffee hinein, dass er ihn beinahe umschmiss.

»Sei still«, zischte Emily ihn an. »Es ist nichts, Mama, ehrlich. Nur ein kleines Beruhigungsmittel. Für die Reise und für die Nerven.«

»Was für ein Beruhigungsmittel denn, um Himmels willen?«

»Etwas ganz Harmloses, echt. Rein pflanzlich. Haben wir schon oft benutzt.«

»Wir? Wer ist wir?«

Doch in diesem Moment kam Frank zurück. Er wirkte etwas frischer und trug den neuen Pullover.

»Okay«, sagte er mit erzwungener Munterkeit. »Dann machen wir uns mal auf den Weg.« Er blies in den Kaffee, rührte ihn um und trank ihn aus. »Hm.« Er leckte sich kurz über die Lippen. »Der Kaffee schmeckt irgendwie komisch. Oder sind das diese verschrumpelten Fair-Trade-Kaffeebohnen, die ihr immer benutzt?«

Julia suchte Emilys Blick. Doch die wich ihr aus, was Julia gar nicht gefiel. Was war das für ein Zeug?

»Du bist nur verkatert«, sagte Emily und nahm ihm die Tasse ab. »Wirst mal sehen, der nächste Kaffee am Flughafen schmeckt dir schon besser.«

Frank zuckte zusammen, als ob die bloße Erwähnung dieses Ortes ihn in seelische Abgründe stürzen würde, und klammerte sich an die Stuhllehne.

»Frank.« Julia löste seine Hände. »Der Stuhl bleibt hier. Auf geht's.«

Am Flughafen Tegel tanzte an diesem Morgen bereits der Berliner Bär. Sie drängten sich an Familien mit Taschen und Geschenken vorbei, an Geschäftsleuten, die bis zur letzten Sekunde noch Deals verhandelt hatten und nun in den Flughafenshops gehetzt nach Geschenken suchten, an jungen Leuten mit Rucksack, die über die Feiertage nach Hause flogen, an jungen Eltern, die mit ihren Kinderwagen Schneisen durch die Menge pflügten, und an Hunderten von Menschen, die sich begrüßten oder verabschiedeten, um irgendwo anders Weihnachten zu feiern. Julia entdeckte sogar eine Traube erwartungsfreudiger Urlauber, die trotz des kalten Berliner Schmuddelwetters in Bermuda-Shorts auf ihren Fug warteten, um am Heiligen Abend an einem fernen Strand unter Palmen zu sitzen.

Überall fröhliche Gesichter und Festtagsstimmung,

überall in den Schaufenstern der Flughafenläden Weihnachtsschmuck, Kugeln und Tannenzweige. Ein als Weihnachtsmann verkleideter Flughafenangestellter verteilte kleine Schokoladen-Nikoläuse an überdrehte Kinder.

»Wart ihr denn auch alle artig?«, rief er immer wieder in die Menge.

»Na klar!«, rief ein Mann in dicker Winterjacke zurück und lachte sich halbtot.

Vor Julia schleppte Frank sein Handgepäck und zog die Reisetasche hinter sich her, hinter ihr schlurfte Emily mit einem kleinen Rucksack. Julia selbst zog eine weitere Reisetasche auf Rädern und hatte sich noch Elisabeths Gepäck über die Schulter gehängt, damit die alte Frau nicht so schwer tragen musste. Trotzdem hatte sie das Gefühl, schneller vorwärtszukommen als Frank, denn sie stolperte dauernd in ihn hinein.

»Sag mal, was schleppst du denn eigentlich so Schweres in deinem Handgepäck?«, fragte sie schließlich ungehalten. »Du kommst ja überhaupt nicht voran.«

»Die Gans natürlich«, schnaufte er. »Die lass ich doch nicht einfach zurück. Die ist ja noch roh, dieser blöde Ofen bei Emily ging ja plötzlich nicht mehr. Der war noch von vor der Wende.«

Julia blieb stehen. »Das ist nicht dein Ernst. Du hast die rohe Gans dabei? Warum hast du die nicht dort gelassen? Die hätten sie noch essen können.«

Frank drehte sich um. »Die Jungs in der WG waren alle Veganer, falls dir das nicht aufgefallen ist. Die hätten ja sogar den Kartoffelsalat fast nicht angerührt, wegen dem Ei und der Mayonnaise. Was meinst du, was die mit meiner Gans gemacht hätten, hm? Wahrscheinlich zurück auf den Bauernhof gebracht. Auf jeden Fall nicht raffiniert zubereitet. Wie auch – ganz ohne Ofen?«

»Karl war kein Vegetarier«, wandte Julia ein.

»Karl ist ein ... ein sehr netter Mensch, aber offen gestanden halte ich ihn für komplett unfähig, auch nur ein Spiegelei zu braten. Geschweige denn eine Weihnachtsgans mit einer Füllung aus Backpflaumen und Portwein. Die Gans kommt mit, und fertig. Anne wird sich freuen.«

»Aber die werden dein Handgepäck durchleuchten. Was meinst du, was los ist, wenn die auf einmal ein Tierskelett in diesem Röntgending sehen?« Julia war auf dem besten Weg, sich fürchterlich aufzuregen. »Die halten dich für verrückt.«

»Es ist erlaubt, ich habe mich extra heute Morgen im Internet kundig gemacht«, erklärte Frank. »Noch ist England in der EU, und da darf man Fleisch einführen. Solange es nur für den eigenen Verzehr gedacht ist. Und verkaufen will ich meine leckere Gans ja dort weiß Gott nicht!«

»Trotzdem ist es peinlich. Wir tun einfach so, als ob wir nicht dazugehören«, raunte Elisabeth Julia zu. »Am besten, er geht mit seinem Skelett zuerst durch und wir schlendern dann später hinterher. Noch ein Käffchen für die Nerven, Frank?« Beim letzten Satz wurde ihre Stimme wieder lauter.

Emily kicherte leise und Julia wurde das Gefühl nicht los, dass ihre Schwiegermutter von Emily von Anfang an in das seltsame Beruhigungsmittel eingeweiht gewesen war.

Julia setzte kurz die schwere Tasche ab und sah sich um. Von einem Werbeplakat her lachte eine gut aussehende Großfamilie unterm Weihnachtsbaum auf sie herunter – adrette kleine Mädchen in Samtkleidern, ein verspielter Labradorwelpe, der sich im Geschenkpapier verheddert hatte, Mama und Papa entspannt und lässig und die Großeltern komplett faltenfrei und nur durch ihre weißen Haare als solche zu erkennen. Okay, ganz so würde es bei ihnen nicht ablaufen. Nichtsdestotrotz – es war Weihnachten. Ihnen standen eine große Reise und jede Menge Trubel bevor, doch Anne brauchte ihren Beistand und am Ende der Reise warteten der kleine Connor, Julias älteste Tochter und ein Rattenschwanz unbekannter amerikanischer Verwandter auf sie. Sie sollte wirklich ihre Nerven schonen. Oder wenigstens für größere Aufregungen in Bereitschaft halten. Ihr Bauchgefühl sagte ihr, dass davon noch einige auf sie lauerten.

Julia seufzte kurz und betrachtete die Schlange, die sich vor dem Souvenirladen gebildet hatte. Was die Leute nur alle in letzter Minute noch kaufen wollten? In dem Moment fiel ihr ein, dass sie überhaupt kein Geschenk für Bernie und Doreen besorgt hatten. So ein Mist!

»Frank!«, sagte sie. »Wir haben ein Problem.«

»Julia, jetzt lass meine Gans in Ruhe, ich bitte dich. Du musst dich überhaupt nicht damit befassen, ich ...«

»Das meine ich nicht«, schnitt sie ihm das Wort ab. »Wir brauchen noch was, ein Mitbringsel oder ein Geschenk für die Miller-Familie. Das haben wir total vergessen. Wir können nicht ohne etwas dort aufkreuzen. Wie sieht das denn aus?«

»Und wo sollen wir jetzt noch was herkriegen?«

»Dort.« Sie deutete auf den Souvenirladen. »Du kaufst

schnell etwas, irgendwas typisch Deutsches. Und wir stellen uns inzwischen beim Security-Check an.«

»Was typisch Deutsches?« Frank verdrehte hilflos die Augen. »Und was soll das sein?«

»Du wirst schon was finden. Wir warten bei Flugsteig neun.« Sie hob die Tasche wieder hoch. »Da vorn ist es, ich kann es schon sehen.«

Sie reihten sich in die Schlange vor dem Sicherheits-check ein. Unglaublich, wie viele Leute heute Morgen nach London flogen. Was wollten die alle dort? Hatten die kein Zuhause? Julia trippelte von einem Fuß auf den anderen, bis ihr klar wurde, dass sich Franks Nervosität wie durch Osmose auf sie übertragen hatte. Während er ergeben und mit hängenden Schultern zum Souvenir-laden getrottet war und dabei sogar gegähnt hatte, wurde Julia immer hibbeliger. Sie versuchte sich abzu-lenken und beobachtete die zweite Schlange links von ihr, die sich vor der Personenkontrolle gebildet hatte. Weihnachten oder nicht – das Personal wühlte unge-rührt in Taschen herum auf der Suche nach selbst ge-bastelten Bomben und Shampooflaschen, vor ihnen ein endloser Reigen aus Bäuchen und Gürteln, ver-schwitzten Füßen, Schlüsseln und Laptops.

Hinter Julia tippte Emily hastig auf ihrem Handy he-rum. Schrieb sie diesem Jannik eine Nachricht? Julia hätte ja wetten können, dass zwischen den beiden irgendwas lief. Zumindest von Emilys Seite aus. Die schien ganz vernarrt in den zu sein.

»Schreibst du an Jannik?«, wagte sie einen Vorstoß.

Emily sah überrascht auf. »Wieso?«

Wieso? Was für eine merkwürdige Frage.

»Na, weil ...« Mist. »Weil ich das Gefühl habe, dass da was zwischen euch ist.«

»Nein. Da ist nichts.«

Emilys Antwort kam zu schnell und zu abrupt. Julia ahnte, dass ihre Tochter sich vielleicht etwas mehr nach Jannik sehnte als dieser sich nach ihr. Das tat ihr natürlich leid, andererseits verspürte sie eine gewisse Erleichterung. Jannik war ja ganz nett, gestern Abend hatte er sie jedenfalls alle überrascht und mit seiner Musik Elisabeths Herz im Sturm erobert, aber so richtig passte der nicht zu Emily. Und wie schnell Schwiegersöhne in spe wieder von der Bildfläche verschwanden, das hatte sie ja gerade bei Anne miterlebt. Daher entschied sie sich für den Spruch, den ihre eigene Mutter bei solchen Gelegenheiten immer losgelassen hatte.

»Er scheint ein netter junger Mann zu sein.« Das passte immer. Mochte man denjenigen, so war der Kommentar vage genug, um nicht zu enthusiastisch zu wirken. Mochte man ihn nicht, löste man mit dieser Bemerkung hoffentlich den Widerspruch der störrischen Tochter aus, die ja kaum einen Mann mögen konnte, den ihre eigene Mutter gut fand, und sorgte damit für ein baldiges Ende der unliebsamen Beziehung.

»Ja, ist er«, murmelte Emily. »Meistens. Aber er ist in jemand anders verknallt.«

Julia durchforstete ihr Gehirn in Windeseile nach einer passenden Antwort – Freude oder Bedauern äußern? –, als Emily auch schon weitersprach.

»Da kommt Papa zurück. Was schleppt der denn alles?«

Julia fuhr herum. Zusätzlich zu seiner schweren Tasche war Frank jetzt mit zwei riesigen Tüten beladen. Was um alles in der Welt hatte ihr Mann da gekauft?

»Was typisch Deutsches«, rief er begeistert, während er näher kam. »Ihr werdet staunen.« Er griff in die erste Tüte. »Echter Dresdner Stollen. Ein Kilo schwer, das reicht für die alle.«

»Einen Stollen?« Julia schloss kurz gequält die Augen. Dieses Gebäck verfolgte sie wie ein verdammter Stalker, nirgends war sie vor ihm sicher.

»Und dann noch das hier …« Frank kicherte voller Vorfreude, während er etwas Unförmiges aus der zweiten Tüte zog.

Im ersten Moment glaubte Julia, dass er eine Babypuppe besorgt hatte, doch dann fiel ihr die Kinnlade herunter. »Was zum Geier ist das, Frank?«

»Ein Gartenzwerg. Deutscher geht's nicht. Das Modell Angie!« Er lachte sich halb kaputt. »Siehst du nicht, wem der ähnlich sieht?«

»Du hast einen Gartenzwerg mit dem Gesicht der Merkel gekauft?« Selbst Emily stand nun der Mund offen. »Papa! Was für ein krasser Scheiß ist das denn?«

»Wieso? Das ist total lustig. Das gibt es bei den Amis bestimmt nicht, wollen wir wetten? Wo bleibt euer Humor?« Er stopfte den Zwerg beleidigt in die Tasche zur Gans.

Ruhig bleiben, zwang Julia sich zur Selbstdisziplin. Ganz ruhig. Einatmen. Ausatmen. Weihnachten. Tannenzweige. Lichterglanz. Kerzenduft. Enkelkind. Frieden auf Erden.

»*Next!*«, rief die Angestellte am Sicherheitscheck.

Julia konnte es nicht fassen, als sie eine Stunde später tatsächlich neben Frank im Flugzeug saß. Natürlich hatten die Angestellten beim Security-Check die Augen aufgerissen, als sie die unförmige Gans in Aluminiumfolie in seinem Handgepäck entdeckt hatten. Julia hätte schwören können, dass sie daraufhin extra laut und langsam mit Frank geredet hatten. Aber da es in der Tat nicht verboten war, eine Gans zum eigenen Verzehr mitzuschleppen, hatte Frank mit triumphierendem Gesicht seinen Weihnachtsbraten wieder in Empfang nehmen können.

Das leise gemurmelte »... immer wenn du denkst, dass du schon alles gesehen hast, kommt wieder ein Verrückter an ...« eines der Flughafenangestellten klang Julia noch in den Ohren, genau wie das wiehernde Gelächter seiner Kollegen.

Aber nun saßen sie hier auf ihrem Platz und Frank las mindestens schon zum siebten Mal die kleine Broschüre aus dem Sitz vor ihm, die ihn in hübschen bunten Bildchen darüber informierte, wie er sich im Fall eines Flugzeugabsturzes zu verhalten habe. Als er sie endlich zurück in den Vordersitz packte, zitterte seine Hand.

»Mach ein bisschen die Augen zu«, schlug sie vor. »Schlaf einfach noch eine Runde.«

Er sah sie an, als hätte sie den Verstand verloren. »Schlafen!«, schnaufte er. »Als ob ich jetzt schlafen könnte.«

»Nervös?«, erkundigte sich interessiert die Frau, die neben Julia saß.

»Nein«, quetschte Frank genau in dem Moment heraus, als Julia »Total!« sagte.

Die Frau, eine gedrungene Blondine unbestimmten Alters, die sich offensichtlich vor dem Abflug ein paar Ladungen Gucci und Chanel im Duty-free gegönnt hatte, lächelte verständnisvoll.

»Haben Sie zufällig ein Gummiband zum Schnipsen?«, erkundigte sie sich bei Julia.

»Ich glaube, nicht.«

Julia spürte, wie ihr Stresslevel erneut anstieg. War es nicht schon schlimm genug, dass sie sich mit Franks Phobie herumschlagen musste? Hatte das Schicksal ihr jetzt auch noch eine Irre an die Seite gesetzt, die offenbar vorhatte, in Reihe dreiundzwanzig ein wenig Gummitwist zu hopsen?

»Ach, ich glaube, ich habe selbst noch eins.« Die Frau stöberte in ihrer Handtasche herum und ließ mit jeder Bewegung neue Parfümschwaden aufsteigen.

Ich halte das nicht aus, dachte Julia. Sie rutschte auf der ihr zugewiesenen lächerlich kleinen Fläche hin und her, während Frank neben ihr in seinem Sitz verschwand.

»Hier!« Die Frau hielt triumphierend einen kleinen roten Gummi hoch. »Den machen Sie sich ums Handgelenk, und immer wenn Sie Angst bekommen, lassen Sie den Gummi schnipsen, und zwar so richtig, dass es auf der Haut auch ordentlich wehtut.«

Sie demonstrierte es an sich selbst. Mit einem scharfen Knall landete der Gummi auf ihrem puddingartigen Handgelenk und hinterließ einen feuerroten Streifen. Die Frau lachte aus für Julia völlig unbegreiflichen Gründen. Wann flogen sie endlich los? Oder besser noch – wann waren sie endlich da?

Die Nachbarin drängte Frank jetzt den Gummi auf.

»Hat mir immer geholfen. Schmerztherapie, sozusagen.«

Voller Widerwillen streifte er sich das Bändchen über sein Handgelenk. Er traute sich wohl nicht, das unwillkommene Geschenk abzulehnen.

»Vielen Dank.« Julia rang sich ein Lächeln ab. Ein Röhren erklang von irgendwo draußen am Flugzeug, und prompt klatschte rechts von ihr der Gummi auf Haut, gefolgt von Franks scharfem Lufteinziehen.

»Sehen Sie? Wirkt prima, nicht?« Die Dame lächelte stolz.

Es folgten die üblichen Abflugzeremonien. Das Aufleuchten und Anschnallen, die pantomimischen Darbietungen der Flugbegleiter und die joviale Begrüßung durch den Piloten. Er wünschte ihnen allen einen guten Flug und drückte die Hoffnung aus, dass sie bald starten konnten. Es klang ein bisschen, als säßen sie alle mit vorn im Cockpit und betätigten gemeinsam den Starthebel. Als befänden sie sich alle auf einem lustigen Klassenausflug in den Vergnügungspark. Ein Klassenausflug, auf dem der Klassenclown ununterbrochen mit einem Gummiband schnipste und alle in den Wahnsinn trieb.

Das Flugzeug hob ab und das Schnipsen nahm ein stakkatoartiges Tempo an. Julia stand kurz davor, Frank das unselige Gummiband vom Handgelenk zu reißen, als das Schnipsen plötzlich von einem anderen Geräusch abgelöst wurde. Ein Röcheln und Schnaufen, dann ein Schnarchen. Julia traute ihren Augen nicht. Frank war im Begriff einzuschlafen! Erschöpft lehnte er seinen Kopf ans Fenster, sein Mund stand offen, der Gummi hing lasch an seinem Arm. Die totale Kapitulation.

»Sehen Sie das?«, wandte Julia sich verblüfft an die Frau neben ihr. »Er ist einfach eingeschlafen. Unglaublich.«

»Super«, freute sich die freundliche Frau. »Den Gummi können Sie behalten, schenk ich Ihnen. Frohe Weihnachten.«

»Danke.«

Julia beugte sich vor, um Emily diesen wunderbaren Erfolg mitzuteilen. Die saß neben ihrer Oma in derselben Reihe auf der anderen Seite des Gangs.

»Emily«, zischelte Julia halblaut. »Elisabeth! Er schläft, hurra!«

»Das war mein Beruhigungsmittel«, flüsterte Emily zurück. »Ich hab dir doch gesagt, dass das gut ist.«

»In der Tat.« Julia fiel ein Stein vom Herzen. »Gib ihm das beim nächsten Flug wieder, okay?«

»Nein, doppelt so viel, wir fliegen ja viel länger«, riet Elisabeth.

Emily hielt den Daumen hoch. »Okay.«

Julia lehnte sich wieder zurück. Gott sei Dank. Gott sei Dank! Gerührt betrachtete sie Frank, der wie ein überdimensionaler Neugeborener neben ihr gurgelte und schnaufte.

Nach einer Weile servierte das Personal ein paar Drinks, die meisten Leute dösten, lasen etwas oder spielten mit ihren Handys herum. Die Anspannung fiel von Julia ab wie ein schwerer Mantel und irgendwann dämmerte sie ebenfalls ein. Jetzt konnte nichts mehr schief...

»Sehen Sie das auch?«, hörte sie die Frau neben sich plötzlich sagen. »Was ist denn das?«

Julia blinzelte und setzte sich aufrecht hin. Die Frau

deutete auf den Fußboden im Gang. Dort hatte sich eine kleine Lache ausgebreitet, eine rötliche Brühe, die langsam über den Gang hinweg zu Emily sickerte.

»Da ist irgendwas kaputt.« Die Frau beugte sich vor, um die Flüssigkeit näher zu inspizieren. »Wie das aussieht! So ... Sagen Sie mal, ist das Blut?« Sie fuhr erschrocken zurück.

Der Mann in der Reihe vor ihnen vollführte eine hastige Drehung im Sitzen und starrte voller Angst auf die Pfütze. Dann hob er den Kopf.

»Das kommt von da oben«, rief er aufgeregt. »Da blutet irgendwas.« Er sah sich hektisch um. »*Excuse me?*« Er winkte der Stewardess. »*There is ...* äh ... Blut *in the* Handgepäckfach!«

Aufgeregtes Stimmengewirr erklang aus allen Richtungen, ein paar Leute erhoben sich und sahen über ihre Sitzlehnen in der Hoffnung, einen Blick auf das erwähnte Blutbad zu erhaschen. Eine Stewardess eilte mit professionellem Pokerface herbei und riss mit einem Ruck das Gepäckfach über Julias Reihe auf.

»Wem gehört diese Tasche?«, erkundigte sie sich streng auf Deutsch mit einem starken britischen Akzent.

Oh Gott. Julia sackte immer mehr in ihrem Sitz zusammen. Das durfte jetzt nicht wahr sein. Sie hatte es doch geahnt, verdammt noch mal.

»Uns«, piepste sie unglücklich.

»Was?«

»Meinem Mann«, verbesserte Julia sich rasch. Sie sah überhaupt nicht ein, dass sie jetzt für Franks Blödheit geradestehen sollte.

»*Sir?*« Noch bevor Julia sie daran hindern konnte,

beugte die Stewardess sich rigoros über die Sitze und rüttelte Frank wach. »*Sir,* Ihre Tasche blutet.«

»Was?« Frank sah sie glasig an. Einen Moment lang ruckte er orientierungslos in seinem Sitz herum, bis ihm offenbar wieder einfiel, wo er sich befand. Ein Ausdruck von Panik trat in sein Gesicht. »Stürzen wir ab?«

»Nein. Aber deine Gans läuft aus«, zischte Julia ihm zu.

»*Sir,* Sie müssen das in Ordnung bringen«, verlangte die Stewardess nun.

Frank schraubte sich hoch, immer noch halb benebelt und mit verknittertem Schlafgesicht. Die Frau neben Julia glitt eilfertig aus ihrem Sitz, ringsumher reckten die Leute ihre Hälse.

»Ist nur die Füllung von der Gans«, erklärte Frank nach links und rechts. »Kein Grund zur Panik.«

Irgendwo ein paar Reihen weiter hinten machte ein Witzbold das Schnattern einer Gans nach. Eine Frau lachte. Frank holte unter den neugierigen Blicken aller Reisenden seine Tasche aus dem Gepäckfach. Rötliche Flüssigkeit lief an ihren Seiten herunter und tröpfelte auf den Boden. Ein Raunen ging durch die Menge. Frank öffnete die Tasche und packte fluchend alles aus – die nackte Gans in der Alufolie, einen durchweichten London-Stadtführer, ein besudeltes Taschenbuch, einen Pullover, eine Packung zerkrümelte Kekse, eine Orange sowie mehrere Kabel und Stecker zum Aufladen diverser Geräte und zum Schluss einen Gartenzwerg mit Angela Merkels Gesichtszügen.

»Was der alles in seiner Tasche hat!«, rief jemand begeistert.

Frank schob die Gans in der Alufolie hin und her,

seufzte und murmelte vor sich hin, ehe er sie schließlich in den Pullover wickelte. Dann packte er alles wieder ein, ganz zum Schluss den Merkel-Zwerg. Jetzt ging die Tasche nicht mehr zu und er fing wieder von vorn an. Mittlerweile gab es wohlgemeinte Ratschläge von den anderen Reisenden.

»Nimm die Merkel auf den Schoß!«

»Die Bücher wegschmeißen, Pullover anziehen.«

»Gans in die Bordküche geben und fertig.«

»Vielleicht fliegt das Ding ja noch. War's 'ne Fluggans?« Lautes Gelächter.

Frank ließ sich nicht beirren und schichtete störrisch die Gans und den ganzen anderen Krempel hin und her wie in einem Puzzle für Fortgeschrittene, aber der Zwerg passte einfach nicht mehr hinein. Am Ende ließ er ihn draußen und klemmte ihn sich unter den Arm.

»So. Jetzt müsste es gehen.« Er zog den Reißverschluss der Tasche zu. »Sorry«, fügte er noch hinzu, an niemand Bestimmtes gerichtet. Er wuchtete die Tasche wieder hoch und die entnervte Stewardess schloss mit einem Knall das Fach.

»Wir landen in Kürze«, sagte sie. »Bitte schnallen Sie sich an.«

Sie landeten gleich? Julia dämmerte, was das bedeutete. Sie hatten es geschafft! Das Gänse-Drama hatte Frank völlig von seiner Flugangst abgelenkt und jetzt waren sie gleich bei Anne in London. Auf einmal war sie ihm gar nicht mehr böse, dass er die Gans mitgeschleppt hatte, denn irgendwie hatte sie ihm ja auf paradoxe Weise dabei geholfen, seine Ängste zu überwinden. Und vielleicht freuten sich die Amerikaner ja tatsächlich über den Zwerg?

Gerührt drückte Julia Frank einen Kuss auf die Wange, als er sich wieder setzte.

»Die erste Etappe ist gleich geschafft«, flüsterte sie ihm zu. »Das hast du prima gemacht.«

»Meine Damen und Herren, ich habe gute Neuigkeiten für Sie«, meldete sich der Pilot. »Wir haben gerade die Wetterprognose für London erfahren und die Chancen für ein *White Christmas* stehen heute Nacht ausgesprochen gut.« Ein paar Leute klatschten spontan. »Das letzte Mal gab es im Jahr 2010 weiße Weihnachten in London. Das gesamte Bordpersonal und ich drücken die Daumen und wünschen Ihnen allen ein frohes Fest – und danke, dass Sie alle bis zum Schluss an Bord geblieben sind.« Gelächter brandete auf, und noch bevor Frank die Chance hatte, sich von Neuem in seine Nervosität hineinzusteigern, glitt das Flugzeug im Londoner Nieselregen nach unten und landete dort sanft wie eine Biene auf einer Blüte.

18 Feliz Navidad

Julia staunte. Die Engländer hatten offenbar eine Vorliebe für weiße Tannenbäume. Ein riesiger kunstvoll verschlungener Baum aus Metall stand in der Ankunftshalle im Terminal 1 des Heathrow Airports und war mit fußballgroßen weißen Schneebällen geschmückt. Fast schon eine Art künstlerische Skulptur. Ein Angestellter des Flughafens fuhr mit einem Gepäckwagen an ihnen vorbei. Er war als Schneemann verkleidet und winkte allen Reisenden zu. »*Let it snow!*«, rief er.

Vor einem Coffee-Shop versammelte sich eine Gruppe von Leuten, die als Weihnachtsgeschenke verkleidet waren. Sie sammelten für die Heilsarmee und bimmelten pausenlos mit kleinen Glöckchen.

»Hier ist ja was los.« Frank hatte wieder etwas Farbe bekommen und war auch sonst recht munter.

»Guck ihn dir an. Hab ich es nicht gesagt?«, flüsterte Emily ihr zu. »Alles paletti mit Papa. Das ist ein prima Beruhigungsmittel.«

Das konnte Julia nicht abstreiten. In diesem Moment wurde ihr erst bewusst, was das bedeutete. Erstens hatte Frank sich in ein Flugzeug gesetzt. Zweitens würde er es morgen wieder tun und dann in einer Woche erneut und wahrscheinlich noch hunderte Male in seinem Leben. Endlich konnten sie wieder ein paar weiter entfernte Urlaubsziele anpeilen, konnten Anne kurzfristig besuchen oder ein romantisches Wochenende in Italien verbringen. Das war ihr schönstes Weihnachtsgeschenk seit Langem.

»Haben wir all unser Gepäck?«, erkundigte sich Elisabeth.

»Sieht so aus.« Emily nickte. »Wohin müssen wir?«

»Zum Taxistand.« Julia schob den Wagen, auf den sie die Reisetaschen gestellt hatten. »Anne hat gesagt, wir sollen uns ein Taxi nehmen und schon mal zu ihrer Wohnung fahren, bis sie nach Hause kommt. Sie musste heute noch mal ins Büro. Die U-Bahn sollen wir uns nicht antun, meinte sie, die wäre immer so brechend voll. Wo hab ich jetzt die Adresse?« Julia wühlte in der Manteltasche nach dem Zettel, auf den sie hastig Annes Adresse gekritzelt hatte, die sie ihr am Telefon diktiert hatte.

Sie begaben sich zum Taxistand, wo nur noch eines der altmodischen schwarzen Autos wartete. Offenbar herrschte hier heute großer Bedarf. Kaum dort angekommen, bildete sich schon eine Schlange von Leuten hinter ihnen. Der Fahrer las eine Zeitung und blickte auf, als Frank an das Fenster klopfte.

»Ähm, *how much to* ... ähm ... London?«, erkundigte Frank sich.

»Etwa hundert Pfund«, sagte der Fahrer auf Englisch.

»Wie bitte?« Frank drehte sich empört zu den anderen um. »Habt ihr das gehört? Sind die verrückt geworden? Was sind denn das für Preise?«

»Frank, ich kann das bezahlen, jetzt stell dich nicht

so an und lass mich helfen«, schimpfte Elisabeth leise, aber Frank ignorierte sie.

»*No*«, erklärte er dem Fahrer kategorisch.

»Das ist doch jetzt egal.« Julia wechselte genervt Elisabeths schwere Tasche von der rechten in die linke Hand. »Frank, es ist Heiligabend. Lass uns einsteigen.«

»Auf keinen Fall. Das ist brutale Abzocke.« Frank suchte nach Worten, um dem Fahrer seinen Unwillen über die horrenden Preise auszudrücken, fand aber keine. »*Too many pounds!*«, empörte er sich schließlich.

Der Taxifahrer sah ihn ausdruckslos an und zuckte mit den Schultern. Sofort schob sich ein Herr im grauen Mantel an Frank vorbei.

»Nehmen Sie den, oder nicht?«, erkundigte er sich, und als Frank den Kopf schüttelte, stieg der Mann rasch ein, nannte dem Fahrer eine Adresse, und einen Moment später war das Taxi auch schon davongebraust. Die Leute in der Schlange rückten ruckzuck nach und drängten Frank zur Seite, wo er wie bestellt und nicht abgeholt stehen blieb.

»Na, prima.« Emily nahm ächzend ihren Rucksack ab. »Ganz super, Papa. Und nun?«

»U-Bahn fahren«, meinte Elisabeth lakonisch.

»Nein, nein, da drüben ist auch noch ein Taxistand.« Frank deutete nach vorn, wo zwei Männer ein Schild hochhielten, auf dem: *Minicab Service* stand. Es sah aus wie handgemalt. Neben ihnen parkte ein mindestens fünfzehn Jahre alter Vauxhall.

»Ich weiß nicht ...«, murmelte Julia. »Die sehen nicht sonderlich vertrauenserweckend aus.«

Frank marschierte aber bereits auf die beiden zu, verhandelte mit ihnen und winkte dann seiner Familie.

»Kommt, steigt ein! Schnäppchenpreis, dreißig Pfund wollte der nur haben. Da seht ihr mal, wenn man verhandelt, geht das auch.«

Wieso bekam Frank ausgerechnet jetzt eine Sparsamkeitsattacke? Er war doch sonst nicht so? Eher aus Mangel an Alternativen als aus irgendeinem anderen Grund folgte Julia ihrem Mann und stieg mit den anderen hinten ein. Frank setzte sich in bester Laune auf den Beifahrersitz.

»Wohin wollen Sie?«, fragte der Fahrer auf Englisch.

Julia diktierte ihm Annes Adresse. Mist, jetzt konnte sie selber nicht mehr richtig lesen, was sie aufgeschrieben hatte.

»15, King Charles ...« Sie zögerte. »Court?«

Sie hielt dem Fahrer den Zettel hin. Der kniff ein Auge zu, murmelte etwas in einer fremden Sprache und tippte die Adresse in sein Navi ein.

»Ganz ruhig bleiben«, befahl er ihnen allen. »Schließlich ist Weihnachten.«

Sie fuhren endlos auf der Autobahn in Richtung City, während *Feliz Navidad* aus dem Autoradio trällerte und der Fahrer mitsummte.

»Wo kommen Sie her?«, erkundigte Frank sich.

»*Colombia.*« Der Mann bremste haarscharf, um noch eine Ausfahrt zu erwischen, und schien sich nun wieder von der Innenstadt zu entfernen. Das war seltsam. Hatte Anne nicht gesagt, dass sie es von ihrem Apartment aus nicht weit bis zum Hyde Park hatte? Nie im Leben waren sie auf dem Weg zum Hyde Park. Wo fuhr dieser Typ sie hin? Erst jetzt fiel Julia das gelbe Duftbäumchen in Form eines Totenkopfes auf, das wie ein ermordeter Goldfisch am Rückspiegel baumelte.

»Frank?«, krächzte sie. »Hast du den im Voraus bezahlt?«

»Ja, natürlich.« Frank drehte sich um. »Das wollte er so. Warum?«

Julia wollte ihm irgendein Zeichen geben, aber ihr fiel vor Schreck nichts ein. Sie blinzelte nur hektisch.

»Er ist aus Kolumbien«, flüsterte sie.

»Ich weiß. Das hat er uns ja gerade erzählt. Also, Kolumbien«, wandte Frank sich fröhlich wieder dem Mann zu. »Was isst man denn an Weihnachten so in Kolumbien?«

»Touristen.« Der Fahrer deutete ein Schmatzen an.

Was? Hatte der Mann das wirklich eben gesagt oder hatte Julia die Antwort nur falsch verstanden, weil ihr Herz so laut schlug? Sie fuhren jetzt eine komplett leere, dunkle Straße entlang, an deren Ende zwei kapuzenvermummte Jugendliche herumlungerten. Das Auto wurde langsamer und Julia wurde es ganz eng um die Brust. Das war's. Um 15:00 Uhr am Heiligabend würde man sie alle überfallen und ausrauben und sie und ihre Habseligkeiten samt Gartenzwerg und Gans in die Themse werfen. Sie sah die Tagesschau am ersten Feiertag schon vor sich. Der Nachrichtensprecher würde mit bekümmerter Miene verkünden, dass eine Familie aus Weimar leider aus noch ungeklärten Gründen in der Weihnachtsnacht in den Fluten der Themse den Tod gefunden hatte.

»*We eat a goose*«, hörte sie Frank im Plauderton erzählen. »*It's* super lecker. *I cook it* jedes Jahr. Hab ich in *my bag.*« Er lachte.

Herrgott noch mal, merkte er denn überhaupt nicht, dass hier irgendwas schieflief?

In dem Moment nahm das Auto wieder an Fahrt auf, sie rasten an den Typen im Kapuzenlook vorbei, preschten unter einer Brücke hindurch und kamen auf einer mit blinkenden Lichterketten geschmückten Hauptstraße wieder heraus.

»Kleine Abkürzung.« Der Fahrer kniff ein Auge zu.

»Ha, ha.« Julia griff sich reflexartig an den Hals, als ob sie das Rasen ihres Pulses so stoppen könnte.

Wenig später hielt das Auto mit einem Quietschen an.

»15, King Charles Court, Kennigton«, sagte der Fahrer stolz. »*Feliz Navidad, my friend.*« Er klopfte Frank auf die Schulter, dann drehte er sich um. »Und den reizenden Ladys auch.« Sein Blick glitt über den Zwerg in Franks Arm. »Ist das eine deutsche Weihnachtsdeko?«

»So ein netter Mensch.« Frank sah dem Auto nach. »Und diese schöne Musik, die der hatte. Da kommt man gleich prima in Weihnachtsstimmung. Wo genau wohnt jetzt Anne?«

Sie standen vor einem ziemlich heruntergekommenen Haus in einer Straße voller viktorianischer Doppelhäuser. Haus Nummer 15 hatte ein Gartentor ohne Tür, einen schwarzen Müllsack neben dem Eingang und zeigte keinerlei Anzeichen von Leben, wenn man mal von der Krähe absah, die verbissen auf den Müllsack einhackte.

»Hier jedenfalls nicht«, bemerkte Elisabeth trocken. »Seid ihr sicher, dass das richtig ist?«

»Ja, also …« Julia suchte die Straße mit Blicken ab. Das war Nummer 15, das war King Charles Court im *London Borough of Kennington*. Der Mann hatte sie an den richtigen Ort gefahren. Nur irgendwas stimmte nicht.

»Zeig mal den Zettel mit der Adresse«, verlangte Emily. »Mann, ist das kalt. Das schneit heute bestimmt noch.« Sie hüpfte frierend von einem Bein auf das andere, dann inspizierte sie den Zettel. »Mama – da steht *Kensington*, nicht *Kennington*. Und King Charles *Grove*, nicht *Court*! Wir sind hier total falsch. Mann, ey. Und dafür hab ich meine gemütliche Wohnung verlassen.« Sie fing an zu lachen.

»Oh verdammt.« Julia vergrub ihr Gesicht in den Händen. »Tut mir leid. Was machen wir denn jetzt?«

»Warte mal, ich guck nach.« Emily holte ihr Handy heraus und zoomte sich in den Stadtplan von London. »Okay, die nächste U-Bahn-Station ist da vorn. Damit fahren wir zum Embankment und von dort aus mit der gelben Linie nach Kensington.«

»Na, Hauptsache wir haben hundert Pfund gespart.« Elisabeth gab ein amüsiertes kleines Schnaufen von sich.

Ach herrje, die arme alte Frau. Julia fühlte sich augenblicklich noch schlechter.

»Kannst du noch, Elisabeth? Entschuldige, du musst völlig k. o. sein. Es tut mir leid, dass dieses Weihnachten etwas … anders verläuft. Wir sind bestimmt bald da, ich verspreche es dir.«

»Meine Liebe …« Elisabeth schlang ihren Schal fester um den Hals. »Selbst in Kennington vor einem Müllsack herumzustehen, ist besser als alles, was Frau Kahnert aus meinem Heim heute erleben wird.« Ihr Blick wurde weich. »Alles ist besser, wenn man eine Familie hat, die einen liebt. Und das hier ist das schönste Weihnachten, das ich seit Langem erlebt habe, glaube es mir.

Ich kann es kaum erwarten, David alles davon zu erzählen.« Sie kicherte.

Dann schleppten sie die Taschen zur U-Bahn-Station, vor der ein einsamer junger Mann stand und Gitarre spielte. *»It will be lonely this Christmas without you«*, sang er. Es klang ein bisschen schief, aber vielleicht lag es auch daran, dass der Wind so heulte und er offenbar fror, denn er trug nur eine viel zu dünne Jacke. Neben ihm lag ein struppiger Hund und sah traurig in den kalten Nachmittag hinaus. Die meisten Leute hasteten vorbei, auf dem Weg nach Hause oder in Gedanken schon bei Freunden und Familie in einem Pub oder einem Restaurant.

Emily blieb neben dem Straßenmusiker stehen und hörte zu. Auf dem Teller, der vor dem jungen Mann stand, lagen zwei einsame kleine Münzen. Nicht ein einziger Schein leistete ihnen Gesellschaft.

»Was ist denn, komm endlich!«, drängelte Frank. »Sonst verpassen wir noch die nächste Bahn.«

»Er singt und keiner hört ihm zu«, beschwerte sich Emily. »Und das zu Weihnachten. Obwohl sein Hund so süß ist.«

Einen Moment später wusste Julia wieder, warum sie ihren Mann so sehr liebte. Er ging zurück zu dem Straßenmusiker, griff dabei in seine Tasche, kramte nach dem Geldbeutel, holte ein paar Scheine heraus und legte sie auf den Teller. Ziemlich viele Scheine.

»Merry Christmas«, wünschte er.

»Thank you«, bedankte sich der junge Sänger verblüfft. *»God bless you!«*

»Sag mal, wie viel war denn das?«, fragte Julia ihren Mann leise, als er sie wieder eingeholt hatte.

»Siebzig Pfund.« Frank hakte sich bei ihr ein. »Schließlich haben wir die beim Taxi eingespart.« Er lächelte. »Und ich will, dass heute alle so glücklich sind wie ich.«

»Papa, du bist der Beste!« Emily umarmte ihren Vater.

Und du bist auch die Beste, dachte Julia. Ohne Emily hätten sie den Mann gar nicht wahrgenommen, und Julia schämte sich für ihre eigene Ignoranz. Emilys Herz schlug für die Armen und Unterdrückten, und das war gut so. Es gab schon viel zu viele karrieregeile junge Leute auf der Welt und viel zu wenige, die sich von ihrem Herzen leiten ließen. Julia lächelte ihrer Jüngsten zu.

Nach über einer Stunde in der U-Bahn, die tatsächlich selbst am Nachmittag des Heiligabends noch brechend voll war, kamen sie endlich in Annes Wohnung an. Julia gab den Türcode ein, trat vor den anderen ein und blieb gerührt stehen. Wie wunderschön ihre Tochter alles dekoriert hatte! In der Ecke des Wohnzimmers stand ein kleiner Baum mit karierten Schleifen und roten Samtbändern, an den Wänden hingen kleine Lichter- ketten, die wie Glühwürmchen in dem immer dunkler werdenden Nachmittag leuchteten, und am Fenster stand ein deutscher Lichterbogen. Und tatsächlich hatte Anne auch einen Kamin, an dem vier bunte große Weihnachtssocken hingen. Es steckten sogar Geschenke darin!

»Ich mache uns einen Tee«, rief Julia den anderen zu und stellte die Tasche ab. »Anne kommt bestimmt gleich.«

In der Küche befanden sich zahllose abgedeckte Schüsseln, ein Christmas Pudding, der offenbar in

Brandy badete, und jede Menge Wein. Was hatte Anne sich für einen Haufen Arbeit gemacht! Und wie konnte dieser Jason es wagen, das alles zu verschmähen? Julias Wut auf den unbekannten jungen Mann flammte kurzzeitig wieder auf.

»Guckt mal, was Anne alles Leckeres hier stehen hat!«, rief sie den anderen zu. Oh, und was war denn das? Auf dem Tisch stand ein großer Teller mit kleinen runden Gebäckstücken. Sie verströmten ein Aroma von Zimt und Früchten und waren mit Puderzucker bestreut. Waren das die berühmten Mince Pies? Erst jetzt merkte Julia, wie hungrig sie war. Seit dem labberigen Sandwich im Flugzeug heute Morgen hatte sie nichts mehr gegessen. Sie kostete eines der Gebäckstücke. Sie waren unheimlich lecker, so butterig und fruchtig, wie Rumtopf in Plätzchenform. Sie schichtete ein paar der Mince Pies auf einen Teller, damit sie diese zum Tee essen konnten.

»Kein Braten zu sehen.« Frank war hinter sie getreten. »Sehr gut. Ich wusste doch, warum ich die Gans mitbringe. Hab ich recht oder hab ich recht?«

»Du hast recht, wie immer. Obwohl, eigentlich wollte sie einen Truthahn zubereiten.« Julia öffnete den Kühlschrank. Tatsächlich, nirgendwo ein Braten. »Seltsam.«

»Wahrscheinlich war es ihr zu stressig. Dann hoffe ich mal, dass der Ofen geht.«

Julia nickte und sah kurz zum Küchenfenster hinaus. Anne wohnte in einem recht vornehmen Viertel, aber auch hier gab es Obdachlose wie überall in London. Da drüben stand einer in einem Hauseingang, die Wollmütze tief ins Gesicht gezogen, neben sich eine abgewetzte alte Ledertasche, eine Zigarette im Mund und offenbar nicht mit guten Winterschuhen ausgestattet, denn er trippelte ununterbrochen auf der Stelle. Vielleicht sollten sie dem Armen nachher etwas zu essen bringen? Ein Stück Gänsebraten, beschloss sie. Wie bei Charles Dickens.

Sie beobachtete Frank, wie er summend den Ofen anschaltete, wie ein begeistertes Leuchten über sein Gesicht glitt, weil alles funktionierte, und wie er sich die Hände wusch und die Ärmel hochkrempelte, um endlich die Gans seines Lebens zuzubereiten. Sie schnappte sich den Teller mit den Mince Pies, als sie plötzlich etwas entdeckte.

»Warte mal kurz, Frank.« Sie ging zur Küchentür. »Und komm her.«

»Was ist denn? Warum denn, ich ...?«

»Komm einfach mal her.« Sie deutete zum Türrahmen. Dort hatte Anne ein Büschel Mistelzweige angebracht, die direkt über Julias Kopf baumelten. »Na?«

Jetzt verstand er. »Ah.« Ein Lächeln huschte über sein Gesicht. Dann kam er zu ihr, umarmte sie vorsichtig, um die Mince Pies nicht zu Fall zu bringen, und küsste sie auf den Mund.

Es klingelte.

»Na so was.« Julia löste sich von Frank. »Hat Anne ihren Schlüssel vergessen?«

Sie machte auf und trat erschrocken einen Schritt zurück. Vor der Tür stand der Obdachlose mit der Wollmütze, der eben noch unten auf der Straße herumgelungert hatte. Das war ja richtig gespenstisch! Als ob ihn eine telepathische Verbindung nach oben gelockt hätte, damit er sein Stück Gans abholen konnte. Nur war die Gans ja noch gar nicht fertig.

Der Mann starrte sie völlig verblüfft an, dann sagte er irgendwas, das sie nicht verstand. Natürlich, der wollte was zu essen. Oder Geld? Ihre Geldbörse war in ihrer Handtasche im Wohnzimmer, deswegen reichte sie dem Mann einfach einen Mince Pie.

»*God bless you*«, wiederholte sie die Worte des jungen Straßenmusikers von vorhin und lächelte milde, und dann, weil der Penner aus irgendeinem Grund nicht gehen wollte, machte sie die Tür einfach wieder zu. So was. Ein bisschen dreist fand sie das schon. Aber es war ja Weihnachten, das Fest der Liebe.

19 I'm Dreaming of a White Christmas

Endlich zu Hause. Anne hastete ihre Straße entlang. Ein eisiger Nordwind wehte um die Häuser, und vereinzelte Regentröpfchen flogen durch die Luft, die sich hoffentlich in den nächsten Stunden in Schneeflocken verwandeln würden. In ihrer Wohnung brannte Licht, der leuchtende Lichterbogen am Fenster sendete einen kleinen deutschen Weihnachtsgruß in die Londoner Nacht hinaus, und mit einem Mal überkam sie ein warmes und wohliges Gefühl. Mama und Papa warteten da oben auf sie. Und Oma und Emily. Und heute Abend würde Anne ihnen allen ihr ganz spezielles Weihnachtsgeschenk verkünden – nämlich ihnen den Grund nennen, warum sie heute noch einmal ins Büro hatte gehen müssen. Um mit Jonathan, ihrem Boss, wegen des kurzfristigen Urlaubs zu reden und um noch ein paar dringende Dinge zu erledigen. Weil sie morgen mit nach Seattle flog! Gestern Abend hatte sie spontan einen Flug im selben Flieger wie ihre Eltern gebucht, die Einreiseformalitäten erledigt und ihrer Schwester Charlotte eine Nachricht geschickt mit der Bitte, den Eltern noch nichts zu verraten. Sie wollte ihre Gesichter sehen, wenn sie ihnen diese tolle Neuigkeit überbrachte. Alle Familienmitglieder waren an diesem Weihnachtsfest vereint. Alle konnten sie den kleinen Connor bewundern. Alle konnten Charlotte endlich wiedersehen, und ganz nebenbei würde der Trubel eines so großen Familienfestes Anne hoffentlich von der ganzen Misere mit Jason ablenken.

Nicht einmal einen Weihnachtsgruß hatte er ihr geschickt, und so langsam verwandelte sich ihre Traurigkeit in Wut. Was fiel ihm eigentlich ein, sie so mies zu behandeln? Sie hatte sich nichts zuschulden kommen lassen und er benahm sich, als wären sie beide vierzehn Jahre alt und gerade mal drei Tage miteinander gegangen!

Sie schloss die Haustür auf und klingelte zuerst unten bei Mrs Brown im Parterre. Die alte Dame war so liebenswert gewesen, Anne ihren Ofen zu überlassen, weil der gigantische Truthahn nicht in die kleine Röhre in ihrem Apartment oben gepasst hatte.

»Ach, da bist du ja, Anne.« Mrs Brown strahlte über das ganze Gesicht. Sie trug eine adrette rote Schürze, hatte das weiße Haar in kunstvolle Wellen gelegt und sah aus wie Mrs Christmas persönlich. »Ich hab ihn immer mal mit der Sauce übergossen, ich glaube, er ist wunderbar knusprig geworden. Deine Familie wird begeistert sein. Komm rein.«

Anne trat in Mrs Browns Wohnung und fühlte sich augenblicklich in einen viktorianischen Weihnachtstraum versetzt. An jedem freien Platz standen Engel und Spieluhren, ein Weihnachtsdorf aus Porzellan nahm den ganzen Platz auf der Anrichte im Wohnzimmer ein und verzauberte den Betrachter mit nostalgischem Charme. In der Ecke stand der große Weihnachtsbaum, den Mrs Brown mit Glasfiguren, bunten Püppchen, altmodischen Postkarten, Schleifen, goldenen Tannenzapfen, Seidenblumen und langen Perlenschnüren geschmückt hatte, und oben auf dem Kaminsims hatte sie eine kunstvoll geschnitzte Weihnachtskrippe aufgebaut.

»Das stammt alles noch von meinen Eltern«, erklärte sie, als sie Annes bewundernden Blick bemerkte. »So was findet man heutzutage gar nicht mehr.«

»Es sieht wunderschön aus.« Anne folgte Mrs Brown in die Küche, wo der Truthahn in einem ebenfalls von Mrs Brown geborgten kupferfarbenen Bräter auf sie wartete. Die Bratenkeulen waren mit kleinen weißen Manschetten umwickelt, geröstete Kartoffeln, Pastinaken und glasierte Möhren lagen um ihn herum.

»Wow!«, entfuhr es ihr. »Mrs Brown, wie kann ich mich jemals revanchieren? Das hätte ich nie im Leben so hinbekommen.«

»Unsinn, natürlich hättest du das. Du hast nur nicht so viel Zeit wie ich. Ist ja klar, du bist jung und berufstätig.« Mrs Brown winkte ab. Dann half sie Anne dabei, den schweren Bräter hochzuheben. »Jetzt feiere du schön mit deinen Lieben. Und danke für den weißen Glühwein. Den werde ich morgen meiner Familie servieren, die werden staunen!«

Anne schleppte den Truthahn in den zweiten Stock zu ihrer Wohnung. Sie schnupperte kurz. Täuschte sie sich oder roch es hier nach Gänsebraten?

Es war wirklich Gänsebraten. Nach den ersten stürmischen Umarmungen und Freudenausbrüchen konnte niemand die Tatsache verleugnen, dass sie jetzt zwei

Weihnachtsbraten hatten. Die Gans war zwar um einiges kleiner als der Truthahn, trotzdem würden sie das alles nie im Leben aufessen können und schon gar nicht bis morgen.

»Na so was.« Papa kratzte sich hilflos am Kopf.

»Wir frieren deine Gans ein«, entschied Mama. »Anne hat sich so eine Mühe mit dem typisch englischen Weihnachtsessen gegeben, da essen wir natürlich den Truthahn.«

»Wir können auch beides essen«, schlug Anne zaghaft vor, als sie Papas bekümmertes Gesicht bemerkte. Sie würden die Reste des Truthahns ja sowieso einfrieren müssen und alles zusammen passte nie im Leben in ihren winzigen Single-Haushalt-Gefrierschrank.

»Natürlich essen wir beides.« Oma war wie immer pragmatisch. »Jetzt komm erst mal rein. Den Tisch haben wir schon gedeckt und dann können wir endlich die Bescherung machen. Hauptsache, wir sind alle zusammen, nicht wahr?«

Anne umarmte ihre Oma. Ach, wie wundervoll es war, ihre Familie hierzuhaben! Sie ging ins Bad, um sich schnell ein bisschen frisch zu machen. Als sie sich die Hände wusch, hörte sie, dass es draußen klingelte. Das war bestimmt Mrs Brown, die noch irgendetwas hochbrachte.

»Ich mach auf«, hörte sie Mama rufen, die Tür klappte und dann erklang ein erstauntes: »Der ist schon wieder da. Frank? Kommst du mal schnell? Hier ist dieser … äh … Herr. Der bettelt immer.«

Ein bettelnder Mann? In dieses Haus kam doch niemand rein, der nicht den Zahlencode für die Eingangstür unten kannte. Eine seltsame Ahnung beschlich

Anne. Konnte das sein? Nein, es war unmöglich. Oder? Sie trocknete sich rasch ihre Hände ab und kam aus dem Bad.

Er war es.

»Jason?«, entfuhr es ihr verblüfft. »Was machst du denn hier?«

»Ich … sorry, Anne, es tut mir leid, ich wollte dich überraschen. Eigentlich wollte ich zu meinen Eltern fahren, aber dann hab ich die ganze Nacht lang nachgedacht und hab mich geschämt, dass ich dich so abserviert habe. Das hast du nicht verdient. Ich wollte mich entschuldigen und mit dir Weihnachten feiern, so als alte Kumpel, wir können ja schließlich noch Freunde sein, nicht wahr? Und deshalb hab ich unten gewartet, bis du nach Hause kommst. Ich hatte ja keine Ahnung, dass deine Eltern hier sind. Das sind doch deine Eltern, oder? Deine Mutter hat mir einen Mince Pie gegeben, aber mit mir reden wollte sie nicht. Was hast du ihnen denn nur über mich erzählt?«

Was? Wie? Anne schwirrte der Kopf. Warum hatte er ihre Nachrichten ignoriert? Warum hatte er sich nicht vorher angekündigt? Was sollte dieses lächerliche »Freunde sein«? Und wieso trug er keinen vernünftigen Wintermantel? Kein Wunder, dass Mama ihn für einen Bettler gehalten hatte, noch dazu, wo er seinen Duffle Bag aus abgewetztem Leder bei sich trug. Der war antik und hatte ein halbes Vermögen gekostet, aber so etwas erkannte ihre Mutter natürlich nicht. Sie hatte ja nicht mal Jason erkannt, so ohne Bart.

»Wie siehst du eigentlich aus?«, rutschte es Anne heraus. »Und warum hast du mir nicht Bescheid gesagt, dass du kommst?«

»Weil du mich dann vielleicht gleich per SMS abge-schmettert hättest.« Er senkte den Blick. »Ich habe die letzten zwei Nächte bei Andy verbracht. In der ersten Nacht haben wir uns betrunken und gestern hatten wir eigentlich was anderes vor. Er musste nur zu irgendeinem vornehmen Dinner und hat sich meinen Mantel geliehen, und heute hat er ununterbrochen davon geredet, wie ihm der Mantel gefällt, bis ich ge-sagt habe, er kann ihn behalten. Ich hab ihm den geschenkt, weil ich mich so beschissen fühlte und was Gutes tun wollte. Entschuldigen Sie bitte meine Aus-drucksweise«, wandte er sich an Mama und Papa, die ihn fasziniert anstarrten.

»Die verstehen dich sowieso kaum. Du hast den Mantel verschenkt? Den brandneuen von Burberry?« Sein Kumpel Andy war ein charmanter Hansdampf in allen Gassen, der es in keinem Job länger als ein paar Monate aushielt und chronisch pleite war.

»Du weißt ja, dass Andy nie Geld hat. Ich dachte, dass ich mit so einer guten Tat …«

Er suchte nach Worten und verstummte schließlich. Anne verstand auch so. Jason hatte geglaubt, dass er sich damit eine Art Bonuspunkt erwerben konnte – bei ihr oder beim Weihnachtsmann oder beim lieben Gott oder wem auch immer. Aber so liefen die Dinge nicht. Er konnte nicht einfach hier aufkreuzen und davon aus-gehen, dass sie zusammen als »Kumpel« Weihnachten feierten. Als ob Anne überhaupt nichts zu diesem Thema zu sagen hätte!

»Jason, wem du deine Klamotten schenkst, ist mir egal. Ich will jetzt nicht mit dir Weihnachten feiern, sondern mit meiner Familie.« Auf deren Bekanntschaft du noch vor ein paar Tagen liebend gern verzichtet hast, fügte sie in Gedanken hinzu. Ihr fiel ein, dass sie Jason noch gar nicht vorgestellt hatte. »Mama, Papa, Oma, Emily – das hier ist Jason. Mein Ex.« Sie sah ihn dabei nicht an. »Jason – meine Eltern, meine Oma, meine Schwester.«

»Angenehm«, murmelten ihre Eltern. Emily grinste, nur Oma schüttelte Jason herzlich die Hand. »Ist das der Herzensbrecher?«, erkundigte sie sich interessiert.

»Ja, okay, verstehe, du willst heute mit ihnen feiern. Ich weiß, ihr feiert ja am Vierundzwanzigsten Weihnachten. Kein Problem.« Jason lächelte leicht verkrampft. »Dann komme ich morgen. Oder du kommst zu mir, wir lassen uns was Leckeres liefern und machen es uns gemütlich und ...«

»Jason, ich komme morgen nicht zu dir. Ich fliege mit meinen Eltern nach Seattle zu meiner großen Schwester. Habe ich gestern gebucht. Von dir kam ja kein Lebenszeichen mehr.« Das konnte sie sich nicht verkneifen.

»Echt jetzt?«, rief Emily begeistert aus, die als Einzige verstanden hatte, was Anne Jason gerade auf Englisch mitgeteilt hatte. »Anne fliegt morgen mit uns nach Seattle!«, informierte sie die Eltern. »Oh Mann, ich dreh gleich durch, das ist ja der Hammer!«

Emily fiel ihr um den Hals und plötzlich redeten alle durcheinander.

Doch Anne hatte in diesem Moment nur Jason im Blick. Sie funkelte ihn wütend an. Hau ab, bedeutete das. Hau ab und versau mir nicht das Weihnachten mit meinen Eltern. Wegen dir hab ich schon meine Überraschung viel zu früh preisgeben müssen. Zisch ab! Ich will dich nicht als »Kumpel«, lieber sehe ich dich überhaupt nicht mehr wieder.

»Na dann. Schade.«

Mit hängenden Schultern drehte er sich um und ging. Für den Bruchteil einer Sekunde blieb er mitten in der Eingangstür stehen und sah kurz nach oben. Dort hing ein Mistelzweig, wie über allen Türen ihres Apartments. Die hatte sie vor einer Woche dort angebracht und sich dabei vorgestellt, wie sie beide sich jedes Mal hingebungsvoll küssen würden, wenn sie unter einem der grünen Büschel aufeinandertrafen. Mittlerweile hatte sie die Dinger völlig vergessen und eher futterte sie die Gans und den Truthahn ganz alleine auf, bis sie platzte, als dass sie Jason jetzt küssen würde. Auch nicht als Kumpel.

»Tschüss«, sagte sie laut. Dann machte sie die Tür hinter ihm zu.

»Du schickst den wieder weg?«, fragte Mama entsetzt. »Das kannst du doch nicht machen! Es ist Heiligabend, du kannst ihn nicht hinaus in die Kälte jagen.«

»Mama, Jason hat ein riesiges Loftapartment in einer ausgebauten Fabrik an der Themse. Da kann er sich jetzt ein Taxi nehmen und hinfahren und dann heute Abend eine gebratene Ente vom Chinesen bestellen. Der verhungert und erfriert schon nicht.«

»Aber …« Mama tauschte einen verwirrten Blick mit Papa, der nur hilflos mit den Schultern zuckte. Eine Weile lang sagte niemand etwas.

»Ente ist garantiert nicht so gut wie Gans«, brach Papa dann das Schweigen, was alle als Stichwort nahmen, um endlich das Essen vorzubereiten.

»Ihr müsst daran ziehen, bis es knallt und die Dinger auseinanderplatzen«, erklärte Anne wenig später ihren Eltern die englischen Christmas Cracker – überdimensionale und in Goldfolie gewickelte Knallbonbons, die jeder am Tisch neben seinem Teller liegen hatte. »Na los! Da fällt eine Überraschung raus.«

»Achtung«, machte Emily theatralisch, und mit einem puffenden kleinen Knall platzte der Cracker, an dem sie mit Oma zog, auseinander. Ein Haufen Papier schoss heraus und kleine Spielzeuge flogen durch die Luft und trafen zwei der am Kamin hängenden Socken, die sich prompt verhedderten. Mama stand auf, um sie wieder zu richten.

»Lass doch«, meinte Papa. »Schiefe Socken passen doch prima zu unserem Weihnachtsfest in diesem Jahr.«

»Da hat er recht.« Oma bückte sich und hob eine gelbe Papierkrone auf. »Was ist denn das?«

Auf diesen Moment hatte Anne gewartet. »Weihnachtskronen.« Sie freute sich diebisch, als sie die verdutzten Gesichter sah. »Die setzt ihr euch jetzt auf. Das macht man so in England.«

»Das ist nicht dein Ernst.« Papa betrachtete die rosa Papierkrone in seiner Hand. »Wieso?«

»Egal jetzt. Aufsetzen, aufsetzen«, sang Emily.

Anne hatte den Verdacht, dass sie sich schon reichlich an dem Guinness-Bier bedient hatte, das Anne ursprünglich für Jason besorgt hatte. Herrgott, schon wieder Jason. Warum kreiselten ihre Gedanken nur dauernd zu ihm zurück? Hätte sie ihn vielleicht doch hereinbitten sollen? Dann würde er jetzt hier mit ihnen allen am Tisch sitzen und leckeren Rosenkohl mit Kastanien essen, den sie extra für ihn zubereitet hatte. Er hätte endlich mal ihre Eltern kennengelernt und vor allem Oma, und sie hätten sich alle zusammen über die lahmen Witze aus den Crackern kaputtgelacht und anschließend die Bäuche vollgeschlagen. Was wäre so schlimm daran gewesen? Nur weil sie vorhin so einen albernen Anfall von Stolz gehabt hatte und vor ihren Eltern nicht wie ein Weichei dastehen wollte. Ach, verdammt, warum war das alles so kompliziert?

»Wie nennt man einen Weihnachtsmann am Strand?«, drang Emilys Stimme zu ihr vor, die unter Kichern den Witz aus ihrem Cracker vorlas. »*Sandy Clause!*«

»Hä?«, machte Papa, und Mama gab zu, die Antwort ebenfalls nicht verstanden zu haben, und dann versuchten die beiden in einer langwierigen Diskussion, den Sinn des Witzes zu enträtseln, während Oma und Emily sich fast kaputtlachten.

Anne war dankbar für den Lärm und die Heiterkeit. Sie stülpte sich ihre eigene Krone über den Kopf und erhob ihr Glas.

»Frohe Weihnachten, ihr Lieben! Danke, dass ihr alle zu mir gekommen seid. Vor allem du, Papa.« Sie bedachte ihren Vater mit einem liebevollen Blick.

»Frohe zweite Weihnachten«, verbesserte sie ihre Mutter. »Und morgen dann ein drittes Mal. Ist das nicht irre?«

»Wisst ihr, was wir nach dem Essen machen?« Papa setzte sich tatsächlich die rosa Krone auf. »Es beginnt mit: *Marley war tot, damit wollen wir anfangen. Kein Zweifel kann darüber bestehen.*«

»Die Weihnachtsgeschichte von Dickens«, rief Emily prompt. »Wirst du sie vorlesen?«

»Zumindest ein Stückchen davon.« Papa nickte, halb feierlich, halb im Scherz. »Jetzt, wo ich endlich mal in England Weihnachten feiere.«

»Dein Jason hat eigentlich einen recht sympathischen Eindruck auf mich gemacht.«

Mama sah sie bei diesen Worten nicht an, als sie nach dem Essen in der Küche zusammen die Reste wegräumten. Papas Gans war noch fast vollständig erhalten, außerdem waren mindestens ein halber Truthahn und etliches anderes übrig. Nur von dem Christmas Pudding, den Anne in einer Art bengalischem Feuerwerk am Tisch flambiert und dann mit Weinbrandsauce serviert hatte, waren auch die letzten Krümel verspeist. Papa hatte sich so dafür begeistert, dass er von nun an jedes Jahr einen Christmas Pudding in ihr Weihnachtsmenü aufnehmen wollte.

»Jason ist wirklich sympathisch«, sagte Anne leise. »Du hättest ihn gemocht. Er ist klug und humorvoll, er ist unendlich großzügig und mitfühlend, er ist ...« Ihre Stimme drohte zu kippen und sie brach ab.

»Aha. Und wegen all dieser tollen Eigenschaften hast du ihn also weggeschickt?« Ihre Mutter breitete ein Geschirrtuch über dem Tisch aus.

»Er hat mit mir Schluss gemacht, als würde er einen Pullover zurück in den Laden bringen, vergiss das nicht. Ich bin so wütend auf ihn. Und jetzt kommt er einfach an, als ob nichts wäre, und will mein Kumpel sein und mit mir Weihnachten feiern. Aber nicht mit mir. Wahrscheinlich hatte er nur keine Lust, zu seinen Eltern zu fahren.«

»Wenn du weiter so wütend bist, verdirbst du dir nur

die ganzen schönen Erinnerungen, die du an ihn hast. Und warum willst du nicht mehr mit ihm befreundet sein?«

Mama sah sie forschend an und plötzlich konnte Anne sich nicht mehr beherrschen. Sie fiel ihrer Mutter um den Hals und ließ ihren Tränen freien Lauf.

»Weil das nicht geht«, schluchzte sie. »Weil ich ihn noch liebe. Ich kann mich nicht verstellen. Und ich kann ihm nicht erlauben, mich so herumzuschubsen.«

Ihre Mutter nickte bedächtig. »Ach, Schatz. Nimm es dir nicht so zu Herzen. Das mit der Liebe fürs Leben läuft nicht immer so geradlinig und glatt wie im Film. Hab ich dir je erzählt, dass ich den ersten Heiratsantrag von deinem Vater abgelehnt habe?«

»Was?« Davon hörte Anne zum ersten Mal. »Warum das denn?«

»Weil mir die Vorstellung von Ehe und Heirat Angst eingejagt hat. Das war mir zu endgültig. Ich hatte das Gefühl, dass ich dann ein anderer Mensch werden müsste – ernster, gewissenhafter, mit mehr Verantwortungsbewusstsein und so. Ich wollte frei sein, zusammen mit deinem Vater, aber ohne das Korsett einer Ehe. Das fand ich damals so spießig. Deshalb hab ich Nein gesagt, als er mich gefragt hat.«

»Oh Gott. Armer Papa. Was hat er dann gemacht?«

Mama senkte den Kopf. »Gar nichts. Es hat ihm die Sprache verschlagen, denn damit hatte er überhaupt nicht gerechnet. Er hat mich nur mit diesem furchtbar traurigen Blick angeschaut und dann ist er gegangen. Ich sehe ihn heute noch vor mir, wie er die Straße entlang zur Haltestelle läuft und sich nicht umdreht. Da hab ich geheult.«

Das konnte Anne gut nachempfinden. »Ach, Mama. Aber dann habt ihr euch irgendwie wieder zusammengerauft, nicht wahr? Das Ergebnis steht ja vor dir.« Sie lächelte und wischte sich die Tränen weg.

»Ja, das haben wir. Also ich. Zwei Tage später bin ich zu ihm hin und dann haben wir, also ...« Mamas Wangen verfärbten sich leicht. »Dann haben wir alles wiedergutgemacht.«

»Gott sei Dank.«

»Liebe fürs Leben bedeutet auch, aufeinander zugehen und verzeihen zu können. Und manchmal bedeutet es auch, sich einfach nicht aufzuregen.« Mama lachte. »Zum Beispiel wenn dein Mann eine verdammte Gans im Handgepäck mitschleppt.« Sie drückte Anne an sich. »Wichtig ist, dass man sie überhaupt findet, die große Liebe. Wenn Jason der Richtige für dich ist, dann kommt er zu dir zurück. Wenn nicht, wirst du jemand anderen finden.«

Ich will aber niemand anderen, dachte Anne. Dennoch nickte sie und schmiegte sich an ihre Mutter, während sie beide aus dem Küchenfenster in die Nacht hinaussahen.

Im Hauseingang gegenüber bewegte sich jetzt etwas. Anne beugte sich vor, um besser sehen zu können. Es war ein Mann um die vierzig, der aus dem warmen Inneren seines Hauses trat, sich bückte, etwas aufhob, das vor seiner Tür lag, und in den Mund steckte. Was machte der da?

Anne stupste ihre Mutter an. »Guck mal, da!«

Der Mann aß eine Möhre und einen Keks. Dann trank er etwas aus einem kleinen Glas, schüttelte leicht angewidert den Kopf und stellte es wieder auf den Boden.

Jetzt verstand Anne. Das war ein Vater, der seinen Pflichten nachkam und Father Christmas spielte und zu diesem Zweck Möhren essen und Milch trinken musste, denn nach Brandy hatte das nicht ausgesehen. Der Mann hob plötzlich den Kopf, entdeckte sie beide am Fenster und zuckte gespielt resigniert mit den Schultern. Was tat man nicht alles für seine Kinder!, bedeutete das wohl. Dann winkte er ihnen zu, und Anne und ihre Mutter winkten zurück.

»Frohe Weihnachten, Mama!«, sagte Anne leise.

»Frohe Weihnachten, mein Schatz.« Ihre Mutter drückte ihr einen Kuss auf den Kopf. »Auch wenn es gerade anfängt, zu regnen. Das war es dann mit der weißen Weihnacht in diesem Jahr. In Seattle gießt es angeblich immer wie aus Kübeln.«

20 Jingle Bell Rock

25.12., 10:00 Uhr morgens
Heathrow Airport, London, England

Es wäre echt toll gewesen, wenn sie noch ein paar Tage in London hätten dranhängen können, dachte Emily. Heute am ersten Weihnachtstag war es in den Straßen und selbst hier im Flughafen am Gate 60 nahezu gespenstisch leer und still. Aber spätestens ab morgen würde sich das ja wieder ändern. Sei's drum – dafür war sie dank der Zeitverschiebung heute Mittag schon in Amerika, das erste Mal in ihrem Leben! Und dort warteten Charlotte und ihr cooler Mann Rob und natürlich Connor, Emilys süßer Neffe, auch wenn sie sich normalerweise nichts aus Babys mit ihren Schrumpelfingern und Glatzköpfchen machte.

Sie hoffte, dass sie in Seattle irgendwo so ein verrückt geschmücktes Haus sehen würden, wie man es aus amerikanischen Filmen kannte. Auch wenn so was rein technisch gesehen natürlich eine Menge Strom vergeudete und Jannik den ganzen Plastik-Kitsch hasste. Apropos … Sie checkte ihr Handy, um zu sehen, ob er ihr irgendeine Nachricht geschrieben hatte, schließlich teilten sie sich jetzt gewissermaßen das Sorgerecht für vier Hunde, aber da war nichts. Wahrscheinlich schlief er noch, es war ja gerade mal zehn Uhr morgens.

Sie sah kurz nach, wie viele Leute ihr *London zu Weihnachten*-Foto auf Instagram angesehen hatten, und ihre Laune flaute ein wenig ab. Jannik war schon wach. Denn in ihrem Newsfeed konnte sie seine Kommentare zu den ganzen tollen Hipster-Fotos lesen, die Cat gepostet hatte. Alle von sich selbst vor dramatischem Berghintergrund, logisch, und mit irgendwelchen schmucken Nostalgie-Filtern versehen. Emily ersparte sich die Beschreibungen von Cat, die unter den Fotos zu lesen waren. Lief die Frau eigentlich die ganze Zeit mit einer Filterbrille auf der Nase herum, weil sie die Welt ohne Grün- und Braunfärbung nicht mehr ertragen konnte? Was Emilys eigentliche Aufmerksamkeit erregte, war allerdings der Spruch von Jannik darunter. Von heute Morgen. *Wunderschön – wish I was there with you!* Das hörte sich nicht so an, als ob die beiden sich gestritten hätten. Wieso war er nicht mit Cat in die Schweiz gefahren? Und warum zum Geier schrieb er ihr nicht auf Deutsch, sondern in diesem albernen Mischmasch? Unterhielten sie sich live auch nur auf Denglisch? Lächerlich.

»Wir bitten Mrs Elisabeth Bachmann zum Informationsschalter«, ertönte plötzlich eine Durchsage. Emily schreckte hoch. Die verlangten nach Oma? Ach, du lieber Himmel, stimmte etwas mit ihrem Pass nicht? Es wäre ja entsetzlich, wenn Oma wieder umkehren müsste!

Emily reckte den Hals und beobachtete, wie ihre Großmutter sich zum Schalter begab und dabei ihren Vater abschüttelte, der sie begleiten wollte. Oma hasste es, wenn man sie wie eine gebrechliche alte Frau behandelte oder, noch schlimmer, wie jemanden, der nicht mehr alle Tassen im Schrank hatte und einen Vormund brauchte. Papa zuckte mit den Schultern und begab sich zurück zu Mama, um einen Schluck aus einer Wasserflasche zu trinken. Emily durchzuckte es eiskalt. Verdammt, sie hatte heute Morgen ganz vergessen, Papa die zweite Ladung von Ralfis Beruhigungsmittel in den Kaffee zu kippen. Sie waren alle wie kopflose Hühner durch die Wohnung gesaust, damit sie rechtzeitig zum Flughafen kamen und nichts vergaßen und in Annes Abwesenheit nichts anbrannte, explodierte oder vergammelte, ehe sie in vier Tagen wieder zurückkehrte. Emily musste Papa unbedingt noch einen Kaffee aufschwatzen, worin sie die Tablette auflösen konnte.

Sie sah sich um. Da vorn war ein Coffee-Shop, in dem ein verschlafener Jugendlicher so langsam Kaffee zubereitete, als ob er in einer schwerelosen Raumkapsel arbeiten würde. Sie kramte in ihrem Rucksack nach der kleinen Schachtel mit den Tabletten. Ach ja, da war sie. Und da war auch das Lebkuchenherz *Für Emily*, das Mama ihr gestern Abend mit einem Augenzwinkern überreicht hatte. Jedes Jahr gab es diese Herzen als Geschenk, schon seit Emily denken konnte. Lecker waren die. Sie hatte überhaupt noch nichts gefrühstückt, weil heute Morgen keine Zeit und sie noch viel zu müde gewesen war. Sie biss ein Stück ab und überlegte, wie sie das mit der Tablette auf die Reihe kriegen sollte.

»Das sieht lecker aus«, sagte jemand auf Englisch in ihrer Nähe.

Emily sah hoch. »Was?« Krümel flogen ihr aus dem Mund.

Ihr gegenüber saß ein total gut aussehender Typ in Cargohosen und T-Shirt, braun gebrannt und lässig, als wäre heute nicht Weihnachten, sondern Party an einem Strand in Thailand.

»Dieses süße Teil.« Er deutete auf das Lebkuchenherz und grinste. »Was steht denn da drauf?«

»Ähm ... *Für Emily vom Weihnachtsmann*«, las sie vor. Sie lief feuerrot an. Zum Glück verstand der ja kein Deutsch. »*It means ...* äh ...«

Er grinste. »*Lucky Emily.* Emily hat's gut«, fügte er unerwartet auf Deutsch hinzu. »Mir hat Santa nichts geschenkt.«

»Wahrscheinlich warst du nicht artig genug«, konterte Emily.

»Wahrscheinlich.« Sein Grinsen wurde noch breiter.

»Wir bitten Mr Andrew Williams zum Informationsschalter«, erklang es schon wieder aus den Lautsprechern.

»Oh, das bin wohl ich.«

Er stand auf, lächelte sie noch einmal an und ging ebenfalls zu dem Schalter am Gate. Beinahe prallte er mit Oma zusammen, die mit einem geradezu triumphierenden Gesichtsausdruck von dort zurückkam. Wieso wurden auf einmal alle zum Schalter gerufen? Wieso wurde sie, Emily, nicht dorthin gerufen? Und warum musste der süße Typ gleich wieder aus ihrem Gesichtsfeld verschwinden, kaum dass sie drei Worte mit ihm gewechselt hatte? Andrew. Er konnte erstaunlich gut Deutsch. War das ein Ami? Definitiv kein Brite oder Schotte, das hätte sie gehört. Jetzt kam Papa auf sie zu.

»Stell dir vor, Oma sitzt in der Business Class, sie hat

ein Upgrade bekommen«, rief er ihr zu. »Ist das nicht toll? Sie freut sich wie verrückt. Ich bin ja überhaupt nicht neidisch ...« Er lachte.

»Echt? Wahnsinn.« Emily freute sich für Oma.

»Ich hole uns noch einen Kaffee, willst du auch einen?« Papa schwenkte einen Geldschein.

Kaffee! Emily sprang auf und riss ihm förmlich den Schein aus der Hand. »Ich erledige das, Papa. Setz du dich mal wieder hin.«

»Wieso, ich kann das doch machen. Wir sitzen nachher sowieso noch ewig und drei Tage lang in diesem Höllending herum.« Er schielte zu dem großen Panoramafenster. Draußen konnte man schon das riesige Flugzeug stehen sehen, das gerade mit Gepäck beladen wurde.

»Auf gar keinen Fall. Ich hole den Kaffee. Ein kleines ... Weihnachtsgeschenk für dich. Ich bin viel jünger, man muss da ewig anstehen, guck mal, wie langsam der Typ ist.«

Sie deutete zu dem Coffee-Shop, vor dem eine ältere Dame gerade ihre Brille zurechtrückte, um die astronomisch lange Liste des Kaffeeangebots zu studieren, während der Angestellte, umgeben von Weihnachtskugeln und Rauschgoldengeln, mit glasigem Blick auf ihre Bestellung wartete.

Papa kratzte sich leicht verwirrt am Kopf.

»Okay«, lenkte er ein. »Wenn du darauf bestehst. Dreimal Milchkaffee, einmal koffeinfrei für Oma. Anne will nichts.«

Emily nickte und schlenderte betont entspannt zu dem Coffee-Shop, obwohl sie innerlich vor Anspannung fast durchdrehte. Nicht dass die ausgerechnet jetzt zum Einsteigen aufriefen. Sie musste Papa unbedingt noch dazu kriegen, diesen Kaffee zu trinken. Im Flugzeug saß sie nämlich eine Reihe vor ihm und hatte keine Chance mehr.

Endlich zog die Kundin vor ihr mit einem Kaffee davon.

»*Merry Christmas.*«

Der Typ an der Theke schielte Emily träge an. Sie gab ihre Bestellung durch und beobachtete dabei ihren Vater, der nervös hin und her tigerte, immer wieder seine Bordkarte checkte und in seinem Handgepäck wühlte. Wenigstens hatte er die vermaledeite Gans nicht mehr da drin. Bald schläfst du wieder wie ein Baby, versprach Emily lautlos ihrem Vater. Dann sah sie dabei zu, wie der Typ den Kaffee in aller Gemütsruhe zubereitete, als ob er eine Höchstgeschwindigkeit von zehn Handgriffen pro Stunde nicht überschreiten dürfte. Endlich war er fertig.

»Macht zwölf fünfzig.« Er stellte die Pappbecher vor sie hin, nahm mit einer schlaffen Handbewegung das Geld entgegen, brauchte gefühlte zehn Minuten, um das Wechselgeld zusammenzukramen, und verfiel dann wieder in seinen Dämmerschlaf. Gut. Emily konnte keine Zeugen gebrauchen. Sie griff in die Schachtel und holte den Tablettenblister heraus. Doch dann zögerte sie. Die Pillen in der kleinen Tüte daneben waren viel größer. Für größere Hunde? So groß wie Papa? Vielleicht sollte sie lieber eine von denen nehmen, der Flug war ja fast fünfmal so lang wie der letzte. Sie entschied sich für diese Variante, nahm eine der großen Pillen aus der Tüte und ließ sie in Papas Kaffee fallen. Als die Tablette in dem schwarzen Getränk verschwand, atmete

sie auf. Jetzt nur noch an den richtigen Bestimmungs-
ort, nämlich in Papas Blutbahn, bringen.

Sie setzte sich zu ihren Eltern, um sicherzugehen,
dass ihr Vater den Kaffee auch restlos leerte, was er
Gott sei Dank auch tat. Gleichzeitig scannte sie die
Umgebung, ob sie diesen Andrew von vorhin noch einmal erspähte, aber er war nirgendwo zu sehen. Emily
wollte gerade wieder aufstehen und noch ein bisschen
herumlaufen, in der Hoffnung, dass sie vielleicht noch
mal zufällig mit ihm zusammenstieß, als sie eine Nachricht auf ihrem Handy erhielt. Das war jetzt bestimmt
Jannik.

Nein, es war Carina, ihre Kollegin aus dem Tier-
heim. Wieso schrieb die ihr? So eng waren sie weiß
Gott nicht befreundet, eigentlich überhaupt nicht.
Was sich vor allem daran zeigte, dass Carina ihr nicht
mal ein frohes Fest wünschte, sondern gleich zur
Sache kam.

Emily, hast du die Schachtel aus meinem Spind
genommen?

Ja. Wieso?

Wieso??? Warum hast du das gemacht?

(Mist. Eine schnelle Notlüge.) Ich brauchte die
Beruhigungstabletten für Ralfi. Damit er zu Weihnachten nicht so aufgeregt ist. Du weißt ja, wie er
manchmal durchdreht. Er ist bei mir zu Hause,
hab ich dir doch geschrieben.

Welche hast du ihm gegeben??

(Welche? Was für eine blöde Frage.) Na, die aus
dem Blister.

Gott sei Dank. Emily, gib ihm UM GOTTES
WILLEN keine von den großen aus der Tüte!
Die sind nicht für Hunde, das sind meine!
Die hab ich nur dort aufbewahrt!!

(Ein ungemütliches Gefühl beschlich Emily.
Aufbewahrt?) Hä? Wieso? Was sind das für
Tabletten?

Das sind Partypillen, so ähnlich wie LSD. Von
Ricardo. Ich wollte nicht, dass die anderen aus
meiner WG die finden. Die klauen wie die Raben.
Die Pillen sind für Silvester. Leg sie mir wieder
ins Fach, wenn du morgen reinkommst, okay?

Scheiße. Emily starrte auf das Display ihres Handys.
Dann griff sie reflexartig in ihre Tasche und ließ die
Schachtel mit den Pillen in den nächsten Mülleimer
gleiten. Scheiße, Scheiße, Scheiße!

21 Rudolph, the Red-Nosed Reindeer

»Hast du jemals einen blaueren Himmel gesehen?«
Frank presste seine Nase an dem kleinen Fenster im
Flugzeug platt. »So ein tiefes, wundervolles Blau. Das ist
unglaublich toll.«

Julia stutzte. Der Himmel draußen war verhangen und
diesig, und wenn sie irgendetwas in diesem Flugzeug als
unglaublich toll bezeichnet hätte, dann Elisabeths Sitz in
der Businessklasse, der sich zu einem Bett zurückklappen
ließ. Zu einem Bett! Gelegentlich öffnete sich der
Vorhang, der die Business Class von der schwitzenden
Allgemeinheit trennte, für einen Moment und Julia
konnte einen kurzen Blick in das verheißungsvolle Ambiente
da vorn werfen, wo man ihrer Schwiegermutter
Sekt, Knabbereien und angewärmte Handtücher an den
Sitz brachte. Natürlich gönnte sie der alten Dame diesen
Luxus, aber das schloss ja nicht aus, dass sie selbst nicht
auch gern mal so gereist wäre. Besonders weil sie dann
etwas mehr Abstand zu Frank gehabt hätte, der seit dem
Abflug vor zwei Stunden nahezu pausenlos redete. Das
musste die Nervosität sein, dabei hatte Emily ihm angeblich
noch ein bisschen was von ihrem Beruhigungsmittel
untergejubelt. Oder hatte sie das etwa vergessen?

»Mein Schatz.« Frank zog sie unvermittelt an sich. »Du siehst wunderschön aus. Deine Augen strahlen so. Fast so blau wie der Himmel da draußen.«

»Meine Augen sind grün, trotzdem danke. Ich liebe dich auch.«

»Das macht das Licht in diesem Flugzeug. So ein angenehmes Licht habe ich noch nirgendwo erlebt«, lobte er. »Das muss an Weihnachten liegen. Der Glanz der Weihnacht liegt über diesem Flugzeug. Mensch, ich liebe Weihnachten so sehr. Es ist einfach das wundervollste Fest, findest du nicht auch? So voller Liebe und voller unglaublichem Licht.«

»Möchten Sie etwas Süßes?« Die Stewardess hielt ihnen mit einem Lächeln einen Korb hin, in dem kleine Schoko-Weihnachtsmänner lagen. *Merry Christmas.*«

Frank musste ungefähr fünf Minuten lang über diese schwierige Frage nachdenken.

»*Thank you*«, brachte er schließlich heraus und nahm sich einen. »Schoko-Weihnachtsmänner. *So beautiful.*« Er betrachtete die kleine Figur in seiner Hand. »Diese Details! Sieh mal, dieser hier hat sogar ein Muster auf den Handschuhen. Wahnsinn. Wer das wohl gezeichnet hat? Ist das nicht unglaublich, wie viel Mühe ein Mensch sich gegeben hat, um so ein kleines Kunstwerk zu erschaffen? Diese Kreativität! In jedem von uns steckt ein da Vinci, auf die eine oder andere Weise.«

»Sag mal, Frank, ist alles in Ordnung?« Julia musterte ihn argwöhnisch.

»Alles super, ich fühle mich großartig. Hast du gesehen, wie schön die war?«, raunte er Julia ehrfürchtig zu, als die Stewardess weiterging. »So eine unglaublich schöne Frau, und dazu noch so nett, die schenkt uns einfach was zu Weihnachten, dabei kennt sie uns gar nicht. Überhaupt sind die alle hier wahnsinnig nett. Ich fühle mich diesen Leuten im Flugzeug allen so verbunden. Als ob ich Weihnachten mit meinen besten Freunden feiern würde. Feiern ist das Stichwort. Ich würde jetzt gern tanzen, du auch?«

Er fing an, rhythmisch mit den Fingern auf die Sitzlehne zu trommeln.

»Sag mal, was ist eigentlich mit dir los?«, platzte Julia heraus. »Du erzählst schon die ganze Zeit lauter seltsames Zeug.«

»Ist alles okay, Papa?« Emilys Gesicht tauchte über Julias Vordersitz auf, vor Sorge ganz blass. »Geht es dir gut?«

»Es geht mir ganz wunderbar, mein Schatz. Ich glaube, ich war noch nie in meinem Leben so glücklich.« Er stand auf, um Emily zu umarmen. »Meine wunderbare Tochter. Zwei! Meine zwei wunderbaren Töchter! Drei! Das Charlottchen treffen wir ja auch bald. Anne, komm her, lass dich umarmen.«

»Frank, setz dich, die gucken schon alle«, zischte Julia.

In der Tat richteten die Leute in den Sitzen um sie herum ihre Aufmerksamkeit jetzt auf ihren Mann, der mit seinen grauen Cordhosen und dem neuen Pullover bekleidet pausenlos über das ganze Gesicht strahlte und immer wieder versuchte, seine beiden Töchter in der Reihe vor ihm zu umarmen.

»Na und? Das sind hier alles unsere Freunde. *Merry Christmas!*«, rief er den anderen Passagieren zu und winkte.

Jemand lachte, jemand grüßte ihn zurück.

»Und ich will nicht sitzen. Ich glaube, ich muss mich mal ein bisschen bewegen.«

Frank schob sich an Julia vorbei, noch ehe sie protestieren konnte, lief ein paar Schritte hin und her und begann dann, mitten im Gang mit dem Fuß den Takt zu einem Song zu klopfen, den offenbar nur er hören konnte.

»*Rudolph, the red-nosed reindeer*«, sang er vor sich hin. »*Had a very shiny nose ...*«

»Scheiße, ich glaube, Papa geht es nicht gut.« Emily guckte wieder über ihren Sitz. Sie kaute nervös auf einer Haarsträhne herum.

»Wieso? Soweit ich sehe, geht es ihm prächtig.« Anne winkte ab. »Ich glaube, der hat überhaupt keine Flugangst. Was habt ihr nur immer erzählt? Der hat doch blendende Laune.«

»*Zu* gute Laune«, murmelte Emily.

»Hast du ihm noch mal was von diesem Zeugs gegeben?«, wollte Julia leise von Emily wissen. »Er schläft einfach nicht ein. Gestern ist er sofort eingeschlafen, ich verstehe das nicht.«

»Ja«, piepste Emily unglücklich. »Hab ich. Ich weiß auch nicht. Irgendwie wirkt es heute ... anders.«

Sie sah aus, als ob sie jeden Moment anfangen würde zu heulen.

»Ist ja nicht deine Schuld«, tröstete Julia sie rasch.

Allerdings schien diese Bemerkung Emily in noch größere Verzweiflung zu stürzen, besonders als Frank jetzt dazu überging, ein paar unsichere kleine Tanzschritte im Gang zu vollführen.

»Frank, setz dich sofort wieder hin!«

Julia reichte es. Sie erhob sich ebenfalls, um Frank

irgendwie dazu zu bewegen, sich nicht weiter wie Deutschlands lächerlichster Popstar zu benehmen. Sie verstand das nicht: Seine Flugangst schien wie weggeblasen zu sein, dafür war er jetzt dabei, in aller Öffentlichkeit eine Art Zumba zu tanzen. Es war so was von peinlich, tausendmal peinlicher, als wenn er vor allen Leuten in die Tüte in seinem Vordersitz gespuckt oder sich angstvoll an seine Frau geklammert hätte. Was war nur mit ihm los?

Julia sah sich um, um herauszufinden, wie viele Leute ihrem Mann bei seinen Verrenkungen zusahen. Mittlerweile verfolgten mehrere Leute amüsiert das sich entfaltende Spektakel, aber gerade als Frank im Begriff war, den Weg zur Toilette entlangzutanzen, ertönte ein leiser Gong. Die Anschnallzeichen leuchteten auf und der Pilot meldete sich über Bordfunk.

»*Ladies and Gentlemen,* bitte schließen Sie jetzt die Sicherheitsgurte. Wir erwarten einige Turbulenzen aufgrund des schlechten Wetters.«

Gott sei Dank. Nun zwang ihn wenigstens eine höhere Macht wieder auf seinen Platz.

»Die Turbulenzen verursacht der Weihnachtsmann, der mit seinen Rentieren unterwegs ist«, rief ein Witzbold und ein paar Leute lachten nervös, denn plötzlich vollführte das Flugzeug einen gewaltigen Schlenker, gefolgt von einem Ruck nach unten. Eine Frau quiekte leise, Babys heulten und Julia zerrte Frank zurück in seinen Sitz, um ihn eigenhändig festzuschnallen.

»Das sind alles so nette Leute hier«, schwärmte er. »Hast du gesehen, wie glücklich die alle sind? Wahnsinn, oder?«

»Ja.«

Frank presste erneut sein Gesicht an das Fenster, gab einen erstaunten Laut von sich und rückte näher an sie heran.

»Und hast du eben auch das Rentier da draußen gesehen?«, fragte er mit gedämpfter Stimme. »Ich schwöre dir, das sauste eine Weile lang neben uns her. Ist das nicht ein wunderbarer Flug?«

Julia antwortete nicht und schloss kurz die Augen. Heilige Mutter Gottes, lass uns endlich ankommen und erlöse mich von Franks wirrem Geplapper, betete sie. Lass mich Connor im Arm halten, lass Anne nicht mehr so traurig sein und lass vor allem dieses Geruckel und Gehüpfe aufhören. Frohe Weihnachten. Danke. Amen.

»Mein Gott, wir fliegen«, staunte Frank jetzt. »Wir stürzen nicht ab! Ist es nicht unglaublich, dass die Menschheit fliegen kann?«

Als das Flugzeug das nächste Mal einen Satz nach unten und sofort wieder nach oben machte, lachte Frank als Einziger in der Kabine laut auf. Doch dann, als Julia schon kurz davor war, selbst nach der Tüte im Vordersitz zu greifen, stabilisierte sich das Flugzeug endlich und glitt wieder leise brummend dahin.

»Endlich«, sagte sie zu Frank. Der döste jetzt benommen vor sich hin. »Na endlich«, sagte sie ein zweites Mal, diesmal lauter und zu sich selbst.

Julia lehnte sich erschöpft zurück und versuchte ihre Gedanken zu sortieren. Was um alles in der Welt war mit Frank los? Auf dem Rückflug würde sie Emily keineswegs erlauben, ihm noch einmal etwas von diesem seltsamen Mittel zu geben. Bestimmt kam das von irgendeinem Quacksalber aus dem Internet.

Der Vorhang zur Business Class wurde kurz zur Seite

gezogen und Julia konnte Elisabeths lässig ausgestreckte Beine sehen, die Schuhe hatte sie achtlos auf den Boden fallen lassen. Selbst ihren Schuhen stand mehr Platz zu als Julia in der Economy Class! Wahrscheinlich bekam ihre Schwiegermutter gerade Portwein mit französischem Weichkäse und kandiertem Lebkuchenparfait serviert.

Julia seufzte leise und sah sich um. Emily spielte mit ihrem Handy, Anne las ein Buch und Frank malte mit dem Finger psychedelische Kreise auf das Fenster. Julia blickte auf die Uhr. Noch sechs Stunden. Zeit für ein Nickerchen, sonst hielt sie den restlichen Tag nicht durch.

Sie schlief tatsächlich ein und wurde erst wieder wach, als eine Durchsage des Piloten sie weckte. Sie hatte kein Wort verstanden. Durch die Reaktionen der Leute um sie herum konnte sie allerdings erahnen, dass irgendetwas vorgefallen sein musste. Reflexartig streckte sie die Hand nach Frank aus. Gott sei Dank, er war noch da und döste wieder und wanderte nicht singend vorn in der ersten Klasse herum.

»Was ist denn los?«, erkundigte sie sich bei Emily, die sich zu ihr umdrehte. »Was hat der gerade gesagt?«

»Er hat gesagt, dass wir wegen dem schlechten Wetter eine Stunde Verspätung haben.«

»Na, so ein Mist.«

»Das war noch nicht alles.« Emily gab ein nervöses kleines Lachen von sich. »Sorry, Mama, aber er hat gesagt, dass wir nicht in Seattle landen können. Der Flughafen dort hat dichtgemacht, die haben einen Schneesturm. Stell dir das mal vor – die haben nie einen Schneesturm, nur wenn wir kommen. Ist das nicht irre? Und das zu Weihnachten!«

»Moment, Moment.« Julia presste die Finger an ihre Schläfen. »Sag das noch mal. Wir können nicht in Seattle landen? Was soll das heißen? Es ist der erste Weihnachtsfeiertag, wir *müssen* in Seattle landen! Das ist doch der Sinn der ganzen Sache. Deswegen machen wir das alles hier.« Ihre Stimme wurde immer schriller.

»Beruhige dich, Mama.« Emily tätschelte ihr die Hand. »Wir landen in der Nähe von Seattle, kein Problem.«

»In der Nähe?«

»In …« Emily schielte unter ihrem blauen Haarpony hinüber zu ihrer Schwester, deren Gesichtsausdruck Julia beim besten Willen nicht deuten konnte.

»In Spokane«, beendete Anne den Satz.

»Was? Wo?« Julia hatte nicht sonderlich viel Ahnung von amerikanischer Geografie.

»Das ist der nächste große Flughafen, nur ein paar Meilchen von Seattle entfernt. Sie brauchen einen internationalen Flughafen, weil wir alle durch die Passkontrolle müssen.«

»Spokane.« In Julias Gehirn fanden sich zu diesem seltsamen Wort keinerlei Assoziationen.

»Ist gar nicht weit weg«, murmelte Emily. »Für amerikanische Verhältnisse gleich um die Ecke.«

»Wie viele Meilchen?«

Ein kurzes betretenes Schweigen.

»Zweihundertsiebzig«, sagte Anne nach einer Weile.

»Das sind vierhundertvierunddreißig Kilometer«, übersetzte Emily schnell.

»Einmal von Weimar nach Berlin und zurück?« Julia schnappte nach Luft.

22 Rockin' Around the Christmas Tree

25.12., 10:00 Uhr morgens
Seattle, USA

Es hatte die ganze Nacht lang geschneit und gestürmt. Immer noch rüttelte der Wind die riesigen Zedernbäume hin und her wie Streichhölzer, zerriss die elektrischen Oberleitungen wie Bindfäden und jagte Schneewehen wie am Nordpol durch die Gegend. Normalerweise sorgten in diesen Breiten schon fünf Schneeflocken auf der Straße für Stromausfall, Verkehrschaos und den kompletten Zusammenbruch jeglichen öffentlichen Lebens. Die Bevölkerung tröstete sich dann mit Wutausbrüchen und Flüchen oder fügte sich in eine apathische Resignation, während sie bei Zwieback und Wasser in kalten Häusern ausharrte. Aber heute war ja Weihnachten und deshalb sahen die meisten Anwohner in Charlottes Viertel mit glücklichen Gesichtern aus ihren Fenstern und konnten nicht fassen, dass es tatsächlich einmal zu Weihnachten geschneit hatte. Da sie alle noch Strom hatten und im Warmen saßen, ließ es sich natürlich auch gemütlich aushalten, vorausgesetzt, man musste nirgendwohin.

Charlotte stand vor ihrem Haus, Connor im Arm, den sie in einen noch viel zu großen Schneeanzug eingepackt hatte. Ein Geschenk von Robs Eltern, das gerade zum richtigen Zeitpunkt gekommen war. Connor verzog das Gesicht und fing an zu quengeln, als eine Schneeflocke auf seiner Wange landete.

»Magst du das nicht, mein Kleiner?« Charlotte streichelte ihn zärtlich mit dem Zeigefinger. »Das ist Schnee, mein Süßer. Das solltest du genießen, das gibt es hier nämlich nicht oft, und schon gar nicht zu Weihnachten.«

»Kaffee ist fertig!«, ertönte Tante Daphnes Stimme aus dem Haus.

Rob und Charlotte richteten das Weihnachtsfrühstück aus, am Nachmittag würde man dann zum großen Festessen in das Haus von Robs Eltern überwechseln. Vorher wollten sie natürlich noch Charlottes Familie vom Flughafen abholen.

»Das zieht sich immer mehr zu.« Bernie war neben sie getreten und schaute besorgt zum Himmel. »In den Nachrichten sagen sie, dass der Sturm in den nächsten Stunden noch schlimmer werden soll. Mindestens zwanzig Zentimeter Neuschnee.«

»Meine Eltern werden staunen.« Charlotte lachte. »In Berlin und London hat es nur genieselt.«

»Deine Eltern werden froh sein, wenn sie heil hier ankommen. Ich will ja nicht die Spaßbremse sein, aber die Prognose sieht leider nicht so prickelnd aus. Am besten fahren wir schon zwei Stunden vorher mit dem Truck zum Flughafen, falls wieder kein Durchkommen ist, weil die Leute überall ihre Autos mitten auf dem Highway stehen lassen.«

»Meinst du?« Charlotte erschrak.

»Nur keine Panik. Sorry, ich wollte dich nicht beunruhigen.« Bernie klopfte ihr ermutigend auf den Rücken. »Wird schon alles klappen. Zur Not borgen wir uns den Schneepflug von Dave vorn an der Ecke.«

Dave Carrington, ein Irrer mit Baseballkappe, der sich seit Jahren auf diverse Naturkatastrophen, den Dritten Weltkrieg, den Angriff der Nordkoreaner, die Invasion der Außerirdischen, Erdbeben und den nächsten Vulkanausbruch vorbereitete, erlebte bei Schneesturm und Stromausfällen immer die Glanzstunden seines Lebens. Er hortete Benzin, Nahrungsmittel, Decken, Wasser und Werkzeuge in einer Art unterirdischem Bunker auf seinem Grundstück, seine Frau Valerie kam regelmäßig mit Paletten voller Fleischkonserven und Dauerbrot aus dem Großhandel nach Hause, und an so manchem Sonntag konnte man die gesamte Familie Carrington dabei beobachten, wie sie den Ernstfall probten und auf dem Bauch vom Haus zum Bunker robbten, während Familienvater Dave ihre Zeit maß und in ein Notizbuch eintrug. Selbstverständlich besaß Dave einen Schneepflug und würde großzügig seine Hilfe anbieten. Aber der Gedanke, dass der erste Einheimische, auf den ihre Eltern am Weihnachtstag trafen, ausgerechnet der durchgeknallte Dave mit seinen Weltuntergangsvisionen war, verursachte Charlotte ein wenig Bauchschmerzen. Vielleicht kamen sie ja auch mit dem Truck zum Flughafen.

Sie beobachtete ein paar Kinder, die jauchzend die Straße zur Rodelbahn umfunktionierten. In ein paar Jahren würde Connor sich auch da draußen tummeln. Vielleicht noch mit einer Schwester oder einem Bruder? Ihr wurde es ganz warm ums Herz. Und jetzt, wo Papa seine Flugangst auf wundersame Weise überwunden hatte, würde er vielleicht sogar dabei sein und mit ihnen einen Schneemann bauen. Falls es noch mal schneite.

»Wir sollen reinkommen, die zweite Runde Bescherung fängt an.« Rob war neben ihr aufgetaucht und legte seinen Arm um sie. »Ist das nicht das beste Weihnachten, das du je hattest?«, flüsterte er ihr ins Ohr.

»Ja.« Sie schmiegte sich an ihn. Aber nicht aus dem Grund, den Rob annahm – wegen des Schnees und des ganzen Trubels im Haus. Sondern weil sie heute Nachmittag ihre Familie hier haben würde. »Zweite Runde Bescherung klingt super.«

Die erste Runde hatte gleich nach dem Aufwachen stattgefunden. Morgens um sechs Uhr, um genau zu sein. Robs achtjährige Neffen, die Kinder seiner Schwester Jodie, waren zu diesem Zeitpunkt wie Kamikaze-Piloten die Treppe heruntergestürzt und hatten sich unter ekstatischen Schreien auf den zwei Meter hohen Geschenkeberg geworfen, der so schnell über Nacht vor dem Hauptweihnachtsbaum entstanden war wie die Berliner Mauer.

Charlotte hatte noch niemals, wirklich niemals in ihrem Leben so viele Geschenke auf einem Haufen gesehen. In der ersten Bescherungsrunde hatten die Kinder eine Art Extremsport-Auspacken veranstaltet, mit glücksverzerrten Gesichtern Goldfolien und Sternchenpapier, Schleifen und Paketschnüre, Kordeln und Seidenpapier zerrissen und unter triumphierendem Geheul Spielzeug um Spielzeug ausgepackt. Die jeweils dazugehörenden Fernbedienungen, Batterien und Bauanleitungen hatten sie hektisch ihren Eltern zugeschmissen, und Jodie und ihr Mann Rick waren nun schon seit Stunden mit verbissenem Ehrgeiz damit beschäftigt, den ganzen elektronischen Klimbim zusammenzubauen, damit rechtzeitig zum Weihnachtsessen ein Konzert aus Klingeln und Tuten und Brummen erklingen konnte.

Jetzt, in der zweiten Bescherungsrunde, waren die Erwachsenen dran. Und in der dritten Runde vor dem Dinner würde man dann Charlottes Familie beschenken, die noch nichts von ihrem Glück ahnte und wahrscheinlich momentan irgendwo im Luftraum über Kanada ihr Frühstück serviert bekam. Charlotte hoffte inständig, dass ihre Eltern ebenfalls an ein Geschenk gedacht hatten. Sie hatte keine Ahnung, was sich in den ganzen Paketen befand, die Millers hatten jedenfalls keine Kosten und Mühen gescheut. Doreen hatte sogar gestern noch eine Gans aufgetrieben, die sie zusammen mit Bernie triumphierend wie den Schatz der Inkas in einer Kiste in den Schuppen geschleppt hatte, weil im Haus kein Platz mehr war.

»Kommt rein, kommt rein!« Tante Daphne, die Herrscherin über Bescherungsrunde zwei, saß in einem wild gemusterten Morgenmantel auf der Couch und winkte ihnen zu. »Der Stapel da drüben ist für euch. Ganz oben das kleine Päckchen ist von mir und Bill.« Sie lachte voller Vorfreude.

Charlotte bedankte sich und nahm das Päckchen an sich.

»Nun mach es schon auf.« Daphne stieß Bill an und grinste.

Ein weiterer *Christmas Sweater* war es schon mal nicht, dafür war die Box zu hart und zu klein. Das war ja erst mal positiv zu bewerten. Charlotte schielte zu Rob, der gerade einen der riesigen Kartons für sie beide öffnete und einen Schmortopf und einen Werkzeugkasten so groß wie Rumpelstilzchens Sarg auspackte.

Charlotte öffnete Daphnes Geschenk. Nur eine Schachtel mit Brownies. Gott sei Dank. Damit konnte sie leben.

»Danke schön«, sagte sie brav und wollte die Brownies zu dem Stollen legen, den Robs Eltern ihr geschenkt hatten. Offenbar waren alle Millers der Meinung, dass sie Gebäck liebte.

»Das sind Spezialbrownies.« Daphne zwinkerte ihr aus unerfindlichen Gründen zu.

»Spezial?« Glutenfrei? Zuckerfrei? »Sind die Brownies vegan oder so?«

»Vegan!« Daphne und Bill brachen in begeistertes Gelächter aus.

»Na ja, rein pflanzlich sind sie schon, da hat sie gar nicht unrecht.« Onkel Bill schnaufte vor Freude, sein Schnurrbart zitterte bei jedem neuen Lacher, der sich den Weg nach draußen bahnte.

Charlotte hatte keine Ahnung, wovon die beiden eigentlich sprachen. Gut, Bill und Daphne waren schon immer etwas schräge Typen gewesen, aber was nun an den Brownies so erheiternd war, verstand sie beim besten Willen nicht. Hilfe suchend sah sie zu Rob, der grinste.

»Haschbrownies«, raunte er ihr zu. »Du weißt doch, wie die beiden drauf sind.«

»Im Ernst?« Charlotte betrachtete die Schachtel in ihrer Hand. Dann dämmerte es ihr. Natürlich, Daphne und Bill rauchten jeden Abend eine sogenannte Friedenspfeife. Nachdem sie sich den ganzen Tag lang gefetzt und gestritten hatten, vereinte dieses Ritual sie abends wieder, zumindest für eine Stunde. Dann standen sie zusammen draußen auf der Veranda, egal wie kalt es war, und schwärmten von Woodstock und Bills ehemals langen Haaren, wetterten über Trump und die Politik überall auf der Welt und erinnerten sich an Bills alten Chevrolet und Daphnes Krönung zur Homecoming Queen. Noch nie hatte Charlotte darüber nachgedacht, was die beiden da eigentlich rauchten. Seit man im Bundesstaat Washington Marihuana legal kaufen konnte, gingen sie oft ins *Euphorium* eine Meile die Straße runter, wo sie von schnittigen jungen Männern mit Dutt und Bart bei der Auswahl der verschiedenen Geschmacksrichtungen beraten wurden.

»Wie schön«, bedankte sich Charlotte benommen.

»Aber erst abstillen«, mahnte Tante Daphne.

»Blödsinn, das hat dich früher auch nicht gestört«, meinte Onkel Bill, und schon war nicht nur Bescherung Nummer zwei, sondern auch die erste Streitrunde des Tages im Gange.

Irgendwo klingelte ein Handy, jemand ging ran und plötzlich rief Bernie: »Macht mal den Fernseher an, wir sind in den Nachrichten!«

Begeistert verfolgten sie alle, wie der lokale Nachrichtensender einen launigen Beitrag über die am verrücktesten geschmückte Straße in Seattle brachte.

»Liebe Zuschauer, an erster Stelle steht eindeutig diese Nachbarschaft hier in Redmond. Sehen Sie sich das an, da geht einem das Herz auf, nicht wahr? *Merry Christmas!*«

Im Bild erschien jetzt eine kurze Filmsequenz von gestern Abend. Bernies Haus in all seiner Pracht – mitsamt Santa auf dem Dach, der dem Schneesturm trotzte, und der Schlange von Autos, die geduldig vor dem Haus im Schritttempo fuhren, damit sie Bernies Radiosender einstellen konnten, und mit den glücklichen Kindern, die in Santas Bastelstube, beziehungsweise dem Gartenhaus der Millers, Gipsengel zusammenkleisterten und anmalten. Dann schwenkte die Kamera die Straße hinauf und hinunter, um auch die restlichen Häuser des Viertels zu zeigen.

»Ich bin so stolz.« Bernie wischte sich eine Träne aus dem Auge. »Leute, ich bin so irre stolz auf unsere Nachbarschaft. Habt ihr jemals etwas Schöneres gesehen?«

Abrupt verschwand das Bild, und ein Nachrichtensprecher erschien, der vor einem Hintergrundvideo aus heftigem Schneetreiben stand.

»Meine Damen und Herren, wir unterbrechen kurz für eine Nachricht, die uns gerade erreicht hat. Der Flughafen Seattle wird bis auf Weiteres wegen des Unwetters geschlossen, alle Flüge sind storniert, die ankommenden Flüge werden umgeleitet. Unter der im Bild eingeblendeten Telefonhotline erhalten Sie nähere Informationen. Wir schalten jetzt direkt zu meiner Kollegin am Flughafen. Heather, was genau ist los, wie groß ist das Chaos?«

»Was?« Charlotte ließ vor Schreck die Brownies fallen. »Was sagt der da?«

23 Stille Nacht, die dritte

25.12., 14:00 Uhr
Spokane, USA

»Als Vorspeise gab es Lachsröllchen mit Kaviar und ge-
räucherte Entenbrust, danach ein Rinderfilet mit Wald-
pilzen, und zum Nachtisch Mousse au Chocolat mit
einem ganz formidablen Dessertwein.« Elisabeth deutete ein kleines Schmatzen an. »Vom Feinsten. Und was
hattet ihr so?«

»Gummihuhn und Pasta.« Julias Nerven lagen blank.
»Ach, und einen Schoko-Weihnachtsmann mit kunstvoll gestalteten Handschuhen.«

Sie verrenkte sich den Hals, um nachzusehen, warum die Schlange vor der Passkontrolle nicht weiterging. Wie lange mussten sie denn noch hier warten? Sie
fühlte sich übernächtigt, hibbelig, klebrig und vor allem
nervös. Es war schon früher Nachmittag, jetzt hätte sie
längst ihren kleinen Connor im Arm halten sollen, doch
stattdessen stand sie hier in dieser Stadt mit dem seltsamen Namen in einer unermesslichen Schlange von
Leuten, an deren Ende zwei grimmige Oger in Uniform
darüber entschieden, wer amerikanischen Boden betreten durfte und wer nicht. Außerdem musste sie mal,
wagte es aber nicht, sich auf die Suche nach einer Toilette zu begeben, weil sie Angst hatte, sich zu verlaufen

und die Dinge dadurch noch mehr zu verzögern, und weil überhaupt hier alles so streng zuging, wie sie es zum letzten Mal bei ihrer Abiturprüfung erlebt hatte.

»*Good-bye, Andrew!*« Elisabeth winkte einem jungen Mann mit Dreitagebart und Lederjacke zu, der mit einer großen Kamera behängt an ihnen vorbeizog und ihr fröhlich zurückwinkte.

»Woher kennst du den denn?«, fragte Julia verblüfft.

Es war nicht zu fassen. Elisabeth war ein richtiger Magnet für Männer unter dreißig, wie machte die das nur?

»Das war Andrew. Der saß neben mir in der Business Class. Ein reizender junger Mann, wir haben uns sehr nett unterhalten. Er ist Fotograf für *National Geographic*, stellt euch das mal vor! Er ist auf dem Weg nach Alaska, irgendwas will er da fotografieren, ich habe nicht genau verstanden, was.«

»Grizzlybären bestimmt«, antwortete Frank düster. Von seiner guten Laune und der Liebe zu seinen Mitmenschen war nicht mehr viel übrig geblieben. Er trug den in eine kleine Decke gewickelten Merkel-Zwerg unter dem Arm und gähnte. Dann checkte er sein Handy. »Charlotte sagt, es tut ihr leid, dass sie uns nicht abholen kann, und wir sollen mit dem Mietauto vorsichtig fahren, es liegt ganz viel Schnee auf den Straßen.« Er schmunzelte belustigt. »Also, ein bisschen Schnee ist für einen deutschen Autofahrer ja wohl kein Problem. Hauptsache, wir bekommen einen richtig rasanten amerikanischen Wagen. Was Kraftvolles. Einen Hummer oder einen Mustang.«

»Papa, sei mal still – Oma, was hat er dir alles erzählt, dieser Andrew?«, wollte Emily wissen. »Wo kommt er her? Wie alt ist er?«

»Ich hab ihn nicht nach seinem Alter gefragt. Das wäre unhöflich gewesen. Und zudem irrelevant. Das Alter ist schließlich nur eine Zahl. Aber ich weiß, dass er aus Australien kommt.«

»Australien.« Emily blickte Andrew fasziniert hinterher, der an der Schlange vorbeiging und eine kleine Treppe hinaufstieg.

»Warum interessiert dich das?«, erkundigte Frank sich mit rührender Ahnungslosigkeit. Sie rückten alle zusammen ein paar Meter nach.

»Egal.« Emily zog ihr Handy heraus und starrte hinein.

»Und wieso muss der sich nicht anstellen?« Das interessierte nun wieder Julia und regte sie ehrlich gesagt auf, netter junger Mann hin oder her. Wieso mussten nur *sie* hier wie gereizte Schafe auf der Weide warten, bis einer von den Rottweilern da vorn sie durch das Tor ließ, während andere Leute flotten Schrittes an ihnen vorbeizogen? Es war nur noch einmal Weihnachten, nämlich heute, und die Zeit rannte ihnen davon!

»Der hat bestimmt dasselbe wie Anne, dieses Global-Dingsbums, mit dem sie dich überall schnell durchlassen. Weil er so viel fliegt.« Frank klang neidisch.

»*Global Entry.*« Julia konnte ihren Neid ebenfalls kaum unterdrücken. Sie hatte ja gar nicht gewusst, dass es so etwas gab, bis sie durch Anne davon erfuhr. Wäre für sie ja auch völlig nutzlos gewesen mit einem Mann, der nie einen Fuß in ein Flugzeug setzte. Anne war mit diesem Kärtchen in der Hand einfach an der langen Reihe vorbeispaziert und wollte sich draußen schon um einen Mietwagen kümmern.

Endlich kam Bewegung in die Schlange. Julia beobachtete, wie die Beamten da vorn mit stoischen Gesichtern Pässe studierten, Fingerabdrücke verglichen und Fragen auf die übermüdeten Reisenden abfeuerten. Hoffentlich waren sie bald hier durch. Sie standen noch eine Weile wie Zombies hinter anderen Zombies, bis sie endlich an der Reihe waren. Zu viert schritten sie zu dem Beamten und reichten ihm ihre Pässe.

»Hallo«, murmelte er abwesend und zog Elisabeths Pass als ersten über einen Scanner.

»Was ist der Grund Ihres Aufenthalts?«, leierte er auf Amerikanisch herunter.

»Warum du hier bist, will er wissen«, übersetzte Emily.

»Wegen Christmas.« Elisabeth schenkte ihm ein Lächeln, das wirkungslos verpuffte. »*Merry Christmas to you!*«

Der Beamte verzog keine Miene und bedeutete ihr, den Zeigefinger der rechten Hand auf ein beleuchtetes Feld zu drücken.

»Haben Sie vor, hier zu arbeiten?«, fragte er, ohne aufzusehen.

»Selbstverständlich«, erwiderte Elisabeth stolz.

Der Kopf des Beamten ruckte hoch. Das erste Mal sah er die alte Dame richtig an. »Sie wollen hier arbeiten?«, vergewisserte er sich.

»*Of course*. Das sagte ich ja eben.« Elisabeth nickte heftig.

»Oma«, mischte Emily sich ein. »Du willst doch gar nicht hier arbeiten, was erzählst du denn da?«

»Natürlich will ich das. Ich sitze bei Charlotte nicht nur herum und lasse mich bedienen. Ich mag zwar achtzig sein, aber ich kann mich immer noch nützlich machen. *I'm old, but I can still work*«, versicherte sie dem Beamten.

Der griff nach dem Telefon neben sich und bellte irgendetwas hinein. Dann klappte er den Pass zu.

»Treten Sie bitte einen Schritt zur Seite, *Ma'am*«, forderte er Julias Schwiegermutter auf.

»Was? Was meint er damit?« Elisabeth griff nach ihrem Pass, doch der Mann zog ihn blitzschnell weg. Von irgendwoher kamen jetzt zwei weitere Beamte auf sie zu und ihre versteinerten Mienen verhießen nichts Gutes.

»Scheiße, ich glaube, die verhaften Oma.« Emily zupfte gestresst an ihren blauen Haarsträhnen herum.

Es sah ganz so aus. Panik rieselte wie Eisregen Julias Rücken hinunter. Warum hatte Elisabeth so etwas Blödes gesagt?

»Das meint sie nicht so«, wandte Julia sich rasch an den Beamten. »Sie hat da etwas verwechselt.« Wie sollte sie das dem Mann mit ihrem mickrigen Englisch begreiflich machen? »*A mistake*«, fiel es ihr endlich ein. »*It was a mistake.*«

Der Beamte schnitt ihr mit einer Handbewegung das Wort ab.

»Folgen Sie uns, *Ma'am*«, forderten die beiden dazugekommenen Beamten jetzt die völlig verdutzte Elisabeth auf.

Julia wollte ihnen ebenfalls folgen, aber die Beamtin, eine junge Asiatin mit strengem Gesicht, wehrte sie ab.

»Nicht Sie. Nur die Dame hier.«

»Aber ... aber ...« Julia rang die Hände, warf erst Emily einen Hilfe suchenden Blick zu, die wie versteinert dastand, dann Frank, der linkisch den Mantelärmel seiner Mutter festhielt, als ob er sie dadurch zurückhalten könnte. »Aber ...« Und dann fiel ihr eine Lösung ein. In Gedanken leistete sie Elisabeth Abbitte, für das, was sie jetzt gleich sagen würde. »Aber sie ist doch völlig senil.« Julia wedelte sich mit der Hand vor der Stirn herum. »*Old.* Balla balla. Gaga. *Crazy.*«

»Sag mal, spinnst du?«, fauchte Elisabeth empört.

»Sei einfach still, Mutter«, bat Frank leise. »*Yes,* sie braucht uns«, blies er jetzt ins gleiche Horn. »*She needs* ... ähm ... *us.* Sonst macht sie ganz verrückte Sachen. *Completely crazy.*« Er deutete eine Art hemmungsloses Herumhopsen und Kopfwackeln an. »Ich bin ihr Vormund.«

Die beiden Beamten wechselten einen Blick.

»Folgen Sie mir«, sagte die junge Asiatin schließlich. »Und zwar alle.«

»*Germany*«, murmelte der Beamte, dem sie in einer Art Verhörzimmer vorgeführt wurden. Es handelte sich um einen schnurrbärtigen Mann mit buschigen Augenbrauen, ungefähr Ende sechzig, der Julia vage an Stalin erinnerte. Eine amerikanische Flagge hing an der Wand, daneben ein Bild von George Washington. Die nächste Station waren der amerikanische Frauenknast und orange Overalls, dachte Julia und versuchte ihre aufkommenden Tränen zu unterdrücken. Was für eine Katastrophe. Und das am ersten Weihnachtsfeiertag.

Der Mann durchblätterte endlos lang all ihre Pässe, als ob er das Geheimnis für Elisabeths mentale Aussetzer darin zu entdecken hoffte.

»*It's a mistake*«, versuchte Julia es erneut, aber der Beamte warf ihr nur eine Bemerkung hin, die wie »Das sagen sie alle« klang.

»Sie kommen also aus Deutschland?«, erkundigte er sich erneut auf Englisch. Aus irgendeinem Grund schien ihn dieser Fakt besonders zu interessieren.

»*Yes*«, erklärte Emily mit fester Stimme. Dann fing sie an, dem Beamten zu erklären, dass ihre Oma nicht mehr ganz zurechnungsfähig war und sich nur falsch ausgedrückt hatte.

Trotz ihrer misslichen Lage verspürte Julia Stolz auf ihre Jüngste. Emily konnte ja doch etwas – und zwar ziemlich gut Englisch. Julia schämte sich, dass sie ihr bis vor ein paar Tagen rein gar nichts zugetraut hatte. Emily konnte nicht nur gut Englisch, sie konnte auch gut argumentieren, und außerdem übte sie eine beruhigende Wirkung aus. Nicht nur auf Hunde, sondern auch auf Menschen. Elisabeth machte einen etwas weniger verzweifelten Eindruck und der schnurrbärtige Beamte wirkte leicht besänftigt. Täuschte Julia sich, oder zog sogar ein kleines Lächeln über sein Gesicht?

»Ich sollte Sie alle gleich wieder nach Hause schicken«, knurrte er, als Emily fertig war. »Nach Deutschland. *Germany* ...« Er ließ das Wort über seine Lippen perlen. »Haben Sie vielleicht etwas Stollem in Ihrer Tasche?«, erkundigte er sich plötzlich.

»Haben wir was?«, fragte Frank entgeistert.

»Stollem.« Der Mann deutete etwas Brotfömiges an.

»Ah, Stollen!« Frank lachte erleichtert auf. »Es heißt Stollen.«

»*No,* Stollem.« Die Miene des Beamten verfinsterte sich augenblicklich wieder. »Stollem. *That's what my German grandma used to call it.*«

»Seine deutsche Oma hat es immer Stollem genannt«, übersetzte Emily rasch. »Keine Ahnung, warum. Vielleicht kam sie aus irgendeiner entlegenen Bergregion?«

»Das ist falsch. Es heißt Stollen«, beharrte Frank. Julia pikte ihn unsanft in den Rücken. »Stollem, selbstverständlich«, wiederholte er rasch. »Haben wir dabei. Schmeckt *wonderful*. Ganz *wonderful*.«

Der Beamte nickte gnädig. Dann schien ihn allerdings erneut etwas zu verärgern. »Wo ist der Pass für Ihr Baby?«, ranzte er sie an.

»Unser Baby?« Julia fing an zu schwitzen. Welche neue Hölle tat sich hier auf?

»*The baby!*« Der Beamte gestikulierte in Franks Richtung, zu dem in eine Decke eingemummelten Merkel-Zwerg.

»*Oh! It's not a baby.*« Frank wickelte bereitwillig den Deckeninhalt aus. »*It's a* Zwerg, *you see? A little person for the garden,* haha.«

Der Beamte betrachtete den Zwerg mit regloser Miene. Mist, vielleicht waren ja Zwerge, die wie Politiker aussahen, in den USA verboten? Er nahm Frank den Gartenzwerg aus der Hand und untersuchte ihn akribisch. Dann reichte er ihn zurück.

»*Beautiful*«, meinte er. »*Beautiful German craftsmanship.*«

»Was sagt er?«, flüsterte Elisabeth. »Können wir gehen?«

»Er findet, dass der Zwerg gute deutsche Handarbeit ist«, übersetzte Emily leise.

»Frank, schenk ihm den Zwerg«, verlangte Julia. »Nun mach schon. Du siehst doch, wie begierig er guckt.«

»Auf gar keinen Fall. Das ist unser Gastgeschenk.«

»Aber was nützt uns das, wenn wir gar nicht erst einreisen dürfen, hm?«

Mit einem gequälten Gesichtsausdruck hielt Frank dem Beamten den Merkel-Zwerg hin. »Möchten Sie ihn haben? Ähm, *would you like him?*«

»Wollen Sie mich etwa bestechen?« Der Mann stemmte sich mit beiden Händen auf seinen Schreibtisch auf und fixierte Frank.

Emily zog ihren Vater hastig zurück und nahm ihm den Zwerg ab.

»Natürlich nicht«, sagte sie schnell zu dem Beamten. »Mein Dad ist auch ein bisschen verrückt. Wir sind eine komplett verrückte Familie, haha.« Sie ruckte genauso mit dem Kopf hin und her wie zuvor Frank.

»Was hast du da gesagt?«, empörte er sich. »Glaubst du, ich verstehe kein Englisch? Ich verstehe sehr wohl Englisch!«

»*Silence*«, donnerte der Mann und wandte sich wieder seinem Computer zu.

»*Christmas pickle*«, meldete er sich nach einigen Minuten unvermittelt wieder. »Weihnachtsgurke«, wiederholte er in einem seltsam antiquiert klingenden Deutsch. »Haben Sie eine? Verstecken Sie die?«

Niemand antwortete. Julia schielte nervös zu den anderen. Weihnachtsgurke? Ob sie eine Weihnachtsgurke dabeihatten? Was zum Teufel sollte das sein? Und warum sollten sie die verstecken? Und wo? War die Einfuhr von Gurken etwa verboten? Einen Moment lang sehnte sie sich brennend nach ihrem gemütlichen Sessel zu Hause zurück, fernab von allen Irren dieser Welt. Der Mann sagte wieder irgendetwas.

»Er meint, seine Oma hätte immer eine Gurke im

Weihnachtsbaum versteckt«, übersetzte Emily stockend. »Ich weiß aber nicht, warum sie das getan hat.«

Ja warum nur? Julia hatte nicht die leiseste Ahnung. Am besten, sie lächelten einfach und stimmten ihm zu.

»*We love* Weihnachtsgurken«, versicherte sie ihm. »*So beautiful. Beautiful German craftsmanship.*«

Das schien den Mann zu freuen, denn jetzt schob er die Pässe achtlos zur Seite. »Schtelle Nahkt.« Er lauschte verträumt dem kruden Deutsch hinterher, das eben aus seinem Mund geflattert war. »*You know* Schtelle Nahkt?«

»Stille Nacht?«, riet Julia vorsichtig.

»*Yes!*« Triumphierend klatschte der Beamte ein Formular auf seinen Schreibtisch. »Das hat meine Grandma mir immer vorgesungen«, schwärmte er auf Englisch.

Emily lächelte ihn verständnisvoll an. »Ich glaube, er vermisst seine Oma.« Sie nahm Elisabeths Hand. »Das ist meine Großmutter. Meine arme verrückte Großmutter. Sie liebt Weihnachten. Und Stille Nacht.«

Elizabeth gab ein verärgertes kleines Schnaufen von sich, wagte allerdings nicht, laut zu widersprechen.

»Können Sie es singen?« Dem Mann kam offenbar eine Idee. Er beugte sich vor und sah Elisabeth in die Augen, die erschrocken einen Schritt zurückwich. »Können Sie Schtelle Nahkt singen, *German grandma?*« Er hob die rechte Hand, Daumen und Zeigefinger wie in einer Dirigentenpose aufeinandergepresst. »Können Sie das alle?«

Oh, verdammt. Singen! Und auch noch gemeinsam! Ihnen blieb aber auch nichts erspart. Julia holte tief Luft, knuffte Frank in den Rücken und fing mit bebender Stimme an zu singen.

»*Stihille Nacht, heilige Nacht, alles schläft, einsam wacht …*«

Frank stimmte zutiefst beschämt mit ein, und nach einer Schrecksekunde folgten ihm Emily und Elisabeth. Sie sangen hier um ihr Leben, so viel war klar, und wurden immer lauter. Der Beamte vollführte zuckende Dirigentenbewegungen und sah dabei ergriffen in die Ferne, wie um den Geist seiner deutschen Großmutter ein letztes Mal wiederauferstehen zu lassen.

»*Beautiful*«, sagte er, als der letzte Misston verklungen war. Er schnappte sich einen Stempel und krachte jedem von ihnen einen Abdruck in den Pass. »*Welcome to the United States.*«

»Lauft. So schnell ihr könnt.« Frank zerrte die Decke fester um den Zwerg.

»*Thank you*«, stammelte Julia. »*Thank you, thank you. And Merry Christmas!*«

Sie begann, sich vorsichtig rückwärts in Richtung Tür zu bewegen, während Emily hastig die Pässe aufklaubte, ehe der Mann es sich vielleicht noch einmal anders überlegte.

Als sie schon fast an der Tür waren, rief er plötzlich: »*Stop!*«

Oh, Gott. Oh, Gott, was hatten sie nur getan, dass man sie so bestrafte?

»Ich hoffe, Sie finden die Weihnachtsgurke, die bringt nämlich Glück!«

Der Beamte zeigte mit seinem ausgestreckten Arm auf Julia. Er lachte kurz und rasselnd, und mit einem Gemisch aus Erleichterung und Hysterie lachten sie alle viel zu laut mit.

Die Tür fiel hinter ihnen zu und eine Beamtin wies ihnen den Weg zur Gepäckausgabe und zum Zoll. Erst jetzt merkte Julia, dass sie klitschnass geschwitzt war.

24 Driving Home for Christmas

»Jetzt nichts wie raus hier. Zu Anne und dem Mietwagen, dann zum Highway brettern und, zack!, durch
nach Seattle. Am ersten Weihnachtsfeiertag ist sicher
nicht viel Verkehr, da liegt doch jeder normale Mensch
zu Hause auf der Couch und schläft oder isst.« Frank
stürmte so schnell voran, dass sie kaum hinterher-
kamen. »Gepäckausgabe, da lang!«

Julia versuchte im Rennen erste Eindrücke von Amerika zu gewinnen. Es sah aus, wie es überall auf der
Welt in der Gepäckausgabe eben aussah. Menschen,
die unruhig vor einem Gepäckband hin und her tiger-
ten, die auf die Uhr sahen, seufzten und jedes Mal in
wilden Aktionismus verfielen, sobald ein paar Gepäck-
stücke schwerfällig auf das Band plumpsten.

»Da! Unsere erste Tasche.« Frank stemmte das Ge-
päckstück vom Band und reichte es Julia. »Hier. Die
andere kommt bestimmt auch gleich, klappt ja prima.«

Julia schob die Tasche mit dem Fuß zur Seite. Du lieber Himmel, war die schwer. Sie konnte sich nicht daran erinnern, dass sie so viel eingepackt hatten. Die
zweite Tasche kam zu ihrer Verblüffung ebenfalls sofort
auf dem Band herbeigefahren. Vielleicht war ja noch

nicht alles verloren. Sie hatte keine Ahnung, was die Höchstgeschwindigkeit auf den amerikanischen Autobahnen war, aber nannten sie das hier nicht immer *Land of the Free*? Wenn sie im Schnitt 150 Stundenkilometer fuhren, dann waren sie in knapp drei Stunden bei Charlotte. Rechtzeitig zum ultimativen amerikanischen Weihnachtsessen.

Gut gelaunt marschierte sie jetzt voran, zur Schlange beim Zoll, die glücklicherweise nur aus wenigen Menschen bestand.

»*Hello*«, begrüßte sie den Beamten dort fröhlich. So ein junger Mann, und musste hier zu Weihnachten Dienst schieben ... Er tat ihr richtig leid. Der Typ las ihre Zollerklärung und kritzelte dann etwas darauf.

»*This way, please*«, bedeutete er ihnen. Was? *This way* führte aber nicht hinaus zu den Mietwagen. Alle anderen Leute gingen in die entgegengesetzte Richtung.

»Warum?«, stammelte Julia.

»Ihre Taschen werden genauer untersucht«, erklärte der junge Mann gleichmütig.

Das durfte echt nicht wahr sein. Jetzt wurde ihnen das Gepäck kontrolliert? Was denn noch alles? Warum ausgerechnet sie? Die anderen Reisenden wurden einfach durchgewunken. Wahrscheinlich hatte der Mann Langeweile. Und mit so einem hatte sie eben noch Mitleid gehabt! Ein wütendes kleines Schnauben entfuhr ihr.

»Wir müssen hier lang«, erklärte sie Frank, der hinter ihr stand. »Jetzt gucken sie uns auch noch in die Taschen. Sehen wir so aus, als würden wir irgendwas ins Land schmuggeln? Sehen wir aus wie frühpensionierte Drogendealer oder was?«

»Nicht so laut, Julia. Jetzt reg dich nicht auf. Wir haben nichts zu verbergen, das geht sicher schnell.«

Trotzdem verspürte sie ein mulmiges Gefühl, als sie den nächsten Beamten erblickte, der seine Gummihandschuhe schnipsen ließ und sich freudig auf ihre Tasche stürzte.

»Irgendwelche Lebensmittel?«, erkundigte er sich auf Amerikanisch.

»*No. Oh yes. Stollem.*«

Das sollte ein Witz sein, etwas, das die Situation entkrampfte. Aber dieser Beamte hatte offenbar keine deutschen Vorfahren, denn er sah sie nur leer an. Hinter ihr hustete Frank.

»Kein Fleisch? Keine frischen Früchte?« Der Typ ließ nicht locker.

»*No.*«

Frank hustete wieder. Diesmal klang es so künstlich und verzweifelt, dass sie sich umdrehte. »Was? Was ist denn?«

»Julia, ich ... Also, ich wusste ja nicht, dass ...«

»Und was ist das?« Der Beamte zerrte etwas aus ihrer Tasche, das sie im ersten Moment für ein riesiges in Silberpapier eingepacktes Weihnachtsgeschenk hielt, doch dann erkannte sie, was es war. Die Gans. Die verdammte Scheißgans, die Frank offenbar heimlich vor dem endgültigen Aus im Mülleimer bei Anne gerettet und in seine Tasche gestopft hatte.

»Das ist jetzt nicht wahr«, sagte sie leise. »Frank, sag mal, spinnst du?«

Der Beamte pulte die Alufolie ab. »Das sieht mir doch ganz nach Fleisch aus, oder etwa nicht?« In seinen Augen war kein Funke von Humor zu sehen. »*What is it?*«

»*Goose*«, krächzte Frank unglücklich. »*It's my Christ-mas goose*. Die kann ich nicht wegschmeißen. Das war so ein leckerer Braten, selten ist mir die Gans so gut gelungen wie dieses Jahr.«

»Mann, Papa!«, ließ Emily sich mitleidig vernehmen. »Du und deine Gans, also echt …«

Der Zollbeamte ließ das Tier jetzt achtlos in eine Plastikkiste plumpsen und begann damit, wie ein Goldgräber den restlichen Inhalt der Tasche zu durchforsten.

»Meinst du, er gibt sie uns wieder?«, flüsterte Frank nervös. »Vielleicht könnten wir ja auch etwas für ihn singen?«

»Nein, Frank, das glaube ich nicht. Der sieht nicht so aus, als ob er ein Ständchen von uns hören wollte. Eher ein Geständnis.«

Julia verfolgte mit hochrotem Kopf, wie der Beamte sich ungerührt mit seinen Gummihänden durch ihre Unterwäsche grub, wie er Zahnpasta und Rasierwasser inspizierte und dann den Merkel-Zwerg abklopfte, als ob er darin noch ein paar eingeschmuggelte Thüringer Bratwürste vermutete. Das Lebkuchenherz für Charlotte und den Stollen streifte er mit einem desinteressierten Blick. Wie ein Bluthund war er offenbar auf der Suche nach Fleisch. Schließlich sah er leicht enttäuscht ein, dass hier nicht mehr zu holen war.

»*I'm sorry.*« Frank knetete gestresst seine Hände. »*I didn't know* … Alles meine Schuld.« Er senkte den Kopf in Erwartung eines niederschmetternden Urteils. Doch das blieb aus.

»Beim nächsten Mal kein Fleisch, verstanden!«, mahnte der Beamte lediglich.

Dann schob er ihnen die zerwühlten Taschen zu,

gähnte und winkte die nächsten Opfer heran. Die Gans blieb wie eine Opfergabe an die Göttin des internationalen Luftverkehrs in ihrer Plastikbox liegen. Frank warf einen fassungslosen letzten Blick darauf.

»Nicht weinen, Papa«, tröstete ihn Emily. »Vielleicht solltest du einfach auch Vegetarier werden, dann bleibt dir so was in Zukunft erspart.«

»Das rechte Wort zur rechten Zeit, schafft Frohsinn und Gemütlichkeit«, kommentierte Elisabeth trocken.

Julia fing an zu lachen. Vielleicht, weil jetzt endlich alles vorbei und sie so erleichtert war oder vielleicht auch, weil Frank der Gans wie einer verflossenen Geliebten hinterherjammerte. Sie konnte überhaupt nicht mehr aufhören, jedenfalls so lange nicht, bis sie endlich draußen waren und in dem kleinen Terminal auf Anne stießen. Sie wartete vor einem lebensgroßen geschnitzten Holzbären, der mit hektisch zuckenden Lichtern dekoriert war.

»Endlich kommt ihr!«, rief Anne ihnen aufgeregt zu. »Was hat denn so lange gedauert? Es gibt eine gute Nachricht und eine schlechte.«

»Tatsächlich?«, war alles, was Julia herausbrachte. Was um alles in der Welt konnte denn heute sonst noch schlecht sein?

»Es gab einen irrsinnigen Ansturm auf die Mietwagen, weil sie so viele Flugzeuge umgeleitet haben und die Leute natürlich heute alle noch irgendwohin wollen. Bei allen großen Autovermietern gibt es keine Leihwagen mehr, dabei habe ich mich eine Stunde lang angestellt. Wenn ihr eher rausgekommen wärt, hätten wir uns aufteilen können und vielleicht noch was ergattert.« Anne zog resigniert die Schultern hoch.

»Heißt das, wir bekommen kein Auto mehr?« Die Essenz dessen, was Anne da sagte, kam erst nach einem gnädigen Moment der Verzögerung bei Julia an. Durch die großen Fenster der Flughafenhalle konnte man die tief verschneite Winterlandschaft draußen sehen. Endstation Flughafen? War das hier der krönende Abschluss ihrer großen Reise? Würden sie den Rest dieses kostbaren Weihnachtstages jetzt hier verbringen, zwischen harten Bänken, einem deprimierend braunen Teppich, einem Getränkeautomaten und mit einem Bildschirm mit flackernden Informationen über stornierte Flüge als einziger Unterhaltung?

»Nein, hier nicht.« Anne schüttelte den Kopf. »Aber dieser nette Mann da drüben hat mir gesagt, dass sein Cousin Pete gleich um die Ecke eine kleine Autovermietung betreibt. Das wissen die ganzen Leute hier natürlich nicht. Es ist sozusagen ein Geheimtipp. Er sagt, er könnte ihn anrufen.« Sie winkte einem Mann mit Schaffelljacke und Cowboyhut zu, der etwas weiter entfernt saß und an einer kaffeekannengroßen Cola nippte. Der Mann winkte lässig zurück.

»Aha. Und woher wissen wir, dass der Cousin von Buffalo Bill da drüben kein verrückter Axtmörder ist, der sich auf ahnungslose Touristen spezialisiert hat?« Frank schien von dem Geheimtipp nicht im Geringsten beeindruckt zu sein.

»Mann, Papa. Jetzt chill mal endlich.« Emily verzog das Gesicht. »Weißt du 'ne bessere Lösung? Wir können es uns natürlich auch hier gemütlich machen. Frohe Weihnachten allerseits.« Sie klatschte ihren Rucksack auf einen Sitz.

»Anne hat recht.« Julia schenkte dem unbekannten

Retter ein zaghaftes Lächeln. »Wir können es uns doch zumindest mal ansehen. Ehrlich gesagt haben wir gar keine andere Wahl.«

»Okay. Ich sag ihm Bescheid.« Anne ging zu dem Mann und redete mit ihm. Er zog sein Handy heraus, sprach kurz mit jemandem und nickte dann.

»Los, kommt mit!«, rief Anne. »Wir haben Glück, Pete hat noch ein Auto auftreiben können.«

»Was um alles in der Welt ist das?«, murmelte Frank, als sie zwanzig Minuten später bei *Country Cousin's Crazy Cars* vor einem Auto standen, dass vermutlich schon Fred Feuersteins Familie von Höhle zu Höhle transportiert hatte.

»*It's a Pontiac Aztek*«, erklärte Pete, ein Mann im weinrot karierten Holzfällerhemd, stolz. »*An American beauty*. Beinahe antik.«

»*How* ... antik?«, erkundigte sich Julia mit ungutem Gefühl.

»*Sweet sixteen*.« Country Cousin Pete lachte polternd.

»Süße sechzehn«, wiederholte Frank benommen. »Und sieht aus wie eine Mikrowelle.«

»Du wolltest doch unbedingt ein amerikanisches Auto. Jetzt hast du eins.« Julia war die Automarke völlig egal.

»Sie läuft immer noch wie geschmiert«, versicherte Cousin Pete, allerdings fiel Julia auf, dass er ihnen dabei nicht in die Augen sah.

Frank öffnete seinen Mund, um eine erneute Welle des Widerspruchs herauszulassen, aber Anne kam ihm zuvor.

»*We'll take it*«, erklärte sie knapp. »Hauptsache, das Ding fährt, Papa. Alles andere ist mir egal. Willst du heute noch ankommen oder nicht?«

»Es hat 160 000 Meilen drauf«, protestierte Frank leise. »Habt ihr das gesehen? Das käme zu Hause überhaupt nicht mehr durch den TÜV!«

»Aber wir sind hier nicht zu Hause.« Anne überreichte Country Cousin Pete ihre Kreditkarte. »Packt alles Gepäck ein. Das Ding hat sogar Winterreifen drauf, sagt er. Und dass wir Glückspilze sind, weil die meisten Autos hier keine haben.«

»Jippie«, murmelte Frank. Dann öffnete er den Kofferraum, um die erste Tasche hineinzupacken. Da drin befanden sich bereits eine Axt, eine Rolle dickes Klebeband und ein Seil. »Seht an!« Frank mimte Begeisterung. »Der letzte Serienkiller hat sein Handwerkszeug hier liegen lassen.« Frank schob das Seil zur Seite. »Da fühlt man sich doch gleich viel sicherer.«

»Sechzig Meilen pro Stunde? Mehr nicht? Soll das ein Witz sein? Da brauchen wir ja bis morgen, ehe wir in Seattle ankommen.« Frank hockte wie ein gekrümmter Käfer in seiner dicken Winterjacke hinter dem Steuer. Die Heizung in dem Auto röchelte asthmatisch und verströmte kaum Wärme. Er deutete zu dem Straßenschild am Rande des Highways. »Das sind ja nicht einmal hundert km/h.«

»Da sieht man wenigstens was von der Gegend«, meinte Elisabeth. »Seht nur, wie schön es hier ist. Alles so weiß und weihnachtlich.«

Das war es in der Tat. Vor lauter Stress war Julia noch gar nicht dazu gekommen, sich richtig umzuschauen.

Und richtig durchzuatmen, sich an der Tatsache zu erfreuen, dass sie in Amerika über den Highway sausten. Wenn ihr das jemand vor einer Woche prophezeit hätte! Na gut, sausen war zu viel gesagt, sie zuckelten eher. Nichtsdestotrotz näherten sie sich mit jeder Meile, die das alte Auto japsend zurücklegte, Charlotte und Rob und Connor und all den unbekannten amerikanischen Verwandten, die wahrscheinlich jetzt schon besinnlich vor dem Kamin saßen und sich gegenseitig die Weihnachtsgeschichte vorlasen.

»Da vorn ist Stau.« Frank trat auf die Bremse. »Klasse. Als ob sechzig Meilen nicht schon langsam genug wären. Jetzt geht gar nichts mehr. Wie spät haben wir es?«

»Kurz vor fünf. Ich glaube, das ist wegen des umgeleiteten Flugverkehrs.« Anne zog ihr Handy heraus. »Ich guck mal, ob wir auch anders fahren können.«

Sie studierte eine Weile lang die Straßenrouten auf ihrem Handy, während Frank mit den Fingern auf das Lenkrad trommelte.

»Mann, hab ich einen Durst«, klagte er. »Ihr auch?«

Er nahm einen Schluck aus seiner Wasserflasche, mindestens schon die fünfte seit der Landung. »Ich verstehe das nicht, ich hab auf dem Flug zwei Gläser Wein getrunken, mehr nicht. Wieso fühle ich mich so verkatert?«

»Passiert mir auch oft«, meldete Emily sich wie aus der Pistole geschossen. »Ist ganz normal. Total normal, Papa. Kein Grund zur Sorge.«

»Hm. Irgendwie kann ich mich auch gar nicht mehr richtig an den Flug erinnern. Geht euch das auch so?« Frank ließ das Thema nicht fallen. »Sehr seltsam, das alles. Der Flug war wie ein Traum.«

»Ich kann mich prima erinnern«, bemerkte Julia. »Du hast geredet wie ein Wasserfall und wolltest tanzen.«

»Unsinn. Ich wollte mir nur ein wenig die Beine vertreten und …«

»Nächste Ausfahrt, gleich da vorn«, unterbrach ihn Anne und hielt ihm ihr Handy vor die Nase. »Dort gibt es eine Landstraße, die fast fünfzig Meilen lang parallel zum Highway verläuft. Da umgehen wir den Stau, siehst du?«

»Na, dann machen wir das doch glatt.« Frank wechselte in die rechte Spur und zog dann mit einem gequälten Motorenheulen an allen Autos vorbei. *Moses Lake*, stand auf der Ausfahrt. *Seattle 178 Meilen.*

»Schaffen wir spielend in zwei Stunden. Heute wird schon keine Polizei unterwegs sein.« Frank warf den Fuß auf das Gaspedal, als sie endlich die komplett leere Landstraße erreicht hatten. »So macht das Spaß. Und jetzt ein Weihnachtslied!« Er schaltete das Radio an.

»*Welcome to Country Christmas*«, verkündete eine warme Stimme. »Extra für euch und eure Lieben. Das nächste ist Johnny Cash mit *I Heard the Bells On Christmas Day.*«

»Na? Passt prima.« Frank freute sich. Er stupste Julia an. »Los, mitsingen, haha!«

»Ich hab heute eigentlich schon genug gesungen.« Sie schüttelte die Erinnerung an den Verrückten mit der Weihnachtsgurke ab. »Aber hey – es ist Weihnachten! Und uns hört sowieso keiner!«

Und dann sangen sie eine Weile lang laut und falsch jedes Lied im Radio mit, das sie kannten, und fuhren, ohne auf ein weiteres Auto zu treffen, meilenweit dahin.

Julia betrachtete die vorbeiziehende Landschaft. Es wurde dunkel und die verschneiten Bäume glitzerten in der Dämmerung geheimnisvoll und wie gemalt. Die wenigen Häuser, an denen sie vorbeikamen, leuchteten in buntem Lichterglanz auf. Hier und da tauchte eine Farm oder eine Ranch auf, die einen großen Weihnachtskranz am Tor hängen hatte. Einmal erblickten sie sogar einen riesigen aufblasbaren Schneemann auf dem Dach einer Scheune, der ihnen freundlich zulächelte. Wie hübsch das alles aussah. Ein bisschen wilder und bunter als zu Hause. Eben amerikanisch.

Sie ließen die Häuser hinter sich und kamen an schneebedeckten Feldern, Wiesen und endlosen Wäldern vorbei.

»Seht mal da!«, rief Emily plötzlich. »Papa, fahr rechts ran. Wow, wie toll!«

Tatsache. Dort auf der rechten Seite, mitten auf einem Feld und in der Dämmerung kaum noch auszumachen, stand ein einsamer großer Hirsch im Schnee. Als Frank langsam an den Straßenrand fuhr und anhielt, hob der Hirsch den Kopf, lief aber nicht weg, sondern sah direkt zu ihnen. Dann schritt er majestätisch und ohne Eile durch die weiße märchenhafte Umgebung davon. Schnee stäubte um ihn herum auf, bald sah man nur noch das gewaltige Geweih. Wie ein Wesen aus einer anderen Welt verschwand er im Wald.

»So schön«, flüsterte Elisabeth. »Das habe ich in meinem ganzen langen Leben noch nie gesehen. Ihr?«

»Nein, ich auch nicht.« Julia hatte das Gefühl zu träumen. Was für ein wundervoller und weihnachtlicher Willkommensgruß. Irgendwie hatte sie jetzt erst das Gefühl, richtig angekommen zu sein.

»Wir haben echt Glück, was? Totales Glück.« Sie lächelte Frank an, er lächelte zurück und sie wusste, dass er in diesem Moment dasselbe dachte wie sie. Sie hatten Glück mit allem. Glück mit ihren Kindern, mit dieser Reise, Glück mit ihrem Leben.

»Na, dann. Weiter geht's.« Frank drehte den altmodischen Zündschlüssel im Zündschloss und ein quäkender Ton erklang. Irritiert versuchte er es erneut, aber der Wagen sprang nicht an. Auch nicht nach fünf weiteren Versuchen. Der Motor jaulte träge und fast lustlos, bis er schließlich überhaupt kein Geräusch mehr von sich gab.

Frank schloss die Augen. »Das glaube ich jetzt nicht.«

25 Let It Snow!

Klasse. Jetzt saßen sie hier mitten in der Einöde fest. Emily zog fröstelnd ihre Jacke dicht um den Körper. Eine verdammte Kälte in diesem Schrottauto! Und weit und breit kein Mensch zu sehen.

»Vorhin sind wir an einer Farm vorbeigekommen«, meinte Oma. »Da war Licht. Vielleicht könnten wir dorthin zurücklaufen?«

»Mutter, das war vor mindestens fünf Kilometern. Hier gibt es ja nicht mal eine Straßenbeleuchtung.« Papas Laune wurde von Minute zu Minute mieser.

»Geradeaus in vier Kilometern ist eine Tankstelle.« Anne zoomte die Landkarte auf ihrem Handy näher heran. »Vielleicht könnte ich mit Emily dort hinlaufen und Hilfe holen?«

Bloß nicht. Emily machte sich ganz klein in ihrem Sitz. Sie hatte echt keinen Bock darauf, in der dunklen Schneekälte die Landstraße entlangzustapfen. Vielleicht gab es hier ja wirklich verrückte Serienmörder. Oder wilde Tiere – Bären und Kojoten und so was. Sie fröstelte.

»Auf gar keinen Fall. Ich schicke nicht meine beiden Töchter allein in die amerikanische Wildnis, und das auch noch zu Weihnachten.« Mama schüttelte empört den Kopf.

Gott sei Dank. »Wir könnten einen Baum fällen«, schlug Emily vor, um auch etwas beizutragen. »Hinten war doch eine Axt drin.«

»Und wozu?« Anne sah sie entgeistert an.

»Na, um ein Feuer zu machen. Damit wir uns wärmen können.« Das Feuer würde auch die wilden Tiere fernhalten, überlegte Emily. Sie erwähnte es nur nicht laut, weil die Stimmung sowieso schon im Keller war. »Wie in der Prärie und so«, schob sie lahm hinterher.

»Jetzt sag bloß noch, dann feiern wir Weihnachten wie die Indianer.« Anne lachte spöttisch auf.

»Ich weiß, dass die Indianer kein Weihnachten gefeiert haben, ich bin doch nicht blöd.« Langsam regte es Emily auf, wie Anne immer die überlegene große Schwester rauskehrte, bloß weil sie in London wohnte und einen Haufen Kohle verdiente. »Aber zumindest würden wir dann nicht erfrieren.«

»Wir erfrieren auch so nicht.« Anne verdrehte die Augen. »Wir laufen einfach zur nächsten Tankstelle, wie ich es vorgeschlagen habe.«

»Mann, Anne, das hier ist nicht London, hast du es noch nicht kapiert? Die nächste Tankstelle ist am Arsch der Welt, meilenweit weg. Hier kannst du nicht mit deiner Kreditkarte wedeln und ein Taxi rufen.«

»Wenigstens habe ich eine Kreditkarte, im Gegensatz zu dir«, schnappte Anne.

Auf einmal waren sie beide wieder zehn Jahre jünger, standen in der Küche ihrer Eltern und lieferten sich ihre tägliche Schlacht um die Nutzung des Badezimmers, um den letzten leckeren Joghurt oder darum, wer wessen Klamotten heimlich angezogen hat.

»Und ich hab wenigstens einen Freund, im Gegensatz zu dir«, schoss Emily zurück. Sie bereute es augenblicklich. Anne zuckte zusammen, ihre Wangen färbten sich rot, Tränen schimmerten in ihren Augen.

»Ach. Wen denn?«, erkundigte sich Oma interessiert. »Etwa diesen Jannik ohne Schuhe?«

»Ich dachte, der will dich nicht?«, tönte jetzt auch noch Mama durch das Auto.

Emily reichte es. Sie stieg aus und knallte die Wagentür zu. Warum hatte sie so etwas Blödes gesagt? Sie hatte doch gar keinen Freund. Und es stimmte, Jannik wollte sie nicht. Warum musste ausgerechnet Mama den Nagel auf den Kopf treffen? Emily hätte heulen können. Sie war völlig fertig mit den Nerven. Erst der Stress mit Papa und den Pillen – Gott sei Dank hatte er den Flug heil überstanden und keinen Verdacht geschöpft –, dann das mit Oma, die sie fast alle ins Gefängnis gebracht hätte, und dann diese Schrottkiste hier und die Müdigkeit und die Tatsache, dass Jannik sie ignorierte und dass Emily ihn und Cat nicht mal mehr auf Instagram stalken konnte, weil der Akku in ihrem Handy leer war.

Sie lief ein paar frustrierte Schritte hin und her, um sich aufzuwärmen. Der Schnee knirschte unter ihren Füßen, vor lauter Kälte bildeten sich kleine Atemwölkchen vor ihrem Mund.

Die Beifahrertür öffnete sich.

»Jetzt steig wieder ein. Papa versucht es noch mal.«

Mama sah müde aus und plötzlich schämte sich Emily. Das hatte das beste Weihnachten aller Zeiten werden sollen und nun so was. Sie scannte ein letztes Mal die Umgebung, um vielleicht irgendwo ein Zeichen von Zivilisation zu entdecken, und da bemerkte sie es. Ein schwaches Licht. Es kam die Straße entlang und wurde heller und heller.

»Ein Auto«, rief sie. »Ein Auto kommt!«

Es war nicht einfach nur ein Auto. Es war ein Pick-up-Truck und er wurde langsamer, als er die auf der Straße herumhopsende Emily sah, die mit den Armen wedelte. Kurz vor ihr hielt er an. Ein bärtiger Mann mit roter Baseballkappe auf dem Kopf guckte heraus.

»Habt ihr Probleme, Leute?«, rief er. »Braucht ihr Hilfe?«

Emily klärte ihn rasch über ihr Dilemma auf.

»Na, dann rein mit euch in die gute Stube. Ich nehme euch mit zur Tankstelle. Zu Weihnachten lässt man niemanden auf der Straße sitzen«, sagte der Mann auf Amerikanisch zu ihnen und kletterte aus dem Truck, um die Türen seines Wagens zu öffnen. »Ich bin übrigens Mike, aber meine Freunde nennen mich Moose. Habt ihr ein Abschleppseil?«

»Er sagt, sein Name ist Elch und er nimmt uns mit«, übersetzte Anne. »Und ob wir ein Seil haben.«

»Er heißt Elch?«, fragte Papa alarmiert.

Mama legte ihm beruhigend die Hand auf den Arm.

»Und ja, wir haben ein Seil. Welch Zufall.« Papa lachte freudlos. »Bist du sicher, dass er Elch heißt?«, raunte er Anne zu. »Ich meine nur – wir haben vorhin diesen Hirsch gesehen und jetzt kommt dieser Mann namens Elch auf einmal aus dem Nirgendwo, das ist irgendwie …« Er brach ab, offenbar wusste er selbst nicht, wie er das alles interpretieren sollte.

»Das ist wie Weihnachten«, schlussfolgerte Mama. »Und wie er heißt, ist mir egal, selbst wenn er der Weihnachtsmann persönlich wäre. Er hilft uns.«

Sie stieg als Erste in den warmen Truck von Moose, Oma folgte ihr sofort, danach Emily und Anne. Papa befestigte mit Mooses Hilfe das Seil an dem nutzlosen Mietauto, damit der Truck es abschleppen konnte.

»Sorry, Anne. Es tut mir leid, was ich gesagt habe.« Emily starrte verlegen zum Fenster hinaus. »Ich habe es nicht so gemeint.«

»Schon gut.« Anne blies in ihren Schal, um sich aufzuwärmen. »Außerdem hast du ja recht.«

»Nein, hab ich nicht, ich habe gelogen. Ich habe überhaupt keinen Freund. Ich habe jemanden gern, der mich nur leider nicht will.«

»Willkommen im Klub.«

Anne zog die Nase hoch. Sie wollte noch etwas hinzufügen, aber in dem Moment setzten Moose und Papa sich ins Auto.

»Der hat genau so eine Kappe auf wie der Trump immer«, flüsterte Oma. »Seht ihr das? Diese rote Mütze?«

»Trump?«

Moose drehte sich zu Oma um. Tatsache, der hatte die gleiche Mütze auf. Scheiße, dachte Emily. Ausgerechnet ein Trump-Fan musste sie retten.

»Yes«, antwortete Oma nervös. »Your president.«

»See that?« Moose tippte an seine Mütze und beugte sich vor, damit sie besser lesen konnten, was darauf stand.

»Make America grate again.« Er lachte begeistert auf. »Ich bin ein Milchbauer! Kapiert? I grate cheese!«

»Er will, dass Amerika wieder Käse reibt«, übersetzte

Anne perplex. »Also *grate,* nicht *great,* ich weiß nicht, was er damit ...«

»*It's okay.*« Moose hatte offenbar verstanden, dass sie mit der Botschaft auf seiner Mütze überfordert waren. Er winkte lachend ab und startete den Truck.

»Ich glaube, er liebt Trump...«, setzte Anne an.

Moose fiel ihr ins Wort. »Wisst ihr, warum Trump eine Mauer bauen will? – Weil die Chinesen auch eine haben und ihm gesagt haben, dass es bei ihnen keine Mexikaner gibt.« Er schlug sich begeistert auf die Schenkel, der Truck flutschte kurz auf der Straße hin und her.

»... ich glaube, er liebt Trump-Witze«, vollendete Anne ihren Satz.

Sie lachten alle erleichtert auf, was Moose zum Anlass nahm, einen Witz nach dem anderen auf sie abzufeuern, die Anne übersetzen musste.

»Kennt ihr den? Trump streitet sich mit Nordkorea, wer zuerst das Weltall erforschen wird. Sagt Trump: Wir Amerikaner landen als Erste auf der Sonne. Sagt der Dicke aus Nordkorea: Das geht nicht, auf der Sonne kann man nicht landen, die ist viel zu heiß. Sagt Trump: Aber Amerika kann das. Wir landen da nämlich bei Nacht.« Moose schüttelte es vor lauter Gelächter so sehr durch, dass er beinahe die Kontrolle über den Truck verlor.

»Gehen Bush und Obama in eine Bar und ...« Moose unterbrach sich selbst. »Okay, Leute, da vorn ist das 7-Eleven von Mabel und Wayne, das hat auf. Die haben immer auf, auch heute. Wayne kann euch jemanden rufen, der den Wagen repariert. Obwohl ...« Er zog die Stirn kraus. »Will ja keinem zu nahe treten, aber ich weiß nicht, ob sich das bei dem Karren noch lohnt. Wo müsst ihr hin?«

»Seattle.« Emily seufzte.

»Ach, du lieber Himmel. Puh, ob das heute noch was wird? Mabel macht ein prima Peppermint Bark«, meinte er, als ob das die Lösung wäre. »Dann feiert ihr einfach mit Mabel und Wayne Weihnachten.« Moose strahlte über das ganze Gesicht.

»Was ist ein Peppermint Bark?«, fragte Mama leise, als sie vor der Laden-Tankstelle vorfuhren.

Mabel und Wayne waren zusammen ungefähr 150 Jahre alt und hatten ihren gesamten Laden mit bunt flackernden Lichtern dekoriert. An der Decke drehte sich sogar eine Diskokugel, die dem Ganzen einen Hauch von Tanzschuppen der Siebzigerjahre verlieh, mit zwei geschnitzten Bären am Eingang, die wie Türsteher unter ihren Weihnachtsmannmützen hervorguckten. Ansonsten hatte Mabel, oder vielleicht auch Wayne, ganz offensichtlich eine innige Beziehung zu Engeln. Überall saßen sie herum – zu zweit, allein oder wie zu einem Schwätzchen in Gruppen angeordnet. Sie waren aus Keramik, aus Plastik, aus Pappe, Holz oder Metall gefertigt, gehäkelt, bestickt oder in wallende Leibchen gehüllt und ließen ihren beseelten Blick auf dem Zigarettenregal, den Chipstüten, den Benzinpreisen und dem unschlagbaren Angebot von zwei Packungen Erdnüssen zum Preis von einer ruhen.

Emily unterdrückte ein Kichern. Das volle Kontrastprogramm zu Cats Wintersonnenwende. Und irgendwie so abgefahren, dass es schon wieder cool war.

»*Merry Christmas!*«, riefen die beiden alten Leutchen ihnen entgegen und begrüßten sie wie lang vermisste Verwandte. Mabel trug Cowboystiefel und einen Jeansrock, sie hatte die Haare wie Dolly Parton gestylt und kleine Weihnachtsbäume an den Ohren baumeln, die zu Emilys Verblüffung ebenfalls mit winzigen zuckenden Lichtern bestückt waren. In der Ecke des Ladens blinkten mehrere künstliche Weihnachtsbäume um die Wette und verströmten merkwürdigerweise einen ausgesprochen starken Duft nach Tannengrün. In dem Moment entdeckte Emily etwas, das sie augenblicklich allen Stress vergessen ließ. Einen weißen Labrador, der auf einer weichen Decke auf dem Boden vor sich hin döste.

»Ah, das ist Rover«, rief Mabel, die offenbar ihren Blick bemerkt hatte. »Du kannst ruhig Hallo zu ihm sagen. Er mag Menschen.«

Emily kniete sich hin.

»Hey, Rover«, flüsterte sie. »Du bist der erste amerikanische Hund, den ich treffe. *Nice to meet you.*«

Rover seufzte leise und legte seinen Kopf auf ihre Hand.

Und plötzlich war die Welt wieder in Ordnung. Emily fror nicht mehr und hätte stundenlang hier sitzen und Rover streicheln können, eingelullt von all dem Gefunkel und dem überwältigenden Tannenduft, von Frank Sinatras Gesang, der sich immer noch ein *White Christmas* wünschte, obwohl sie schon längst eines hatten, von Rovers gemütlichem Schnorcheln und der schimmernden weißen Pracht draußen vor den Fenstern. Außer ihnen war kein Mensch hier und Mabel brachte ihnen heißen Kaffee und eine Art weiße Schokolade mit Nüssen und zerbrochenen Pfefferminzbonbons darin.

»*Peppermint Bark.*«

Sie hielt Emily stolz den Teller hin, die gleich kostete. Das Zeug war ja richtig lecker! Von Emilys Begeisterung ermutigt, tischte Maureen jetzt noch andere amerikanische Weihnachtsleckereien auf, während Papa mit Anne als Dolmetscher und mit Wayne den Wagen inspizierte und feststellte, dass Hopfen und Malz verloren war, und dann irgendeinen Abschleppservice anrief.

Emily futterte sich gerade durch Kürbisbrot und Popcorn, als die niederschmetternde Nachricht kam.

»Die können frühestens in vier Stunden hier sein.« Papa betrachtete fassungslos den Telefonhörer, der ihm diese gemeine Neuigkeit überbracht hatte. »Weil Weihnachten ist und die Straßen so zugeschneit sind.« Er rieb sich erschöpft über die Stirn. »Da kommen wir heute nicht mehr nach Seattle. Das können wir vergessen.«

»Seattle?« Mabel spitzte die Ohren. »Ich frag mal die kleinen Mädchen.« Sie schnappte sich ihr Handy. »Die wollen da heute noch hin. Vielleicht können sie euch ja mitnehmen.«

»Die kleinen Mädchen?« Mama schickte einen fragenden Blick in die Runde.

Emily zuckte mit den Schultern. Sie verstand es genauso wenig. Irgendwelche kleinen Mädchen, die jetzt nach Seattle fuhren? Wie klein? Vor ihrem inneren Auge erschien eine Horde von Girl Scouts in wurstbraunen Uniformen, die sich lärmend und kichernd in einen Bus drängten, während eine von ihnen vier Kissen übereinanderstapelte und sich hinters Lenkrad klemmte. Das war ja angeblich das Land der unbegrenzten Möglichkeiten, und langsam wunderte Emily sich über gar nichts mehr.

Die kleinen Mädchen hatten lila und rosa Haare, zerrissene Jeans, trugen Holzfällerhemden und Gummistiefel mit dicken Wollsocken. Sie waren kaum älter als Emily und die Mitglieder einer Indie-Band, die morgen einen Gig in Seattle hatte.

»*The Half Sisters*. Das ist unsere Band«, erklärte eine von ihnen, die pinkfarbene Haare hatte. »Und auch unsere verwandtschaftliche Beziehung. Wir haben nämlich alle denselben Dad, nur verschiedene Mütter. Kannst dir ja vorstellen, was los war, als wir das herausgefunden haben.« Sie grinste. »Das war ein Spaß. Na ja, für Dad eher weniger.«

»Das glaube ich.« Emily musste die Mädchen immer wieder anstarren wie eine Vision. Sie sahen sich tatsächlich alle ähnlich und waren vor zehn Minuten in das beschauliche 7-Eleven geplatzt, wo sie sich sofort bereit erklärt hatten, Emilys Familie mitzunehmen.

»Das sind eure Weihnachtsengel«, erklärte Mabel feierlich und drückte das Mädchen mit den pinkfarbenen Haaren an sich, das ihre Enkelin war.

Normalerweise hätte Emily über so eine kitschige Bemerkung gelacht, aber heute – heute war irgendwie alles möglich. Sie fuhren mit einer echten Indie-Band nach Seattle, das war der Hammer. Wenn sie das Jannik erzählte! Sie musste unbedingt ein Foto mit der Band machen und auf Instagram stellen. *#soblessed #rocking seattle #whitechristmas* #nimmstdumichjetztendlichwahrjannik

Eine Stunde später war Emily total beeindruckt. Wenn die Mädchen nur halb so gut Musik machten, wie sie in ihrem Truck durch den Schnee donnerten, dann war ihnen ein Platz in der *Rock 'n' Roll Hall of Fame* sicher. Eben hatten sie kurz auf einem Parkplatz angehalten, um vor der Überquerung des Bergpasses Schneeketten an den Rädern des Trucks anzubringen. Zwei der Mädchen waren ausgestiegen und hatten die Ketten an die Reifen gefummelt. Emily schluckte. Sie hatte noch nicht mal ihren Führerschein in der Tasche. Meine Güte, sie konnte ohne fremde Hilfe ja kaum den Schlauch an ihrem Fahrrad reparieren! Eigentlich hatte sie überhaupt noch nichts in ihrem Leben auf die Reihe gekriegt. Das würde sich ab jetzt ändern, schwor sie sich. Und Jannik würde sie auch nicht länger anschmachten, der sah nicht das in ihr, was sie für ihn sein wollte. Sie hatte es nicht nötig, ihn zu beeindrucken. Sie musste verdammt noch mal überhaupt niemanden beeindrucken, sondern einfach nur sie selbst sein und ihrem Leben die Richtung geben, die sie wollte. Eine Ausbildung anfangen oder ihr eigenes Tierheim eröffnen. Auf jeden Fall irgendwas tun, das die Welt ein Stück besser machte, und nicht immer nur davon reden.

Von draußen wehte jetzt der unmissverständliche Geruch eines Joints herein. Wahnsinn. Die brachten nicht nur in Windeseile Schneeketten an, die kifften auch noch dabei! Verstohlen schielte Emily zu ihren Eltern, aber die kriegten natürlich nichts mit.

»Oh, hier riecht es so romantisch nach Lagerfeuer«, meinte Papa lediglich. Manchmal zweifelte Emily echt an seiner angeblichen Hausbesetzer-Karriere.

Jetzt kletterten die Schneeketten-Girls wieder ins Auto. Allyssa, die mit den pinkfarbenen Haaren, drehte sich zu ihnen um. »Wollt ihr auch was davon haben?« Sie schwenkte den Joint.

»Öhm«, machte Emily und schielte zu Anne. Die grinste nur.

»*We don't smoke, thank you*«, erklärte Papa.

»Papa, das ist ein Joint«, platzte Emily heraus, die es nicht länger aushielt.

»Ach, du lieber Himmel, dann erst recht nicht!« Papa winkte ab. »Ich hab noch nie in meinem Leben Drogen genommen und werde ganz bestimmt nicht in Amerika damit anfangen.«

Oh Gott. Emily ging augenblicklich in Deckung und vergrub ihr Gesicht in den Händen, damit niemand sah, dass sie vor Lachen bebte.

»Alles okay, Schatz?«, erkundigte Mama sich mitfühlend. »Bist du müde?«

»Ein bisschen«, piepte Emily.

»Ich schreibe jetzt Charlotte, dass wir in ungefähr zwei Stunden da sind. Falls nicht noch was schiefgeht. Klopf auf Holz.« Mama pochte auf ihren abgewetzten Ledersitz.

Zwei Stunden später fuhren sie von der Autobahn ab und durch Redmond, einen Vorort von Seattle.

»Wahnsinn, jetzt guckt euch die Häuser an, wie die alle geschmückt sind. Das gibt es doch gar nicht!«

Mama kriegte sich überhaupt nicht mehr ein und in der Tat sah es hier absolut schrill aus. Total irre bunte Lichter überall, aufblasbare meterhohe Schneemänner, nickende Rentiere, ein einziges Funkeln und Flimmern und Zucken überall.

Allyssa sagte etwas über die Schulter hinweg und lachte.

»Sie meint, das wäre noch gar nichts«, übersetzte

Anne für alle. »Wir sollen erst mal abwarten, bis wir die Straße der Verrückten gesehen haben. Die ist gleich hier um die Ecke. Sie sagt«, jetzt hustete Anne leicht verlegen, »dass dort die absoluten Hardcore-Weihnachts-Motherfucker leben.«

»Du meine Güte«, staunte Mama. »Das können wir uns überhaupt nicht vorstellen, was, Frank? Und was das alles kostet! Was sind das nur für Leute?«

»*Crazy people.*« Allyssa wedelte sich lässig mit der Hand vor der Stirn herum. »*Here we are.*«

Sie bogen in eine Straße ein, die alles bisher Dagewesene übertraf. Hier sah es aus, als hätte ein Riese ein Kaufhaus voller Weihnachtsdekorationen umgestülpt und anschließend seinen Inhalt ohne Sinn und Verstand über die gesamte Straße verstreut.

»Jetzt guck dir dieses Haus an!« Papa lachte hellauf. »Denen steigt der Weihnachtsmann im wahrsten Sinne des Wortes aufs Dach und da, haha, siehst du das riesige Lebkuchenhaus im Garten? Das ist fast so groß wie unsere Garage in Weimar. Unglaublich. Also nehmt es mir nicht übel, aber die Amis haben in der Beziehung echt einen kleinen Dachschaden, was?« Papa schnaubte amüsiert. »Wer macht denn so was? Nur Verrückte.«

In diesem Moment trat eine Frau mit einem Baby im Arm aus dem Haus. Sie blieb vor einer Reihe grasender Metallrehe mit leuchtend roten Nasen stehen, dann drehte sie sich um und blickte suchend die Straße entlang.

»Diese Verrückte da ist übrigens eure Tochter.« Elisabeth schnallte sich ab. »Ich steig mal aus und sag Hallo.«

26 Little Drummer Boy

Connor hatte die blauen Augen von Franks verstorbenem Vater und sah ansonsten genauso aus wie Charlotte als Baby. Julia hielt ihn im Arm und betrachtete ihn. Stundenlang hätte sie so sitzen und diesen kleinen Weihnachtsengel anschauen können. War das nicht immer wieder ein Wunder, wie die Natur so einen kleinen Menschen hervorbrachte? Mit zehn Fingerchen und zehn Zehen und winzigen Wimpern und dieser Knopfnase, aus der kleine Schnaufer kamen. Etwas tropfte auf Connors Wange. Eine Träne. Julia wischte sie rasch weg und sah sich verstohlen um. Niemand hatte bemerkt, dass sie hier Tränen der Rührung auf ihren Enkel vergoss. Und Tränen der Freude und der Erleichterung, wie auch immer. Sie nahm das ganze Tohuwabohu um sich herum nur verschwommen wahr, denn so viele Sinneseindrücke konnte ein Mensch ja gar nicht auf einmal verarbeiten. Allein die ganzen Weihnachtsbäume, die die Millers in ihrem Haus aufgestellt hatten, und der ganze ausufernde Deko-Kram überall. Sogar das Gästeklo hatten sie mit einer weißsilbrigen Girlande umrahmt, in der kleine Weihnachtssterne steckten. Als wäre das Gästeklo eine jungfräuliche Braut, die in einer Kammer auf ihre Trauung wartete.

»*Presents!*«, rief jetzt diese Tante mit der ulkigen Frisur und dem Bettvorleger-Pullover mit weihnachtlichen Motiven und bimmelnden Glöckchen darauf. Daphne hieß sie.

Julia begab sich zu den anderen und trug Connor so vorsichtig im Arm wie eine kostbare Ming-Vase. Hoffentlich wachte der kleine Kerl von all dem Lärm nicht auf, aber die Sorge war offenbar unbegründet. Das Baby verzog keine Miene, als nun ein kleiner Junge anfing, das Klavier zu bearbeiten, und alle Anwesenden in ein fröhliches »*We wish you a merry Christmas!*« ausbrachen. Wenigstens verlangte niemand, dass die Bachmanns mitsangen, weshalb Julia auch nur der Form halber ihre Lippen bewegte. Im Gegensatz zu ihnen klangen die Millers nämlich recht harmonisch, und das wollte sie auf keinen Fall durch ein Bachmann'sches Froschkonzert ruinieren.

»Das ist der Hammer hier, oder?«, raunte Frank ihr zu, der neben ihr stand. »Ich hab alles fotografiert. Auch das Klo. Das zeige ich meinen Kollegen, die glauben mir das sonst nicht. Hast du schon von Bernies Radiosender gehört? Und warst du mal in dem Lebkuchenhaus? Das glaubst du nicht, was da alles noch drin ist, es ist wie im Märchen. Ich glaube fast …« Er verstummte.

»Du glaubst was?«

Frank räusperte sich. »Ich glaube fast, unser Haus könnte im nächsten Jahr auch ein bisschen mehr Dekoration gebrauchen.«

»Das ist nicht dein Ernst.«

»Warum denn nicht? Warum immer nur Strohsterne

und Räuchermännchen? Die sind viel zu klein, die sieht man ja gar nicht. Warum nicht ein paar zwei Meter hohe Zuckerstangen oder so eine aufblasbare Schneekugel? Bernie hat gesagt, ab morgen ist in den Läden alles um 75 Prozent reduziert. Da können wir zuschlagen.«

»Hier haben morgen die Läden auf?«

»Ja. Morgen ist der Tag, an dem alle Amerikaner ihre Weihnachtssachen für nächstes Jahr kaufen, weil es nie wieder so billig wird.«

»*Crazy*«, murmelte Julia benommen.

»Und außerdem haben wir ja jetzt Platz in der Reisetasche, weil meine Gans weg ist. Doreen hat übrigens noch eine aufgetrieben, hat sie mir erzählt. Extra für uns, sie zeigt sie mir morgen. Ist das nicht nett? Überhaupt sind sie alle wahnsinnig nett. So nett.«

Julia warf ihm rasch einen prüfenden Blick zu. Ging das schon wieder los wie im Flugzeug? Aber Frank stand ganz ruhig da und hüpfte nicht herum, sondern biss nur von seinem Brownie ab.

»Schmecken nicht schlecht«, meinte er kauend. »Hat mir Daphne geschenkt. Ein bisschen herb, das ist die bittere Schokolade, aber sonst recht lecker. Willst du auch einen?«

»Gern.«

Sie biss ab. Hm, der Brownie schmeckte ihr nicht so richtig. Sie aß ihn trotzdem, weil sie jetzt erst bemerkte, was für einen rasenden Hunger sie hatte. Sie wusste gar nicht, wie lange sie schon auf den Beinen waren und wie spät es jetzt zu Hause war.

»*Okay, guys*«, ließ Bernie sich vernehmen und klopfte mit einem Löffel an ein Glas.

Charlotte trat neben ihn, um zu übersetzen, und Bernie begann eine feierliche kleine Ansprache.

»Ihr lieben Verwandten aus Deutschland! Wir freuen uns so sehr, dass ihr an diesem Weihnachtsfest zu uns gekommen seid, trotz Schneesturm und Turbulenzen.«

»Sie sind eben total spontan«, krähte Tante Daphne dazwischen, sie wurde aber sofort von ihrem Bruder zischelnd zur Ordnung gerufen.

»Es ist wunderbar, dass wir euch endlich einmal alle kennenlernen und auch noch Weihnachten miteinander feiern können, besonders in diesem Jahr, wo wir den kleinen Connor in unserer großen Familie begrüßen dürfen. Ich ...«

Hier versagte Bernies Stimme einen Moment lang und er wischte sich eine kleine Träne aus dem Augenwinkel. Julia lächelte ihm aufmunternd zu. Es war okay, wenn einen die Rührung überkam, noch dazu an Weihnachten. Das wusste sie schließlich am besten. Überhaupt stieg auf einmal so ein warmes, wohliges Gefühl in ihr auf. Frank hatte recht. Die waren alle unglaublich nett, auch wenn Julia leider nicht immer verstand, wovon sie eigentlich redeten. Bernie hatte sich schon wieder gefangen. Er schnaubte in ein großes kariertes Taschentuch und fuhr fort.

»Und deshalb gehen wir jetzt am besten ganz einfach zu den Geschenken über. Hier ist etwas für jeden von euch von unserer Daphne, wir hoffen, es gefällt euch. Dann können wir gleich anschließend das große Familienfoto machen.« Er überreichte jedem von ihnen ein weiches Päckchen.

»Zeit für deinen Zwerg«, sagte Julia leise zu Frank, während sie anfing ihr Geschenk auszupacken.

Frank nickte und ging kurz hinaus. Julia wickelte das Weiche aus. Zum Vorschein kamen zwei Rentiere mit Kulleraugen aus Plastik, die auf einem rot-grünen Norwegerpullover grasten. Ach, du heiliger Bimbam, was war denn das? Es war genauso ein Pullover, wie Daphne ihn trug. Aus irgendeinem Grund fand Julia das jetzt total lustig. Sie reagierte geradezu hysterisch.

»I love it«, rief sie zu ihrer eigenen Verwunderung laut aus. »It's great!«

Haha, das musste sie Frank zeigen. Ob er auch so ein Ding bekommen hatte? Wo blieb er nur?

Da kam Frank wieder herein, er grinste über das ganze Gesicht und hob den Daumen hoch, dann überreichte er Bernie feierlich den Zwerg.

»Beautiful German craftsmanship«, versicherte er ihm.

Bernie wickelte den Zwerg aus, fuhr erschrocken zurück, lachte dann laut und reichte ihn an die anderen Familienmitglieder weiter, die ihn bestaunten und anfassten und offenbar beratschlagten, was sie damit anfangen sollten.

»It's a Merkel-Zwerg«, erklärte Frank für den Fall, dass die Millers das nicht kapierten.

»Exzellent.« Bernie nickte beeindruckt. »Und wir haben noch mehr für euch.« Er griff hinter sich.

»Wir auch.« Frank überreichte das zweite Paket und nahm im Gegenzug eins von Bernie entgegen.

»Was ist es?«, fragte Julia leise. »Was zu essen?« Sie hatte auf einmal einen Bärenhunger.

»Es ist ...« Frank riss das Papier auf. »Ein Stollen.« Ein Zucken lief über sein Gesicht.

»Ich ...« Julia versuchte mit aller Macht, ihre Gesichtszüge unter Kontrolle zu halten, aber es gelang ihr nicht. Besonders, als sie Bernie dabei beobachtete, wie er *seinen* Stollen auspackte. Was für ein Dilemma. Gott sei Dank grölten die Millers alle los, sobald sie verstanden hatten, was hier gerade vor sich ging.

»Dann wollen wir mal sehen, welcher besser schmeckt, was?«, rief Bernie. »Und jetzt zieht schnell eure Weihnachtspullis an, damit wir das Familienfoto machen können.«

»*Yes!*« Tante Daphne hielt den Daumen hoch und genehmigte sich einen großzügigen Schluck aus einer Flasche Tequila.

»Du siehst so was von schrill aus.« Julia musste jedes Mal von Neuem auflachen, wenn sie Frank in seinem Weihnachtspulli ansah. Seiner war mit rot glitzernden Bommeln behängt und viel zu eng. »Du siehst aus wie ein zu schnell gewachsener Wichtel.«

»Deiner ist nicht viel besser«, gab er zurück. »Die Augen von deinen Rehen verfolgen einen überallhin. Gespenstisch ist das.«

»Es tut mir leid, Mama. Diese Pullover sind den Millers dermaßen wichtig, das könnt ihr euch gar nicht vorstellen.« Charlotte verdrehte die Augen. »Weihnachten ist ihr allerliebstes Fest.«

»Was du nicht sagst.« Frank mimte Erstaunen. »Das merkt man gar nicht.«

Sie lachten alle so laut los, dass Connor in seinem kleinen Moses-Körbchen unruhig hin und her zuckte und kurz verschlafen blinzelte.

»Psst«, machte Charlotte erschrocken. »Wenn er jetzt aufwacht, krieg ich ihn vor zwei Uhr morgens nicht wieder zur Ruhe. Dann brüllt er eine Stunde lang durch, das macht er neuerdings gern.«

Julia zog ihre älteste Tochter an sich. »Wir sind ja jetzt da. Wir helfen dir.«

»Ach, Mama, ihr müsst mir nicht helfen. Ich schaffe das schon ganz gut und ihr seid bestimmt völlig k. o. Allein die Tatsache, dass ihr da seid und mir moralische Unterstützung leistet, baut mich schon auf. Das ist mein schönstes Geschenk.« Charlotte umarmte Julia und Frank gleichzeitig.

Und dann standen sie eine Weile lang stumm neben dem kleinen Bettchen mit dem schlafenden Baby. Der Mond schien ins Zimmer und der Sturm draußen war endgültig abgezogen und hatte nichts als einen sanften Flockenwirbel zurückgelassen. Die Nacht war friedlich und still, und selbst im Haus war endlich Ruhe eingekehrt.

»Frohe Weihnachten, mein Schatz. Es ist …« Julia hatte plötzlich einen Kloß im Hals und konnte nicht weitersprechen.

»Ist schon gut, Mama.« Charlotte drückte sie.

Frank übernahm. »Es ist das schönste Weihnachten, das wir je zusammen erlebt haben, will sie sagen. Deine Mutter ist ein bisschen fertig, denn das war nicht nur das schönste, sondern auch das längste Weihnachten, das wir je gefeiert haben. Drei Tage lang. Und ich möchte keine Sekunde davon missen.« Er blickte versonnen auf den schlafenden Connor hinunter. »Gut, dass ihr mich aus meiner Blase herausgeschubst habt. Ich hab immer gedacht, Weihnachten ist an unser Zuhause und an die Traditionen dort gebunden. Was anderes konnte ich mir gar nicht vorstellen und ich hab mich mein Leben lang geweigert, eine andere Art von Weihnachten auch nur in Betracht zu ziehen. Aber jetzt weiß ich, dass es egal ist, wo auf der Welt man es feiert. Es ist nicht wichtig, was um einen herum passiert, sondern was dieses Fest mit uns macht. Weihnachten findet im Herzen statt und nicht an einem Punkt auf der Landkarte.«

»Ach, Frank.« Er rührte Julia richtig in seinem Pullover, unter dessen absurd gestaltetem Brustbild sein gutmütiges Herz schlug. »Das hast du schön gesagt.«

»Danke, Papa. Oder besser, Opa.« Charlotte lächelte und schaltete das kleine Nachtlämpchen für Connor an. »Ich hatte ja ein bisschen Bammel, ob ihr euch alle verstehen würdet. Es erschien mir und Rob immer wie ein großer Staatsakt, euch mal zusammenzubringen, deshalb haben wir es immer weiter hinausgezögert. Wahrscheinlich hättet ihr die Millers in zehn Jahren noch nicht kennengelernt, wegen der Entfernung und Papas Flugangst, und weil wir es immer weiter verschoben hätten. Doch jetzt ist es einfach passiert und ich musste eigentlich gar nichts dafür tun. Und es war überhaupt nicht anstrengend, sondern einfach schön.«

»Ja, das war es«, stimmte Julia ihr zu. »Ich bin froh, dass ich sehen konnte, wie du lebst. Ich muss mir keine Sorgen mehr um dich machen, Charlotte. Du bist von Menschen umgeben, die dich lieben und warmherzig aufgenommen haben. Mehr kann sich eine Mutter für ihr Kind nicht wünschen, auch wenn es Tausende von Meilen entfernt lebt. Und jetzt komm«, wandte sie sich an Frank, »lassen wir unser armes Töchterchen endlich schlafen. Wir gucken uns noch mal in aller Ruhe die ganzen Weihnachts-Dekos an. Ich bin irgendwie gar nicht mehr müde.«

Eine Stunde später machten sie es sich in Charlottes Gästezimmer bequem.

»Ich komme gleich ins Bett«, sagte Frank. »Wenn ich meinen lästigen Brustpanzer hier ausgezogen habe. Ich hänge irgendwie fest wie in einem Kokon.«

Julia schmiss sich auf die Decke und lachte. Es war wirklich ein Anblick für die Götter, wie Frank versuchte, sich aus dem bebommelten Monsterpulli zu winden. Endlich war er frei und ließ sich erschöpft in einen Sessel fallen.

»Wusstest du übrigens, dass sie hier in Seattle Marihuana frei verkaufen dürfen?«, fragte er sie etwas zusammenhanglos. »Nicht zu fassen, was?«

»Warum beschäftigt dich das? Willst du welches kaufen?«

»Nee, ich brauch das nicht.«

»Ich denke, du warst mal ein Hausbesetzer?«, zog sie ihn auf. »Du kannst mir doch nicht erzählen, dass ihr da nie einen Joint gedreht habt.«

Frank wand sich in seinem Sessel.

»Ich war nur eine Woche lang Hausbesetzer«, gab er endlich zu. »Wegen der schönen Sabine. In die war ich damals verknallt.«

Julia grinste. »Aha. Und wo ist die schöne Sabine jetzt? Von der hast du mir nie was erzählt.«

»Die arbeitet heute bei der Commerzbank am Schalter. Sieht aus wie hundert. Da hab ich es mit dir tausendmal besser getroffen.«

Er rutschte zu ihr aufs Bett und gab ihr einen Kuss.

Julia setzte sich auf. »Du, hol uns noch mal was zu essen, ich hab so einen Hunger, ich verstehe das überhaupt nicht, sonst esse ich doch auch nicht so viel.«

Beim Weihnachtsessen hatten sich die Tische gebogen, das konnte sie nicht anders sagen. Die Millers hatten einen großartigen Weihnachtsschinken serviert, dazu hatte es Unmengen von leckeren Beilagen gegeben und sogar einen etwas merkwürdigen Kartoffelsalat. Nur dass die Amerikaner selbst zu Weihnachten Hotdogs aßen, das hatte Julia verwundert. Aber andere Länder, andere Sitten, so war das eben. Dafür war reichlich leckerer kalifornischer Wein geflossen. Wie also um alles in der Welt konnte sie jetzt noch hungrig sein?

»Geht mir genauso. Das muss der Jetlag sein.« Frank schraubte sich wieder hoch. »Bin gleich wieder da.« Er ging aus dem Zimmer.

»Bring noch paar von den Brownies mit«, rief Julia ihm hinterher. »Die sind wirklich gar nicht so übel.«

27 Winter Wonderland

26.12., 14:00 Uhr
Seattle, USA

In England feierten sie heute Boxing Day, den Tag, an dem traditionell die Reste des Weihnachtsmahls an die Bediensteten der Herrenhäuser verteilt wurden. In Schachteln verpackt, daher der Name. Das machte heutzutage dort natürlich kein Mensch mehr, dafür stürmten viele Leute zum Winterschlussverkauf in die Läden. Und in Deutschland erwachten sie am zweiten Feiertag aus ihrem Weihnachtskoma, schoben mit einer entkräfteten Geste den bunten Teller von sich, weil sie keine Lebkuchen mehr sehen konnten, oder begaben sich auf einen kleinen Winterspaziergang über verschneite Felder. Nur dass es in Deutschland laut Wetterkarte in diesem Jahr keine verschneiten Felder gab, sondern Nieselregen bei zwölf Grad. Da hatten sie es doch in Amerika prima getroffen, fand Anne, denn hier gab es heute einen Mix aus allem. Wer wollte, konnte sich schwungvoll in den Rausch des Weihnachtsschlussverkaufs in Seattle stürzen, so wie Papa es vorhatte. Der begab sich gerade mit Doreen hinaus in den Garten, um den Gänsebraten zu holen, den er noch vor seiner Einkaufsorgie für heute Abend vorbereiten wollte.

»I was a house-sitter when I was young, you know«, hörte Anne ihn vor Doreen angeben.

»Oh, lovely«, erwiderte Doreen. »Das war ich während meiner Studienzeit auch. Hat richtig viel Geld gebracht.«

»In Amerika kriegt man Geld dafür?«, fragte Papa verblüfft. »Die rufen nicht die Polizei? *No police?*«

»Warum sollten sie?«

»Na, weil ...« Papa klang beeindruckt. »Unglaublich. Was für ein Land!«

Anne grinste. Ach, Papa ...

Wer heute lieber über verschneite Straßen stapfen wollte, der konnte sich Charlotte und Rob anschließen, die gerade versuchten, Connor in den Schneeanzug zu zwängen, den er offenkundig mit ganzer Seele hasste.

Und wen nichts von beidem reizte, der konnte sich im Wohnzimmer neben Daphne auf die Couch fallen lassen, mit ihr eine Flasche Eggnog leeren, eine Art Eierlikör mit Muskatnuss, dabei sentimentale Schwarz-Weiß-Weihnachtsfilme ansehen und sich von Daphne Lebensratschläge in Männerfragen einholen. So richtig Lust hatte Anne darauf auch nicht, zumal sie bezweifelte, dass Daphne in dieser Beziehung eine Autorität darstellte. Ihren ersten Mann hatte sie verlassen, weil er sie betrogen hatte, und ihren zweiten Mann hatte sie selbst betrogen, weil er laut eigener Aussage ein trostloser alter Knacker gewesen war. Mann Nummer drei war über Nacht scheinbar grundlos abgehauen, eine Kränkung, die den Grundstein für Daphnes Tequila-Neigung gelegt hatte, und von Mann Nummer vier hatte sie sich angeblich einvernehmlich getrennt, allerdings weigerte sie sich, den Grund zu nennen. Nein, auf die Beziehungsprobleme anderer Leute hatte Anne jetzt echt keinen Bock. Auf Shoppen allerdings auch nicht. Allein der Gedanke, sich mit vom Jetlag bleiernen Gliedern durch die aufgeheizten Massen in einem Einkaufszentrum zu drängen, die wie in einem nie enden wollenden Reigen Weihnachtskarten und Lichterketten für das nächste Jahr kauften, verursachte ihr Kopfschmerzen. Blieb also nur der Winterspaziergang. Ja, das war wahrscheinlich sowieso die beste Idee. Frische Luft, klarer Himmel, knöcheltiefer Schnee überall. Sie sollte die paar Urlaubstage hier zum Entspannen und Ausruhen nutzen, bevor sie wieder zurück in ihren Job musste. Bevor sie sich dem Leben ohne Jason in London endgültig stellen musste.

»Braucht ihr Hilfe?« Sie trat auf Rob und Charlotte zu, die den krebsroten Connor jetzt endlich wie einen zappelnden kleinen Tintenfisch in seinen Anzug verpackt hatten. Er brüllte wie am Spieß.

»Danke, geht schon. Er mag das Ding nicht, ich weiß auch nicht, warum. Hoffentlich schreit er nicht die ganze Zeit.« Charlotte seufzte.

»Er wird bestimmt gleich im Wagen einschlafen.« Rob umarmte seine Frau kurz.

Charlotte sah erschöpft aus und hatte tiefe dunkle Ringe unter den Augen, und doch kam sie Anne in dem Moment, als Rob sie in die Arme nahm, wie die schönste Frau der Welt vor. Die beiden waren so glücklich mit ihrem Kind, dass sie richtig von innen her strahlten. Es versetzte Anne einen kleinen Stich. Nicht aus Neid, sondern aus Ernüchterung. Würde sie je so ein Glück erleben? Das erste Mal in ihrem Leben überkam sie eine dunkle Angst davor, vielleicht immer allein bleiben zu müssen. Verheiratet mit dem Job, wie man so schön sagte. Sie hatte schon ein paar gescheiterte Beziehungen hinter sich, und ob sie nach Jason jemals wieder jemanden fand, mit dem sie so gut klarkam, bezweifelte sie.

Weg mit den düsteren Gedanken! Sie riss sich zusammen. »Ich helfe euch mit dem Wagen.« Sie griff nach dem Kinderwagen, der zusammengeklappt in der Eingangshalle stand, und versuchte, ihn auseinanderzufalten. Wie funktionierte das blöde Ding? Irgendwas klemmte ihr den Finger ein. Herrgott, sie war nicht einmal in der Lage, einen läppischen Kinderwagen aufzustellen, geschweige denn, ein Kind mit irgendjemandem zu haben, das sie da hätte hineinlegen können! Es klopfte an der Tür.

»Charlotte!«, rief sie, ohne aufzusehen. »Da ist jemand.«

»Nachbarn mit noch mehr Cookies.« Charlotte drückte ihrem Mann den vakuumverpackten Connor in den Arm und begab sich zur Tür. »Die ganze Straße bringt sich schon seit Tagen ununterbrochen gegenseitig Cookies. Ich frag mich, wer das alles essen soll. Ich jedenfalls nicht. Ich will endlich wieder meine Figur zurück.« Sie öffnete die Tür.

»*Yes?*«, hörte Anne sie fragen.

Eine Männerstimme antwortete. Eine Stimme, die Annes Herz augenblicklich höherschlagen ließ. Das konnte nicht sein, oder? Das musste jemand anders sein, der … Sie stolperte regelrecht zur Haustür und schob ihre verdutzte Schwester beiseite.

»Jason?«, brach es aus ihr heraus. »Was um alles in der Welt machst du denn hier? In Amerika?«

Letzteres war genauso offensichtlich wie schwachsinnig, Jason würde ja wohl selbst wissen, auf welchem Kontinent er sich gerade befand.

»Ich will zu dir.« Er wirkte verlegen und trotzig zugleich. »Ich hab den Flug heute genommen. Es gab ja nichts, was mich in London hielt. Außer vielleicht mein Wintermantel.« Er zog fröstelnd die Schultern hoch. Jetzt trug er zwar nicht mehr die lächerliche graue Windjacke, sondern eine schwarze wollene und einen Kaschmirschal, aber für den Wintereinbruch in Seattle reichte das trotzdem nicht.

»Ja, komm erst mal rein.« Charlotte trat einen Schritt zur Seite, um ihn hereinzulassen. »Rob, du glaubst nicht, wer hier ist«, rief sie über die Schulter nach hinten.

»Ich würde lieber erst mit Anne reden«, erwiderte Jason. Sein Blick glitt an Anne herab und sie ärgerte sich, dass sie mit hastig zusammengerafften Haaren und in einem viel zu großen warmen Pullover aus Charlottes Schwangerschaftsgarderobe vor ihm stand.

»Wir müssen zuerst was klären«, fügte Jason hinzu. »Wenn sie dann immer noch möchte, komme ich gern rein. In Seattle ist es wirklich ganz schön kalt, wer hätte das gedacht.« Er lächelte verkrampft.

»Okay«, machte Charlotte gedehnt und warf Anne einen neugierigen Blick zu. Die nickte unmerklich.

»Bin schon weg.« Charlotte schlüpfte nach hinten und schob Rob samt Baby von der Eingangshalle weg. Augenblicklich fing Connor wieder an zu brüllen.

»Was klären?«, fragte Anne mit belegter Stimme. Sie konnte ihren Blick nicht von Jason wenden. Er stand tatsächlich hier vor ihr, das musste sie erst einmal verdauen.

»Ob du gern noch ein bisschen mit mir Weihnachten

feiern willst. Ich weiß, es ist eigentlich fast vorbei, rein technisch gesehen gehört der Boxing Day aber noch zu Weihnachten dazu.«

»Du bist den ganzen weiten Weg hierher geflogen, damit du mit mir Weihnachten feiern kannst?«

»Ja. In London hattest du ja keine Zeit.«

»Und jetzt habe ich Zeit, meinst du?«, fragte sie langsam.

»Hoffentlich.« Er trat einen Schritt auf sie zu.

»Moment, Moment.« Das ging ihr viel zu schnell. »In London wolltest du Weihnachten mit mir als Kumpel feiern. Wenn dieses großzügige Angebot noch besteht, lehne ich gern dankend ab. Ich will dich nicht als Kumpel, Jason.«

»Ich will dich auch nicht als Kumpel, Anne.«

»Als was denn dann?«, fragte sie. Ihre Stimme klang auf einmal ganz rau.

»Achtung«, brüllte plötzlich Papas Stimme. »Vorsicht, Anne, sie kommt, lasst sie nicht auf die Straße rennen.«

»Was? Wen?« Anne drehte sich verblüfft um, doch in diesem Moment preschte etwas großes Weißes an ihr vorbei. Im ersten Schreck dachte sie, dass die Millers noch einen Hund besaßen, den sie bislang aus irgendwelchen Gründen geheim gehalten hatten, doch dann erkannte sie zu ihrem Erstaunen, dass da eine Gans in den Vorgarten flatterte.

»Das ist der Braten«, japste Papa. »Also, die Gans lebt noch, das haben sie mir nicht gesagt. Wo ist sie hin? Hallo, Jason.« Papa drängte an ihnen vorbei.

»Hi.« Jason taumelte einen erschrockenen Schritt zur Seite.

Die Gans gab krächzende Laute der Empörung von

sich und fegte mit einer gezielten Bewegung den Merkelzwerg um, der als Wächter des Lebkuchenhauses sein neues Dasein fristete. Anne musste gegen ihren Willen grinsen. Oh Mann, das Vieh war riesig. *Size XL.* Ein halber Flugsaurier! Wo hatten die Millers die nur aufgetrieben? Und was sollte ihr armer Vater damit machen? Offenbar gingen die Millers davon aus, dass alle Deutschen erdige Naturburschen waren, die im Handumdrehen eine lebende Gans in einen krossen Braten verwandeln konnten. Papa hatte in seinem ganzen Leben noch nie etwas getötet – ganz im Gegenteil, er hatte dem Hamster seiner Kinder vor fünfzehn Jahren einen Hamsterpalast mit drei Etagen und einer Rutsche gebaut und selbst die ekligste Spinne grundsätzlich nur sanft aus dem Fenster entsorgt.

»Helft mir mal, sie einzufangen«, jammerte er jetzt. »Die erfriert sonst draußen oder wird überfahren.«

»Ihr wollt sie so oder so töten.« Emily kam herbeigerannt. »Dann kann dir ihr Schicksal auch egal sein. Die arme Gans! Hi, Jason. Wusste gar nicht, dass du auch kommst.«

»Hi«, wiederholte Jason. *»You need help?«,* rief er Papa zu.

»Yes!« Papa versuchte, seine Jacke über die Gans zu werfen, um sie auf diese Weise einzufangen, aber das Tier flutschte ihm immer wieder davon.

»Papa, du jagst ihr Angst ein«, rief Emily.

Vom Lärm angelockt, kamen bereits die ersten Nachbarn aus ihren Häusern, um zu sehen, was die Millers sich als neuesten Weihnachtsgag ausgedacht hatten.

»Soll ich Dave Carrington holen?«, brüllte jemand. »Der hat ein Gewehr!«

»Bloß kein Gewehr!«, riefen Emily und Papa gleichzeitig.

Jason stürzte los und versperrte der Gans den Weg, ihrem wütenden Schnabel ausweichend. Die Gans drehte ab und rannte zurück, in Richtung Papa. Der bewegte sich heroisch auf sie zu, stolperte allerdings über ein paar Kabel auf dem Boden und schlug der Länge nach in den Schnee. Die Gans gackerte aufgebracht und wählte dann den einzigen Fluchtweg, den sie sah: das Lebkuchenhaus. Geistesgegenwärtig schlug Jason hinter ihr die Tür zu.

»Meine Güte. *Thank you,* Jason.« Papa stand auf und klopfte sich den Schnee ab.

Anne konnte die Gans in dem kleinen Häuschen spektakeln hören, irgendwas ging zu Bruch da drin.

»Und jetzt?« Emily war den Tränen nahe. »Was machen wir jetzt mit ihr?«

»Also, ich schlachte sie nicht«, erklärte Papa entschieden. »Das geht zu weit. Gänsebraten hin oder her.«

Doreen und Bernie kamen dazu und betrachteten das demolierte Lebkuchenhaus.

»Wir könnten sie zu dem Bauern zurückbringen, bei dem wir sie gekauft haben«, schlug Doreen vor. »Der könnte sie noch mal verkaufen.«

»Papa, mach was.« Emily manövrierte sich vor die Tür des Lebkuchenhauses. »Die wollen die Gans zurückbringen. Das ist ihr Todesurteil.«

»Emily, Schatz, das geht uns nichts an. Die Millers haben die Gans besorgt, also gehört sie ihnen.«

»Wie wäre es mit Dave Carrington?«, rief Charlotte ihnen von der Veranda aus zu. »Der hat einen Haufen Tiere auf seinem Grundstück. Damit er nach dem Weltuntergang etwas zu essen hat. Hühner und Kaninchen und sogar ein paar Ziegen. Bestimmt nimmt er auch noch eine Gans auf.«

»Um sie zu essen. Na klasse. Da haben wir viel gewonnen.« Emily verzog wütend das Gesicht.

»Die isst er doch nur, wenn das Ende der Welt da ist«, erklärte Charlotte. »Wenn all seine Vorräte aufgebraucht sind. Und die reichen für Jahrzehnte.«

Jetzt beratschlagten alle laut, was zu tun sei. Ein paar Nachbarn mischten sich ein, die Gans krakeelte, und plötzlich spürte Anne Jasons Hand in ihrer.

»Gehen wir ein Stück spazieren?«, fragte er leise.

Sie nickte. Bloß weg von all dem Lärm.

Sie liefen schweigend durch das Viertel und hielten sich immer noch bei der Hand. Der Schnee war nahezu unberührt, kaum jemand war heute mit dem Auto irgendwohin gefahren, und bis auf ein paar Kinder, die einen Schneemann bauten, dessen Hut immer wieder herunterfiel, war niemand auf der Straße. Nach einer Weile wurden die Abstände zwischen den Häusern größer und statt neu erbauter Stadtvillen standen hier traditionelle kleine Farmhäuschen mit großen Grundstücken.

»Sieh mal da«, brach Anne endlich das Schweigen. »Wie hübsch.«

Auf einem kleinen Hügel vor ihnen hatte jemand eine große Tanne mit einfachen roten Schleifen geschmückt. Der Baum stand aufrecht in dem frischen weißen Schnee und wirkte in seiner Schlichtheit umso schöner.

»Lass uns mal da hochgehen«, schlug Jason vor.

Sie erklommen den kleinen Hügel und sahen sich

um. Anne schnappte nach Luft, so großartig war der Ausblick zu ihrer Linken. Dort befand sich eine Wiese, die an einen Wald grenzte, und auf die Wiese hatte jemand mit funkelnden Lichtern in riesengroßen Buchstaben die Worte *Peace on Earth* in den Schnee gesetzt.

»Hier ist es perfekt.« Jason blieb stehen und drehte sich zu ihr um. »Du hast mich vorhin etwas gefragt.«

»Ja?« Annes Herz klopfte jetzt wie wild.

»Du wolltest wissen, wie ich mit dir Weihnachten feiern will.« Jason schluckte. »Und genau über diese Frage habe ich seit Tagen ununterbrochen nachgedacht. Ich glaube, darauf gibt es nur eine einzige mögliche Antwort.« Er griff in seine Manteltasche und kniete sich plötzlich im Schnee vor ihr hin.

War das wirklich kein Traum? Anne blinzelte. Die Kälte kroch ihr in den Hals, weil sie vergessen hatte, einen Schal umzulegen. Also war es definitiv kein Traum.

»Die einzige Art, wie ich mit dir Weihnachten feiern möchte, oder jedenfalls das, was davon noch übrig ist«, hier lachte er nervös, »ist mit dir als meiner zukünftigen Frau. Ich war ein Vollidiot, Anne. Kannst du mir verzeihen? Bitte, sag ja.«

Anne sah den wunderschönen zarten Ring in der kleinen Samtschachtel, Jasons Augen, die den Blick nicht von ihr ließen, und seine Wimpern, auf denen sacht eine Schneeflocke landete.

Und dann antwortete sie ihm.

28 Joy to the World

»Na, wenigstens haben wir diese seltsame Gurke noch gefunden.« Frank blies auf den Kaffee in seinem Pappbecher, um ihn abzukühlen. »Wie die Millers sich da alle gefreut haben!« Er trank einen Schluck. »Ich kapiere das immer noch nicht. Du?«

»Ich auch nicht.« Julia hatte am Abend des zweiten Feiertages den Weihnachtsbaum der Millers einer näheren Betrachtung unterzogen, hauptsächlich um die ganzen Schmuckelemente mit den Familienfotos daran zu bewundern. Beim Blick nach oben hatte sie plötzlich die kleine Glasgurke entdeckt, die dort in den Tiefen des Baumes über Julias Kopf baumelte wie der Fluch ihres Lebens. Der Schrei: »Sie hat die Weihnachtsgurke gefunden!«, war durch das ganze Haus geschallt, und man hatte Julia von allen Seiten gratuliert. Aber warum? Sie hatte nicht die leiseste Ahnung. Fragen wollte sie allerdings auch nicht, da die Millers davon auszugehen schienen, dass jeder deutsche Bürger zu Weihnachten nichts anderes machte, als in seinem Baum nach dieser kleinen Gurke zu suchen wie nach einem vierblättrigen Kleeblatt.

»Irgendein kulturelles Missverständnis.« Sie zuckte

mit den Schultern. »Anders kann ich es mir nicht erklären.«

Sie standen auf dem Flughafen Seattle in der Schlange zum Check-in für ihren Rückflug nach Deutschland, und es ging und ging nicht vorwärts.

»Ich habe online für zwei Koffer bezahlt, jetzt sehen Sie bitte noch einmal richtig nach«, ereiferte sich gerade ein Mann, der vorn an der Reihe war.

Julia tat das Bodenpersonal leid. Eine Schwemme von Reisenden ergoss sich durch das Terminal, alle nach den Feiertagen auf dem Weg zurück nach Hause, alle frustriert, dass das Fest vorbei war und sie in ein paar Tagen wieder zur Arbeit mussten, alle genervt von den strengen Flugregeln und in der Vorahnung eines endlosen Herumsitzens auf engstem Raum, und das auch noch mit den über Weihnachten zugelegten Kilos.

Julia beobachtete Frank heimlich von der Seite, der den letzten Schluck Kaffee durch seine Kehle gluckern ließ. Diesmal ohne Zusatz. Emily hatte sich vehement geweigert, ihrem Vater ein weiteres Beruhigungsmittel zu verpassen, und sogar behauptet, dass sie die Packung verloren habe. Besser so, dachte Julia. Wer weiß, was in dem Zeug drin war, irgendwas schräges Homöopathisches bestimmt, so wie die alle in der WG in Berlin drauf waren ... Nur blöd, dass sie jetzt gar nichts für Frank hatten.

»Alles okay mit dir?«, erkundigte Julia sich vorsichtig. »Ich meine im Hinblick auf ...« Sie deutete mit dem Kopf in Richtung Abflughalle, die hinter dem Security-Check lauerte.

»Alles in Ordnung.« Frank nickte tapfer. »Vielleicht vergeht die Zeit ja wieder wie im Flug, haha, wie beim letzten Mal. Und wenn du mich am Fenster sitzen lässt und ich mich nicht in den Mittelsitz quetschen muss, dann kann ich vielleicht sogar ein bisschen schlafen.«

»Na klar. Weil du es bist. Ich hoffe nur, deine Mutter steht den langen Flug durch. So bequem wie auf der Hinreise hat sie es nicht noch mal.«

»Das ist mir egal«, nörgelte jetzt eine Frau am Check-in. »Wenn das Flugzeug zu voll ist, dann ist das nicht mein Problem. Sie können mich nicht einfach irgendwo anders hinsetzen, ich hab den Sitz selber ausgewählt!«

»Mann, das kann ja heiter werden«, murrte ein Mann vor ihnen. »Wenn die mich umsetzen, verklage ich die. Letztens haben sie schon meine Koffer verloren. Da waren alle Geschenke drin. Kamen nach Weihnachten an, da verklage ich die sowieso schon wegen emotionalem Stress.«

Julia versuchte, die ganze miese Laune um sich herum auszublenden. Auch wenn man sie umsetzte oder das Flugzeug Verspätung hatte oder was auch immer, war das nicht das Ende der Welt. Sie war einfach nur glücklich über die wunderbaren und chaotischen Tage, die hinter ihnen lagen.

»Weißt du übrigens, was Bernie und Doreen gesagt haben?« Frank riss sie aus ihren Gedanken. »Dass sie nächstes Jahr zu Weihnachten zu uns kommen wollen. Sie sind ganz scharf auf die deutschen Weihnachtsmärkte. Bernie spielt mit dem Gedanken, in seinem Garten einen eigenen Weihnachtsmarkt zu eröffnen.« Frank kicherte vor sich hin. »Der bringt das glatt fertig, das sag ich dir. Ich hab ihm versprochen, dass ich den Punsch dafür braue und nach Amerika verschippe.«

»Warum eigentlich nicht?« Julia fand die Idee gut. »Sollen sie kommen. Das wäre schön. Und dann fliegen wir alle zur Hochzeit von Jason und Anne nach England. Einfach so. Da haben wir ja schon Übung drin.«

Ihr Blick ruhte auf ihrer mittleren Tochter, die eng umschlungen mit Jason ein paar Meter hinter ihnen stand. Eine Weihnachtshochzeit wollten die beiden feiern, um sich immer an ihre Versöhnung zu erinnern. Julia wurde ganz warm ums Herz, als sie Annes glückliches Gesicht sah.

»Schreibst du an Jannik?«, erkundigte sie sich dann bei Emily, die ununterbrochen etwas in ihr Handy tippte. »Geht es Ralfi gut?«

»*Nope.*« Emily sah nicht auf. »Ich schreib an niemanden. Ich google Studiengänge.«

Hatte sie das jetzt richtig gehört? Und so wie es klang, hatte dieser Jannik sich offenbar barfuß aus Emilys Gedanken geschlichen, was ja ehrlich gesagt zu begrüßen war. Emily hatte sowieso viel mehr drauf, als sie sich selbst zutraute, die würde schon ihren Weg gehen.

»Wir sind dran.« Frank schob sie ein Stück vorwärts. »Mutter, kommst du?«, rief er Elisabeth zu. Die hatte sich auf einen Stuhl in der Nähe gesetzt, um sich das Schlangestehen zu ersparen.

»Hallo.« Die Dame am Check-in wirkte erschöpft, zwang sich aber offensichtlich zu einem Lächeln. Sie nahm Julia die vier Pässe ab und tippte etwas in ihren Computer.

»Tut mir sehr leid«, sagte sie dann. »Aber wir sind überbucht. Wäre es möglich, dass zwei von ihnen ein paar Reihen weiter hinten sitzen? Dann kann ich eine Familie mit Kindern zusammensetzen.«

»Kein Problem.« Julia lächelte aufmunternd. »Wir hatten so ein schönes Weihnachtsfest, uns kann nichts mehr die Laune verderben, nicht wahr, Frank?«

»Es war großartig. Wir haben drei Mal Weihnachten gefeiert, an drei Tagen und in drei verschiedenen Ländern. Verrückt, was?«

»Tatsächlich? Das klingt toll. Und danke für Ihr Verständnis.« Die Frau hinter dem Schalter atmete sichtbar erleichtert auf. »Da sind Sie heute echt die Ersten. Was meinen Sie, was ich mir schon alles anhören musste.«

»Das tut mir leid. Ist bestimmt nicht einfach. Da vergeht einem die ganze weihnachtliche Erholung gleich wieder, was?« Julia nickte mitfühlend.

»Sie sagen es.« Die Frau tippte wieder etwas in ihren Computer, dann streifte sie Julia und Frank mit einem Blick und hob rebellisch das Kinn. »Und wissen Sie, was? Ich lasse mir davon nicht die Laune verderben. Ganz im Gegenteil.« Sie lächelte in sich hinein, tippte wieder etwas, druckte dann die Gepäckbelege aus und befestigte sie an den Taschen. »Hier sind die neuen Bordkarten, für sie alle, Frau Bachmann. Ich wünsche Ihnen eine gute Reise.«

»Danke.« Julia warf einen Blick auf ihre Bordkarte und stutzte. »Wir sitzen ja alle in Reihe zehn. Ich dachte, zwei von uns sitzen woanders?«

»Ich hab da was geändert.« Die Frau zwinkerte ihr zu. »Die einzigen Passagiere mit guter Laune sollen auch dafür belohnt werden. Und da vorn war noch so viel frei.«

»Business Class?« Frank starrte immer wieder auf seine Bordkarte. »Die hat uns einfach allen ein Upgrade gegeben? Ich fasse es nicht. Wir fliegen Business Class!« Er wurde immer lauter.

»Ist ja gut, Papa, jetzt schrei nicht so.« Emily sah sich verlegen um.

»Dass ich das noch ein zweites Mal erlebe.« Elisabeth schnäuzte sich gerührt. »Ihr werdet sehen, wie wunderbar das ist. Wenn ich das den anderen im Heim erzähle, dann platzen die vor Neid.«

»Was ist mit Anne?«, fragte Emily. »Die sitzt dann nicht bei uns, oder wie?«

»Die hatte doch ihre eigene Buchung.« Julia sah sich um. Da kam Anne mit Jason gerade durch den Security-Check. »Die beiden sitzen woanders. Glaub mir, die werden so eng zusammenrücken, dass es völlig egal ist, ob sie erste Klasse, Holzklasse oder Pappklasse reisen.«

Sie fuhren in einem kleinen Zug zum Abflugterminal und schlenderten dort zu ihrem Gate.

»Jetzt guckt mal, wer da steht«, sagte Elisabeth plötzlich. »Den kennen wir doch. Also *ich*, haha.«

Julia folgte ihrem Blick. Da war dieser junge Mann wieder, dieser Fotograf, der auf dem Hinflug neben Elisabeth gesessen hatte. Wie hieß er gleich noch mal?

»Andrew. Aus Australien.« Das kam von Emily, wie aus der Pistole geschossen. »Er sieht uns leider nicht.« Sie klang enttäuscht. Allerdings hellten sich ihre Züge wieder auf, als sie im Flugzeug ihren Platz suchte und entdeckte, dass Andrew wieder neben Elisabeth am Fenster saß.

»Was für ein Zufall, *hello again!*« Elisabeth winkte Andrew enthusiastisch zu.

»*Hello there!*« Er freute sich offenbar genauso.

Julia wechselte einen kurzen Blick mit Frank. Würden sie jetzt neun Stunden lang mitanhören müssen, wie seine achtzigjährige Mutter alle Register zog, um mit diesem Andrew zu flirten? Aber Elisabeth überraschte sie.

»Andrew, ich glaube, ich tausche mal kurz den Platz mit meiner Enkelin. Letztens hat es am Fenster so schrecklich gezogen, da sitze ich lieber in der Mitte.« Sie schob die verdutzte Emily neben Andrew und zwinkerte Julia zu.

»*No problem.*« Ein winziges Lächeln umspielte Andrews Lippen.

»Du kannst meinen Schal haben«, bot Frank seiner Mutter an.

»Nein, nein, ist schon gut.« Elisabeth winkte ab.

»Wirklich, Mutter. Nicht dass du dich noch erkältest.«

Elisabeth räusperte sich leise. »Frank, du warst noch nie der Hellste, aber trotzdem danke. Ich werde mich nicht erkälten, glaub es mir.«

Julia gab ein kurzes amüsiertes Geräusch von sich und sah aus den Augenwinkeln hinüber zu Emily. Die war bereits in ein Gespräch mit Andrew vertieft und Julia konnte sie lachen hören. Und noch etwas nahm sie wahr. Wie dieser Andrew ihre Emily ansah ... Genau so hatte Frank sie selbst bei ihrem ersten Date vor über dreißig Jahren angesehen. Jetzt brachte die Stewardess den beiden jeweils ein Glas Sekt und sie stießen an. Dann kam sie zu ihnen und reichte ihnen ebenfalls ein Glas. Frank kippte seines nahezu auf ex hinunter.

»Hast du Angst vor dem Flug?«, fragte Julia leise.

»Angst? Nein, gar nicht. Hast du schon gesehen? Man

kann den Sitz zu einem Bett umstellen. Und was wir hier alles essen können!« Er seufzte voller Vorfreude. »Guck dir das nur an, die haben hier sogar eine Speisekarte. Business Class, hey?« Er blätterte die Karte mit wachsender Begeisterung durch. »Und es gibt Brownies zum Nachtisch!«

Julia hatte gar keinen Hunger auf Gebäck. Allein beim Gedanken an die noch zu verzehrenden Stollen, die wie die drei Reiter der Gewichtsapokalypse auf sie warteten, wurde ihr ganz flau im Magen.

»Ui, schön, Brownies. Ich fange ja schon fast an, die Dinger zu mögen«, meinte Elisabeth. »Daphne hat mir noch eine Packung zugesteckt, die gebe ich den anderen im Seniorenheim. Muss ihnen ja sowieso irgendwas mitbringen.«

Julia schielte erneut zu Emily und Andrew. »Weißt du, was ich gerade überlege? Wie man wohl in Australien Weihnachten feiert? So in der Sonne und am Strand, das muss eigenartig sein.«

»Warum nicht?« Frank sah nicht einmal auf, er war immer noch nicht mit der Speisekarte fertig. »Ist vielleicht mal ein Erlebnis. Wieso fragst du das? Es ist wohl eher unwahrscheinlich, dass wir irgendwann in Australien Weihnachten feiern werden.«

»Du, da wäre ich mir nicht so sicher«, sagte Julia bedächtig, ohne den Blick von ihrer Jüngsten abzuwenden, die jetzt gebannt mit Andrew Tierfotos auf seinem Laptop betrachtete und zu diesem Zweck mindestens zehn Zentimeter näher an ihn herangerückt war. »Absolut nicht sicher.«

»Na, und wenn, das würden wir auch noch hinkriegen. Wir sind doch spontan.« Frank prostete ihr zu.

»Und Weihnachten heißt nicht, dass man immer Schnee haben muss oder Gänsebraten oder Berge von Geschenken oder perfekt gewachsene Tannenbäume. Weihnachten ist ...« Er suchte nach Worten.

Julia verstand auch so, was er sagen wollte. Das war der Vorteil, wenn man sich schon so lange kannte und liebte. Wie hatte Frank es neulich gleich ausgedrückt? Und in dem Moment, als die Anschnallzeichen aufleuchteten, der Pilot etwas Unverständliches durchs Mikro nuschelte und die Sonne als Abschiedsgruß ein letztes Strahlen auf die weiße Winterpracht draußen schickte, fiel es Julia wieder ein:

»Weihnachten ist ein Gefühl im Herzen.«

Anhang

Der Mythos von der deutschen Weihnachtsgurke ...

... ist eine Legende, die sich überraschend hartnäckig im gesamten Territorium der Vereinigten Staaten hält und viele deutsche Touristen zutiefst verwirrt. Ich kann es nicht beschwören, aber mir ist kein einziger Mensch in Deutschland bekannt, der je von dem Ding gehört hat. Was also hat es damit auf sich?

Angeblich ist die Weihnachtsgurke (*»the German Christmas Pickle«)* eine alte deutsche Tradition, nach der im Weihnachtsbaum als letzter Schmuck eine kleine Glasgurke aufgehängt wurde. Das Kind, das am Weihnachtsmorgen zur Bescherung als Erstes die Gurke entdeckte, bekam ein extra Geschenk.

Wer aufmerksam mitgelesen hat, wird bereits gestutzt haben. Am Weihnachtsmorgen ...? Ganz recht – am Weihnachtsmorgen gibt es in Deutschland keine Geschenke, die Bescherung findet dort am Heiligabend statt. Das sagt uns natürlich sofort, dass es sich hierbei um eine auf amerikanischem Boden erfundene Legende handelt. Höchstwahrscheinlich hat ein cleverer Geschäftsmann diese Idee ins Leben gerufen, um seine Glasgurken an den Mann zu bringen, und hat zu diesem Zweck gleich noch eine sentimentale Geschichte darum gestrickt. Laut ebendieser Geschichte befand sich ein bayerischer Soldat im amerikanischen Bürgerkrieg in Gefangenschaft und war kurz vor dem Verhungern. Das tat seinem Gefängniswärter leid und deshalb teilte er seine letzte Gewürzgurke mit ihm. Daraufhin kam der Mann aus Bayern auf mysteriöse Weise wieder zu Kräften und überlebte nicht nur, sondern versteckte von diesem Tag an aus Dankbarkeit immer Gurken in seinem Weihnachtsbaum. Wahrlich, ein echtes Weihnachtswunder!

Wie dem auch sei, in der Stadt Berrien Springs, USA, findet jedes Jahr im Dezember ein *Pickle Festival* statt, und wenn jemand beim Lesen Lust bekommen hat, ab jetzt ebenfalls Weihnachtsgurken in seinem Baum zu verstecken – dann nur zu! Vielleicht wird es ja doch noch eine deutsche Tradition?

Rezepte aus Deutschland

Franks Weihnachtspunsch

6 Orangen
2 Flaschen Rotwein
200 ml Rum
2 Zimtstangen
2 Sternanis
6 Kardamomkapseln
8 Nelken
200 g Zucker (Fair-Trade-Ahornsirup tut's auch!)

Den Rotwein mit den Gewürzen erhitzen, aber nicht zum Kochen bringen. Zwei Orangen in Scheiben schneiden, die restlichen auspressen und den Saft zum Wein fügen. Rum und Zucker bzw. Sirup zugeben und alles erhitzen – nicht kochen, nur eine Weile ziehen lassen. Dann durch ein Sieb in Becher oder einen Krug gießen und die Orangenscheiben hinzugeben. Heiß servieren.

Weinbrandsterne

Teig:
250 g gemahlene Mandeln
250 g weiche Butter
250 g Mehl
1 EL Zucker
2 Eidotter

Außerdem:
200 ml Weinbrand
Puderzucker zum Bestäuben

Ofen auf 170 Grad Celsius vorheizen. Die Teigzutaten zu einem geschmeidigen Teig verkneten, diesen in Folie wickeln und eine halbe Stunde im Kühlschrank ruhen lassen. Danach auf einer bemehlten Fläche ausrollen und Sterne ausstechen. Bleche mit Backpapier auslegen und die Sterne bei 170 Grad ca. 15 Minuten backen, sie sollten goldgelb bis bräunlich sein.

Weinbrand in einen Suppenteller gießen. Die Sterne nach dem Auskühlen in dem Weinbrand wälzen, danach sofort auf eine flache Unterlage legen (Vorsicht, sie zerbrechen leicht!) und mit Puderzucker bestreuen. Komplett trocknen lassen und entweder gleich essen oder in einer Metalldose aufbewahren, damit das Aroma erhalten bleibt.

Rezepte aus England

Mince Pies

Teig:
375 g Mehl
250 g Butter
100 g Puderzucker
1 Ei
1–2 EL eiskaltes Wasser

Füllung:
60 ml Portwein
70 g brauner Zucker
200 g frische oder gefrorene Preiselbeeren
2 Äpfel, geschält und in kleine Stückchen geschnitten
100 g Mandelsplitter
200 g Rosinen oder getrocknete Preiselbeeren
Saft und abgeriebene Schale einer Bio-Orange
1 TL Zimt
1 TL gemahlener Ingwer
½ TL gemahlene Nelken
50 ml Weinbrand

Außerdem:
Puderzucker zum Bestäuben

Am Tag davor – Füllung zubereiten:
In einem Topf den Portwein, den braunen Zucker, die Preiselbeeren, Zimt, Ingwer, gemahlene Nelken, Orangenschale und Saft sowie die Rosinen bzw. getrockneten Preiselbeeren zum Kochen bringen und ca. 15 Minuten lang köcheln lassen. Dann die Apfelstückchen hinzufügen und weitere drei Minuten kochen. Anschließend in eine Schüssel füllen, die Mandelsplitter und den Weinbrand hinzugeben, gut umrühren. Mit Folie oder Teller abdecken und über Nacht im Kühlschrank ziehen lassen.

Am Backtag – Teig zubereiten:
Butter, Mehl, Puderzucker rasch zu einem krümeligen Teig verarbeiten, dann das Ei zufügen, evtl. das Wasser, falls der Teig zu trocken ist. Anschließend den Teig zu einem Klumpen formen, in Folie einwickeln und eine halbe Stunde im Kühlschrank ruhen lassen. Dann den Teig 3 mm dick ausrollen und Kreise von ca. 5–6 cm Durchmesser ausstechen. Muffin-Form buttern und je einen Kreis in die Förmchen pressen. Zwei Esslöffel Füllung daraufgeben. Den restlichen Teig erneut ausrollen und entweder wieder Kreise oder auch Sterne und Streifen ausstechen. Dann die gefüllten Pies mit einem Teigkreis komplett verschließen oder einen Stern auf die Füllung setzen bzw. aus Teigstreifen ein Gitter legen. Mit Milch bestreichen.

Ofen inzwischen auf 200 Grad vorheizen. Die Mince Pies ca. 20 Minuten lang backen, bis der Teig knusprig und goldbraun ist. Aus dem Ofen nehmen und mit Puderzucker bestäuben. Schmecken am besten frisch.

Christmas Pudding

1 englischer Christmas Pudding (z. B. von Walkers)
ca. 400 ml Weinbrand
300 ml Crème double

Den Christmas Pudding aus der Packung nehmen. Normalerweise steckt er bereits in einer kleinen Plastikschale, die man gleich verwenden kann. Den Pudding in der Plastikschale mit Weinbrand übergießen, sodass er wie in einem Weinbrand-Bad sitzt. Dann mit Folie bedecken und fünf Tage stehen lassen. Immer wieder nachsehen. Wenn der Weinbrand aufgesogen wurde, noch einmal neu übergießen. Am Tag der Zubereitung den Pudding in einem Dampfkocher ca. eine Stunde lang dämpfen. (Eventuell reichen auch 45 Minuten, immer mal mit einer Gabel testen. Der Pudding sollte sehr weich sein.) Inzwischen die Crème double mit 50 ml Weinbrand mischen. Den fertigen Pudding auf einen Teller setzen. Erneut mit 100 ml Weinbrand übergießen und anzünden. Der Pudding flammt nun zum Entzücken aller kurz auf. Danach den flambierten Pudding in Portionen zerteilen und jede Portion mit der Weinbrand-Sahne übergießen. Nicht nach den Kalorien fragen – einfach essen!

Rezepte aus den USA

Kürbisbrot mit Orangen-Frischkäse

250 g Mehl
2 TL Backpulver
1½ TL Zimt
½ TL Salz
1 TL gemahlener Ingwer
¼ TL gemahlene Nelken
2 Eier
180 g Zucker
100 g brauner Zucker
80 ml Öl
80 g Naturjoghurt
250 g Kürbispüree, entweder aus der Dose, ungesüßt
und ungewürzt, oder frisch – dazu einfach die entspre-
chende Menge Kürbis (Butternut oder Hokkaido)
weich kochen und zu einem Brei pürieren
50 g Kürbiskerne

Orangen-Frischkäse:
150 g Frischkäse
1 EL Zucker
abgeriebene Schale einer Bio-Orange
2 EL Orangensaft
1 Prise Salz

Ofen auf 180 Grad vorheizen. Eine Kastenform mit Butter einschmieren. In einer Schüssel Mehl, Backpulver, Salz und Gewürze vermischen. In einer zweiten Schüssel Eier, Joghurt, Öl, beide Zuckersorten und das Kürbispüree mit einem elektrischen Handrührgerät eine Minute lang schaumig rühren. Dann die Eiermischung in das Mehl einrühren und gut vermengen. In die Backform füllen und mit Kürbiskernen bestreuen. Etwa eine Stunde lang backen, bis der Teig beim Gabeltest nicht mehr klebrig ist.

Für die Frischkäsemischung alle Zutaten in einer kleinen Schüssel gut verrühren, am besten mit dem Handrührgerät.

Dann das Kürbisbrot in Scheiben schneiden und mit dem Frischkäse bestreichen.

Brownie Cupcakes ohne Hasch

90 g Butter
50 g dunkles Kakaopulver
300 g Zartbitterschokolade von bester Qualität
(mindestens 60% Schokolade)
3 Eier
¼ TL Backnatron
½ TL Salz
100 g Mehl
200 g Zucker (weniger, wenn die Zartbitterschokolade schon sehr süß ist)

Topping:
200 ml Sahne
300 g Zartbitterschokolade

Ofen auf 180 Grad vorheizen. Eine Muffin-Form mit Papierförmchen auslegen. 200 g von der Schokolade in Stückchen hacken und mit der Butter in einen Topf geben. Auf kleiner Flamme langsam schmelzen. Vom Herd nehmen und etwas abkühlen lassen. In einer Schüssel Eier und Zucker mit dem Handrührgerät schaumig rühren, Kakaopulver, Mehl, Salz und Natron hinzugeben. Dann die abgekühlte Schokolade-Butter-Mischung unterrühren. Die restliche Schokolade in Stückchen hacken und untermischen. Die Muffin-Förmchen zu zwei Dritteln füllen und 20 Minuten bei 180 Grad backen. Die Oberfläche der Brownies sollte fest sein. Beim Gabeltest sollte kein Teig mehr an der Gabel kleben bleiben. Komplett erkalten lassen, bevor man das Topping aufträgt. Man kann die Brownies auch ohne Topping essen.

Für das Topping Sahne und Schokolade in einem Topf auf kleinem Feuer zum Schmelzen bringen. Danach in eine Schüssel füllen, abkühlen lassen und mindestens eine Stunde lang in den Kühlschrank stellen, sodass die Masse etwas fester wird. Auf den abgekühlten Brownie streichen.

Guten Appetit und *Merry Christmas!*